어떤 물질의 사랑

어떤 물질의 사랑

천선란 소설집

아작

차
례

사막으로

사막에 대해 글을 써보는 건 어떠니?

　아버지가 사막에 대해 처음 이야기했던 것은 1년간 사우디아라비아로 출장을 갔을 때였다. 그 시기 아버지는 대기업 건설업체에 재직 중이었다. 스물다섯이라는 이른 나이에 첫 연애 상대였던 엄마와 사랑에 빠져 식을 치렀다. 아버지보다 엄마가 더 어렸는데 엄마는 결혼 당시 스무 살이었다. 회사에서 만났던 두 분은 몇 개월의 연애 끝에 서로가 백년가약의 짝임을 확신하고 결혼식을 올린 것이다. 필시 누군가는 너무도 어린 나이에, 적은 연애경험을 토대로, 고작 1년을 만나놓고 결혼한 두 사람을 보고 생각이 짧다며 혀를 내두를 수 있겠다.

하지만 아버지가 결혼식에서 평생 당신만을 사랑하겠다는 서약을 그 후로 평생 지켰다는 것을 생각하면 두 사람은 복잡한 이별과 상처를 굳이 겪지 않고 만나게 된 축복 같은 사랑에 가까웠다. 결혼 1년 만에 딸이라는 새 가족이 생겼다. 그 후로는 아이를 낳지 않았으므로 그 딸이 나라는 건 설명하지 않아도 되겠지. 엄마는 육아에 뛰어들었고 아버지는 회사에 뛰어들었다. 돌이켜보면 지금의 나보다 한참 어린 나이에 부모님은 새 가정을 꾸려 서로를 책임지기 위해 고군분투했던 것이다.

아버지는 토목과를 전공하고 졸업 후 건축 일을 시작했다. 돈을 많이 주는 곳이라면 지방 출장도 마다치 않았는데, 그 경력이 점점 쌓이고 쌓여 내가 열세 살이 되었을 때 멕시코로 첫 해외 출장을 떠났다. 한국에 있을 때와 해외로 갈 때의 임금이 두 배 이상 차이 났으므로 아버지는 주저하지 않았다. 아버지는 그곳에서 지하나 해저에 도로 놓는 일의 총책임자를 맡았다. 멕시코에서 3년 동안 일을 하며 4개월에 한 번씩 2주간 한국으로 휴가를 나왔다. 내가 아버지를 볼 수 있는 시간은 그 기간이 다였다. 우리는 늘 최상의 14일을 보내기 위해 노력했다. 여행을 다니며 추억을 쌓았지만 그중 하루는 두 분이서 꼭 싸웠고 나는 이불을 뒤집어쓰고 누워 두 분을 붙잡고 말리는 상상을 했다.

어쨌든 아버지는 3년간의 멕시코 일을 마무리한 뒤, 이번에는 사우디아라비아로 떠났다. 아버지는 사우디아라비아에서도 4개월에 한 번씩 2주간 휴가를 나왔는데, 이 이야기는 그곳에서 체류하던 중 휴가를 나왔던 때에 아버지와 나눈 대화이다. 아버지는 모르지만 이 대화는 내 인생을 송두리째 바꿨다. 그래서 내가 이 이야기를 첫머리에 다는 것이다. 나는 사막에 대해 쓰라는 아버지의 말을 곰곰이 생각했다. 그때까지도 아버지는 내가 작가가 될 거라는 꿈을 꾸고 있는 듯했다. 고작 백일장 몇 번 나가 상 받은 걸로 말이다. 그렇지만 당시 나는 아버지에게 현실을 일깨워줄 만큼 무언가가 되고 싶다고 생각한 적 없었으므로 늘 아버지의 몽상을 방관했다. 아버지에게 소설을 쓴다는 건 불가측 영역의 일인 모양이었다. 나는 아버지가 기분 상하지 않도록 머리를 굴려 대답했는데, 돌이켜 생각하면 보잘것없는 답이었다. 조금 한심하고 바보 같은.

하지만 저는 사막에 가본 적이 없어요.

사람이 보는 것을 쓰는 건 아니잖니. 본다고 믿는 것을 쓰지.

나는 아버지의 말을 이해하지 못했다. 아버지와 생각이 전혀 다르기 때문일지도 모르겠다. 사람들은 본다고 믿는 것을 쓰는 게 아니라 믿는 것만 본다. 그래서 보는 것만 쓸 수 있다고.

아버지는 사우디아라비아에서 직원들과 함께 사막체험

을 했다. 낙타를 타고 사막 중심부로 들어가 가이드와 함께 사막에서 밤을 보내는 코스다. 그곳에서 뭘 봤는데요? 하고 아버지에게 묻자 아버지는 아파트 불빛이 오징어 배처럼 빛나는 야경을 바라보며 말했다.

지평선에 별이 닿아 있었다. 은하수가 흘렀고 사방에 별이 깔려 있었지. 나한테 쏟아지지 않을까 걱정이 될 만큼. 할 수만 있다면 평생 그렇게 누워 별만 보고 싶었다. 마치 나에게 우주가 말을 거는 것 같았어.

아버지는 자신이 말하고도 평소의 본인답지 않다는 걸 알았는지, 그 말을 끝으로 뒷짐을 지고 슬며시 자리를 피했다. 나는 베란다에 오래도록 서서 지평선에 닿은 별을 상상했다. 하지만 나는 아버지가 말한 사막의 밤하늘보다 그 밤하늘의 별이 우리에게 빛으로 닿을 때까지 얼마만큼 오랜 시간 고독한 우주를 가로질렀는지 따위를 더 생각했다. 이 고독도 철저히 지구에서 바라보는 내 입장일지도 모르지만, 빛은 숨 가쁘게 돌아가는 우주를 정신없이 가로질렀을 테지. 이렇게 표현하는 건 예나 지금이나 멋이 없다. 적어도 내 귀에는 우주의 소음이 들리지 않으므로. 나는 아버지가 기대했던 소설적인 상상력 대신 이런 식의 공허한 우주를 자주 꿈꿨다. 아버지의 그 말이 나를 우주로 던져놓은 것이다. 진동만이 가득한 침묵 속으로.

우주의 망망대공에서 아버지의 이야기를 꺼내는 것은

이 호프호에 승선하게 된 시초가 아버지의 말로부터 뻗어 나왔기 때문이다. 리윙이 들으면 배를 잡고 웃을 것이다. 우리는 스무 해 넘게 만나며 단 한 번도 각자의 가족에 대한 이야기를 진중하게 나눈 적이 없으니 말이다. 하지만 언젠가는 해주려고 했다. 청자는 있지만 내게 말을 걸 수는 없는 방백 같은 조건이 필요했을 뿐이다.

그러니까 나의 별 볼 일 없는 역사는 아버지의 말로부터 시작했다. 그날 아파트 베란다에서 아버지가 내뱉은 말은 빛의 속도로 우주를 유영하다 나에게 다시 닿은 것이다. 나는 이것을 운명이라 부른다.

✳

내가 아버지에게 물리학과를 지원했다고 말한 것은 통보였다. 사우디아라비아에서의 일을 끝내고 남미 에콰도르로 넘어갔던 아버지에게는 한국 인천에서 일어나는 일에 대해 결정을 내릴 권한이 없었다. 설령 물리학과에 가는 걸 아버지가 반대한다고 해도 전화를 끊어버리면 그만이라는 걸 아버지도 알고 있을 터였다. 대신 아버지는 물리학과에 들어가면 무엇이 될 수 있느냐고 넌지시 물었다. 와이파이 상태가 좋지 않아 끊기는 목소리를 듣다가 나는 모른다고 대답했다. 정말로 무엇이 될 수 있는지 몰랐다. 어쩌면 블랙홀이나 시공간에 대해, 우리가 아직 발견하지 못한 원자나 이 우주의 결말에 대해 답을 내려 역사에 이름을 깊게 남길 수도 있겠으나 그게 내가 살아가는 동안 해낼 수 있는 일인지 확신할 수 없었다. 나는 단지 아버지가 보았다는 그 사막의 밤하늘이 정말로 존재는 하는지, 모두가 보지 않고서 내뱉는 말은 아닌지 직접 확인하고 싶었을 뿐이었다. 아버지는 시시한 내 대답을 듣고도 토 달지 않았다. 대신 전화를 끝내기 전에 내게 이런 제안을 했다.

에콰도르에 너도 한번 와보는 게 좋겠다. 여기에 적도 기념비가 있거든. 세상의 중심이라는구나.

아버지는 마치 내 학업이나 진로보다 그 사실을 더 흥미로워하는 것 같았다. 에콰도르라는 나라 이름 자체가 에스파냐어로 '적도'를 뜻한다는 것을 모르시는 듯했다. 알고 있어요, 라거나 못 위에 달걀은 세워보셨어요? 라는 말 중 어떤 말을 꺼낼지 고민하다가 나는 또 시시한 답을 내놨다.

엄마 상태가 조금 좋아지면요. 그때 같이 갈게요.

무언가를 말하고 싶지만 선뜻 운을 떼지 못하는 머뭇거림이 느껴졌다. 나는 구태여 아버지의 말길을 열지 않았다. 침묵이 인천과 에콰도르 거리만큼 쌓이고 그 사이를 바쁘게 오가는 전파가 들릴 때쯤 아버지는 다음에 또 전화하겠다는 말을 끝으로 통화를 마무리 지었다. 나는 엄마의 상태를 상세히 묻지 않는 아버지를 야박하다 생각하지 않았다.

두 분은 밤마다 나보다 더 길고 긴밀한 통화를 나누었으므로, 나와의 통화를 통해 아버지의 태도를 단면적으로 받아들이는 것은 타당하지 않았다. 하지만 늘 그것이 아버지를 미워하지 않으려는 나의 고된 노력이라는 것을 알고 있었다. 엄마의 치료를 위해서는 돈이 필요했고 무엇보다도 내가 대학입학을 앞두고 있었으니 멀리 떨어져 있는 것을 원망할 수 없었으리라. 나에게도 그럴 권한이 없었던 것이다. 아버지가 내 인생에 권한이 없었듯이.

엄마는 3년 전부터 체기능부전증을 앓았다. 2034년에 정식으로 질병이 인정된 이 질병은 머리카락의 30분의 1만큼 작은 먼지로부터 시작되어 지구의 삶을 차츰 절망으로 바꾸었다. 세계보건기구는 이 질병을 명명한 지 고작 한 해가 지나자마자 이 병이 전 세계 사망률 1위를 차지했다고 보도했지만, 글쎄 나는 여전히 그 수치가 무슨 의미가 있는지 모르겠다. 인류가 방관하고 들이켠 발암물질이 결국 암, 결핵, 뇌종양, 뇌출혈, 심장병 등 다양한 형태로 변이되었으니 체기능부전증이라기보다 모두가 각자의 병에 걸려 죽은 것과 다름없었다.

엄마는 뇌가 말썽을 일으켰다. 노폐물이 혈관을 자주 막았다. 오래도록 피가 흐르지 못한 부분이 죽어가기 시작했지만 겉으로는 큰 증상이 없었다. 약을 꾸준히 복용하는 것과 외출할 때 방독면과 모자를 쓰는 것만이 증상을 지연시키는 유일한 방법이었다. 더는 집 베란다에서 창문을 열고 하늘을 바라볼 수 없는 시대가 이토록 빨리 도래할 줄 알았더라면 조금 더 자주 하늘을 바라봤을 것이다.

하지만 세상이 그렇게 먼지로 뒤덮인 것과 달리 내 삶의 속도는 조금도 달라지지 않았다. 나는 그해 선망했던 물리학과에 무탈하게 입학한 후, 새롭지만 지리멸렬한 집단으로 섞여 들어갔다. 내가 그곳에서 배운 것은 학생의 이해 따위는 바라지 않는 공식과 이해할 수 없는 물리학과식 개그 (어느 순간 내가 웃고 있는 게 화가 날 만큼), 그리고 답답할 때마다 "우리는 저 발암물질과 같다."라는 소리를 내지르며 방독면을 벗고 운동장을 뛰는 스트레스 해소법이었다. 내가 생각해도 미친 짓이었다. 아마 지금쯤 그때 들이켠 공기가 몸속에서 재앙으로 똬리를 틀었을 것이다. 그렇다고 해서 크게 달라지는 것은 없다. 시간이 조금 단축되었을 뿐. 리웡은 그즈음 만났다. 홍콩에서 교환학생으로 온 리웡에게 내가 던진 첫 질문은 이랬다.

모국어로 들어도 이해 못 할 물리를 왜 외국어로 배우러 온 거야?

리웡은 유독 뾰족한 송곳니를 드러내며 웃었다.

홍콩보다 한국의 하늘이 그나마 깨끗하거든.

나는 어이가 없어 웃었는데, 홍콩 하늘이나 한국 하늘이나 도긴개긴이었다. 극지방으로 가지 않는 이상 이제 지구

16

어디에서도 맑은 하늘은 기대할 수 없었다. 하지만 리윙은 지구에 떠다니는 발암물질을 없앨 수 있는 물질이, 혹은 그 조합이 이 세상 어딘가에 반드시 존재할 것이라 믿었다. 리윙이 꽉 막힌 지구에서 먼지를 걷어낼 수 있는 구멍을 찾고 있을 때 나는 언제나 지구 밖을 떠나는 상상을 했다. 어쨌거나 현실에 거는 기대감이 없다는 것이 우리의 공통점이 되었을 것이다.

리윙은 키가 나보다 조금 더 작았고, 마른 체격을 가지고 있었다. 내가 기껏해야 평균 신장이 조금 넘는 173센티미터인 걸 생각하면, 리윙은 전체적으로 왜소했다. 리윙은 늘 검은색 책가방을 맸고, 그 안에는 오래도록 쓴 텀블러, 에어컨을 견디기 위한 셔츠, 안경집과 휴대용 산소주입기가 주인어른처럼 들어 있었다. 자신의 등보다 큰 가방을 들고 다니는 리윙의 뒷모습을 보고 있노라면 이따금씩 등딱지를 메고 걷는 육지거북 같기도 했다. 그 모습에서 듬직함이라고는 절대 느낄 수 없었지만 모종의 생존력이 느껴졌다. 어디를 가든 살아남을 것 같은, 그리고 나를 위해 언제든 그 가방에서 무언가를 꺼내줄 것 같은.

고백은 내가 먼저 했다. 네 가방에 내 물건도 함께 넣어줬으면 좋겠어. 리윙은 대답 대신 내 손에 들려 있던 물통을 자신의 가방에 넣고 깍지를 꼈다. 우리는 시작하는 연애에 대해 가타부타 이야기하는 대신 그날 들었던 수업 내용에 관한 짧은 토론을 했다. 그게 끝이었다. 지금 말하면서 떠오르건대 나는 어쩌면 아버지와 반대인 누군가를 찾고 있었는지도 모른다. 침대에 모로 누워 한 자리만 차지하는 엄마의 등을 보며, 함께 밤을 보내고 아침을 맞이하는 것이 진정한 사랑일지도 모른다고.

엄마의 병은 그녀가 살아오며 들이마신 숨의 값이었지만 그 과정에는 필시 외로움이 끼어들었을 것이다. 물질이 몸속 곳곳에 잘 스며들어 결합할 수 있도록 외로움이 촉매 역할을 했겠지. 그리하여 병의 진행속도를 가속시키지 않았을까. 마흔다섯에 혈관이 터진 이유를, 나는 그렇게밖에 납득하지 못했다.

우주의 입장에서 보자면 지구는 그 많은 행성들 중 어쩌다 생긴 하나에 불과했고, 그중에서도 아주 작은 행성이었으며 어느 날 갑자기 사라진다고 해도 별 상관 없는 행성이었다. 그리고 인간은 그 안에서 존재의 이유조차 알 수 없도록 우연히 생긴 생명체였다. 사랑과 외로움이라는 단어를 만든 것은 인간이다. 이 땅을 외롭게 만든 것은 오롯이 인간의 짓이라는 걸 상기할 때마다 나는 그저 이 행성을 떠나야만 그 외로움으로부터 벗어날 수 있다는 생각을 했다.

✳

　그날 방언을 터뜨리며, 집에서 쓰러진 엄마를 병원에 데려간 것은 나였다. 몸도 가누지 못하는 엄마를 차에 태워 병원까지 어떻게 운전했는지는 지금도 기억나지 않는다. 긴박한 순간이 오면 인간이 잠재된 힘을 쏟아낼 수 있다는 것을 그때 실감했다. 자신의 증상을 스스로 설명하고 오한을 느끼는 엄마에게 내려진 첫 진단은 몸살감기였다. 엄마는 응급실에 누워 링거를 맞았고, 나는 그제야 숨을 몰아쉬며 링거만 다 맞고 집으로 돌아가서 쉬자는 말을 웃으며 엄마에게 했다. 하지만 우리의 대화가, 그러니까 엄마가 엄마로서 나와 나눈 대화가 그것이 영영 마지막일 줄 알았더라면 나는 사랑한다는 말을 했을 것이다. 혹 나를 잊게 되더라도 사랑했다는 것은 잊지 말아달라고 말이다.

　엄마의 오한은 조금도 나아지지 않았고 다시금 정신 놓기를 반복할 때쯤 의사가 나를 불러 병원에 도착하자마자 찍은 MRI를 보여줬다. 의사의 말을 들으며 나는 이런 생각을 했다. 사람의 뇌가 저렇게 시커멓게 변할 수도 있구나. 마치 우주 같다. 흑백으로 인쇄된 책 속 성운을 바라봤을 때의, 그런 우주. 엄마의 뇌에도 첫 폭발이 일어났구나. 그러니까 의사의 말은 살 수도 죽을 수도 있지만 살게 된다면 머릿속의 엔트로피가 계속 증가할 거라는 거구나.

엄마는 뇌압을 낮춰야 한다는 이유로 5시간 방치되었다가 3시간에 걸친 수술을 받고 살았다. 엄마의 뇌는 카오스 상태가 되었다. 후에 엄마가 다시 눈을 떴을 때 엄마의 인지 능력은 고작해야 세 살 정도였고 우리가 함께했던 모든 것을 잊은 상태였다. 엄마의 뇌는, 그 이후로도 과거의 일을 기억해내지 못했고 기억을 쌓지 못했다. 현재의 행복만을 느끼는 삶. 과거도, 미래도 존재하지 않고 오로지 그 순간만을 사는 삶. 엄마는 마치 신인류 같은 인간이 되었다.

엄마가 수술실에 들어간 후에야 아버지에게 전화를 걸어 사실을 전했다. 내가 할 수 있는 말은 의사의 말을 그대로 전하는 것뿐이었다. 수술은 들어갔지만 살 수도 있고, 죽을 수도 있다는. 절망적이지는 않지만 그렇다고 희망적이지도 않은, 어디에도 속하지 않고 부유하는 말이었다. 아버지는 바로 회사에 이 사실을 알린 후 귀국 길에 올랐다.

급하게 와야 했기에 아버지는 16시간 동안 두 번의 경유를 했고, 기내 와이파이가 제공되지 않는 저가항공을 이용했다. 아버지는 경유지 공항에 도착해 내게 전화를 걸어 엄마의 상태를 물었고, 나는 아직 수술 중이라는 말을 반복했다. 아버지가 세 번째 비행기에 탑승하고 나서야 엄마의 수술이 끝났으므로 아버지는 엄마가 살았다는 것을 한국에 도착한 다음에야 전해 들을 수 있었다.

아버지는 비행기에 있는 동안 무슨 생각을 했을까. 공항에 도착할 때 어떤 마음으로 휴대폰을 켰을까. 이곳에 있다 보면 비행기에 갇혀 아내의 죽음을 상상하는 아버지가 자주 떠오른다. 사방이 막힌 방에 우두커니 앉아, 나는 한 번도 본 적 없는 기내의 아버지를 보고 있다. 의문이 생긴다.

당신은 그 시간을 어떻게 견뎌냈을까.

16시간이라는 비행시간 동안 아버지의 시간은 몇 번이나 생을 넘겼을까. 혹시 시간이 멈춘 건 아닐까 자신의 손목시계를 몇 번이나 확인했을까. 지나가는 승무원을 붙잡아 도착까지 얼마나 남았느냐는 질문을 몇 번이나 했고, 머릿속에서 얼마만큼 아내의 장례를 치렀을까.

아버지의 마지막 출장은 에콰도르가 되었다. 엄마에게는 두 손과 두 발이 되어줄 보호자가 필요했고, 아버지는 아내를 돌보는 것이 자기 일이라고 내가 껴들 수 없게 딱 잘라 말했다. 부모를 돌보는 것은 자식의 일이 아니라는, 내가 사회에서 듣고 자란 말과는 정반대의 말을 뱉으며 낮에는 간병인을 두고 회사에 나갔다가 퇴근 후에는 병원으로 오는 생활을 반복했다.

살았다는 사실 하나로 우리는 이 절망스러운 상황이 금방 예전으로 회복될 줄 알았다. 적어도 1년 안에는 모든 것이 되돌아가리라. 하지만 중환자실에서 일주일을 버티다 나온 엄마는 혼자 시간을 역행해 아주 어리고 여린 아기로 회귀했다. 뇌의 이마엽 기능이 완전히 손실된 엄마는 판단,

사고, 창조, 억제, 대화 같은 모든 사고체제 기능이 망가졌으며 인지의 저하와 같은 수준으로 운동기능도 상실했다. 엄마는 신생아처럼 중환자실에 누워 잠을 잤다. 피부는 뽀얗게 변했고 미간에 잔뜩 졌던 주름도 펴졌다. 몸도 시간을 거슬러 회귀하려는 것 같았다.

엄마는 외로움을 잊은 신인류였다. 신인류는 가히 지구에서 유일하게 행복한 존재였다.

나는 그때 반 학기가 남은 채로 휴학 중인 상태였지만 다시 휴학을 연장했다. 홈페이지에서 휴학신청을 하고 얼마 지나지 않아 담당 교수에게 따로 전화가 걸려왔다. 이번에 휴학하면 정해져 있던 항공연구원 자리가 불투명해질 수도 있다는 말을 전하기 위해서였다. 나는 어쩔 수 없다는 말을 남기고 통화를 마쳤다.

✳

리웡이 환경을 살리기 위해 대기 물질을 조사하는 동안 나는 끊임없이, 먼지가 가린 우주로 나가기 위해 노력했다. 우리는 하늘을 바라보며 서로 다른 꿈을 꿨다.

결과적으로 우리가 지구를 살리려고 한다는 건 같잖아.

천장이 돔으로 만들어진 카페에 반쯤 누워 가짜 푸른 하늘을 바라보고 있을 때 리웡이 말했다. 고장 난 스크린의 한 벽면은 자꾸 색이 튀어 저 혼자 다채로운 색을 띠고 있었다. 발아래에는 산이 있었고 머리 쪽에는 석양이 있었다. 철새인지 알 수 없는 푸른 새가 이따금씩 돔을 가로질러 규칙적으로 날아갔다. 내가 한동안 답이 없자 리윙은 여태 상실감에 빠져 있는 줄 알고 심심찮은 위로를 던졌다.

기회는 또 올 거야. 너는 능력을 갖추고 있으니까.

나는 실없이 웃음을 터뜨렸다. 정확한 이유는 알지 못했지만 그저 웃음이 나왔다. 어쩌면 몇 주째 4시간 이상 잠들지 못해 그랬을 수도 있으리라. 짐작건대 리윙은 나와의 이별을 다짐했을지도 모른다. 끝내 헤어지지는 않았지만, 미쳐가는 연인을 옆에 두려고 하는 사람은 별로 없으니 말이다. 나는 한참을 웃다가 주문한 물을 마시고는 입을 열었다.

나는 지구를 살리는 일에 별 관심 없어. 그게 우리의 유일한 다른 점이겠다.

리윙은 뒷말이 있을 거라고 생각했는지 별다른 말 없이 나를 기다렸다. 하지만 나는 리윙이 기대하는 특별한 이유를 댈 수 없었다. 나는 이유 없이 계속해서 우주에 대한 갈증을 느꼈다. 우주로, 지구 밖으로 나가고 싶었고 설령 그 이유가 외계생명과의 조우라거나 테라포밍을 위한 일이라도 상관없었다. 대신 나는 시시한 이야기를 조금 꺼냈다.

옛날에는 아버지가 해외에 나가기 싫은데 억지로 나가 있는 거라고 생각했거든? 그런데 요즘은 아닌 것 같아. 요즘에는 그 반대 같아. 나가고 싶은데 한국에 묶여 있어야 하는……. 욕망들의 거리가 너무 멀어서 동시에 끌어안을 수 없고, 그래서 그 틈으로 외로움이 쌓이는 거 같아.

아버지는 객지에서의 이야기를 더는 꺼내지 않았다. 그런 대화를 나눌 상황이 되지 못해서 그랬겠지. 내가 뱉고도 괜한 말을 한 것 같아 방금 한 말을 취소하겠다고 뒤늦게야 수습했지만 리윙은 고개를 저으며 입을 열었다.

네 말이 무슨 말인지 알 것 같은데.

무슨 말인데?

'모든 걸 다 모르는 척하고 싶지만 차마 눈을 감을 수 없는' 그런 거잖아. 이를테면 네가 지금 눈을 뜨고 기회를 떠나보내는 것 같은.

…….

그렇다면 네 간격에도 외로움이 생겼겠네.

리윙은 나를 가만 끌어안았다. 리윙은 그때 내 표정이 얼마나 얼떨떨했는지 알지 못할 것이다. 하지만 그런 표정을 하고 있으면서도 리윙이 놓을 때까지 안겨 있었음을 부정하지 않겠다. 외롭구나. 외로움을 이겨낼 수 없을 때 사람이 덤덤해지는구나.

그 시기에 리윙과는 자주 만나지 못했다. 리윙이 바빴던 것은 물론이고 나 역시도 아르바이트와 과외를 병행하고 있어 하루가 짧았다. 어느 날 갑자기 아버지도 쓰러져 내가 가장이 되는 꿈을 자주 꾸었고 통장에 일정 이하로 금액이 떨어지면 미친 듯이 불안해지기 시작했다. 아버지가 퇴직한 것은 아니었으므로 1년 동안 수술비와 병원비를 내고도 집의 재정이 크게 기울지는 않았으나 마음의 여유는 완전히 소멸했다. 그때부터 세상의 척박함과 별개인 또 다른 사막이 내 안에 생겼다.

아버지와는 그때 가장 많이 싸웠다. 어리광이 심해진 엄마는 성인의 괴력으로 손에 잡히는 모든 것을 때리고, 꼬집었다. 타인이 엄마를 감당하기란 쉽지 않았다. 일주일 단위로 간병인이 바뀌었고 어떤 간병인은 통보도 없이 도망을 가 아르바이트를 하다가도 급하게 병원에 가야 하는 일이 생겼다. 그럴수록 보이지 않는 그물에 걸린 물고기처럼 숨통이 조여오고 답답함이 심해졌다. 그때 비상계단에 숨어 호흡을 몰아 하는 습관이 생겼다. 층 전체에 울리도록 거칠고 답답한 호흡이었다. 호흡기를 달고 숨을 크게 들이마셔도 숨을 쉬고 있다는 생각이 들지 않았다. 스트레스는 내가 감당할 수 있는 한계치를 넘었고 아주 작은 다툼에도 쉽게 눈물을 보이며 화를 냈다. 그 대상은 대부분이 아버지였다. 말해놓고 나니 '싸웠다'는 표현보다 일방적으로 화풀이했다는 표현이 더 맞겠다는 생각이 든다. 그렇다고 지금에 와서 그때의 나를 책망하고 싶지는 않다. 당시의 나는 고작해야 스물세 살이었고 곁에 있던 사람이 죽은 것과도 같은 시간을 견뎌냈던 것은 버거웠으며 더욱이 그 사람 인생의 무게를 짊어지기에는 너무 작았다. 당시의 내가 거부했던, 엄마가 죽지 않고 살았으므로 뒤따라 온 모든 고통을 힘들다고 투정부리는 것이 사치와 불효처럼 느껴졌던 그 마음을, 이제는 인정할 수 있다. 나는 그때 힘들었다. 고통스러웠다. 다시는 이전의 세계로 돌아가지 못할까 봐 두려웠다.

엄마가 서울 순천향병원에 있는 동안 회사가 을지로에 있었던 아버지는 점심시간에도 엄마를 찾아왔다. 이미 내 세상이 피폐하고 좁아서, 나는 아버지의 삶이 어떤지 일부러 짐작하지 않았다. 하지만 외면해도 맞닥뜨리게 되는 순간은 오기 마련인데, 내가 아버지의 차에서 수첩을 발견한 것이 그때였다. 아버지는 아직 내가 당신의 수첩을 봤다는 것을 모른다. 이번 기회를 통해 알게 되겠지. 어쩌면 아버지도 잊었을지도 모른다. 20년 전의 수첩이었으니 말이다.

잠시 눈을 붙이려고 앉은 운전석에서 까맣고 작은 수첩 하나를 발견했다. 엄마가 쓰러진 지 4개월이 지났을 때였다. 그 수첩에는 도로를 설계하는 아버지의 직업처럼 정갈하고 세밀하게 엄마의 병명과 증상이 쓰여 있었다. 아침저녁으로 의사를 만나 들었던 모든 내용이 세세하게 적혀 있었다. 먹고 있는 약의 성분, 그날 맞은 주사의 종류, 운동치료의 종류와 효과까지 전부 다. 거기에 아버지의 감상은 생략되어 있었으나 '기억하지 못함'이라거나 '자주 움'이라는 기록에는 밑줄을 긋거나 동그라미를 쳐두었다. 떨림이 많은 선. 아주 느리게 왕복한 선들이 고독하게 누워 있었다. 나는 한참 동안 수첩을 바라보다 떨림이 그대로 기록된 선을 손가락으로 훑었다. 내면의 흔적이었다.

✳

아버지가 다시 사막의 이야기를 꺼낸 것은 엄마의 폭력성이 조금 수그러들고 모든 말에 "그래?" "왜?" "몰라" 같은 대답만 하기 시작할 즈음이었다. 예전의 기억을 떠올리는 건 아니었지만 엄마는 이제 적어도 앞에 앉은 남자가 자신과 인연이 깊다는 것과 내가 딸이라는 것쯤은 아는 모양이었다. 나는 복학 후 학교를 졸업하고 다시 항공연구원으로 들어가기 위해 영어 점수를 따고 있었다. 새벽 일찍부터 나가 학원에 온종일 박혀 있다가 밤이 되면 병원에 얼굴을 비치는 정도였다. 스물여섯이었으니 그리 늦은 나이도 아니었으나 마음의 조급함을 달래는 길이 그런 식으로 나를 혹독하게 만드는 방법뿐이었다. 몸은 피곤했지만 나를 위해 시간을 할애한다는 것을 행복으로 느낀 때이기도 했다. 어쨌든 그렇게 병원에 머무는 시간이 예전보다 줄었고 내가 병실에 도착하면 늘 아버지가 있었다.
아버지는 휠체어에 앉은 엄마와 마주 보고 앉아 대화를

나누었다. 서로 말을 주고받는다기보다 화자와 청자가 완벽하게 구분된 대화였다. 아버지는 그때부터 자신이 해외에 있는 동안 겪었던 일들을 공동의 추억으로 탈바꿈해 꺼내놓았다. 연애 시절의 이야기와 결혼 초반의 이야기는 이미 다 소진한 후였다. 아버지는 에콰도르의 태평양에서 보았던 고래 떼와 멕시코 수미데로 계곡에서 본 쌍무지개, 사우디아라비아 헤자즈 산맥을 따라 북동 방향으로 이동하다 만난 네지드 고원 따위를 이야기했다.

그때 당신이 거기서 넘어지는 바람에 내가 업어줬잖아. 그거 기억 안 나?

아버지가 시치미 떼고 가짜 추억을 만들어 물으면, 엄마는 도통 생각나지 않는다는 표정으로 아버지를 바라보다 끝내 그랬지, 하고 대답했다. 자신을 위해 무언가를 열심히 말하는 남자가 안쓰러워 내뱉은 반응일 수도 있었다. 하지만 이따금 엄마는 "그래, 기억나." 하고 말할 때마다 정말로 그때를 회상하는 것 같은 황홀한 표정을 지었다. 개중에서도 엄마가 가장 큰 반응을 보이는 이야기는 사막에 관한 추억이었다.

사막 투어를 했던 날 있잖아, 당신이랑 나랑.

사막?

응, 사막. 온통 모래뿐인 곳. 우리 다녀왔잖아.

응. 그렇지.

거기서 은하수도 봤고. 땅까지 별이 닿아 있었잖아.

별?

응, 우주에서 보내는 빛. 그게 밤하늘에 빼곡하게 박혀 있었어. 은하수도 있었고. 우리 같이 누워서 하염없이 밤하늘만 바라보면서 아침이 오지 않기를 바랐어.

…….

기억 안 나?

나.

그렇지? 우리 거기 다시 가기로 했잖아. 그것도 기억나?

나.

당신 퇴원하면 가자.

실제로 두 분이서 그곳에 다시 가자는 약속을 했는지는 알 수 없었다. 단지 엄마는 고개를 끄덕이며 아버지와 새끼손가락을 걸었고, 그럴 때면 아버지가 만든 가짜 추억이 진짜가 되는 듯했다. 적어도 엄마에게는.

그로부터 10년 후, 사막에 간 사람은 나였다.

항공 훈련 중 한 단계였다. 서 있기도 힘든 모래폭풍과 시시각각 변하는 날씨에서 살아남아야 하는 혹독한 훈련이었다. 가압 방수복을 입고 있어 움직임도 자유롭지 않았다. 나는 그곳에서 파트너였던 산드라와 사흘을 함께 버티다 강한 모래폭풍에서 서로를 잃은 채 사흘을 더 버텼다. 행성에 처음 도착한 최초의 인류처럼, 혹은 태초의 원시 인류처럼 황무지인 사막에서 불을 피웠고, 불을 지키려고 노력했고, 살아남기 위해 식량을 아꼈으며 모래로부터 서로를 잃지 않기 위해 부둥켜안았지만 그것도 둘이 있을 때야 가능한 이야기였다. 혼자 있을 때는 모든 것이 불가능했다. 바람 속에서 제자리에 버티고 서 있는 것마저 힘든 것이 인간이었다. 별을 잃어 하늘을 보고서는 방향을 찾을 수 없었다. 나는 손에 있던 나침반과 반쯤 남은 물로 사막을 혼자 버텼다. 이 길이 맞는 방향인지 장담할 수 없었다. 우주가 가리키는 지표가 아닌 고작 손바닥만 한 나침반에 내 목숨을 걸어야 했다. 몇 시간은 바람이 멎기도 했다. 하지만 별 하나 보이지 않는 하늘은 그대로였다. 무엇도 기대하지 않았는데 실망감을 느꼈다. 아버지가 내게 말했던 사막과 지금의 사막은 너무나도 달랐다. 포악하고 불친절했다. 소중하게 아꼈던 무언가를 잃은 것처럼 화나 있었다.

내게 남은 건 오직 사막에서 생을 마감하는 것이 전부라고 인정하며, 모든 것을 다 포기했을 때 산드라를 만났다. 나는 사람이 말랐던 것처럼 산드라를 끌어안았다. 사막이 두려웠던 것인지 아니면 혼자 있던 사막이 무서웠던 것인지 구분할 수 없었다. 혼자가 아니라는 안도감이 폭풍처럼 밀려왔다.

일주일의 훈련을 마치고 인근의 마을로 도착했다. 다른 팀과 합류해야 했다. 그곳에서 만난 팀들 역시 생사의 갈림

길을 전전하다 온 몰골이었다. 우리는 누가, 얼마나 더 위험에 처해 있었는지 입씨름하지 않고 그저 살아서 만난 것을 즐겼다. 우리가 묵었던 숙소는 나이 쉰의 남자인 '카림'이 홀로 운영하는 조그만 곳이었다. 카림은 그 마을에서 50년을 산 토박이로, 수작업으로 마스크를 세척하며 간간이 숙박을 받는다고 말했다.

원래는 숙박업소가 대대로 내려오던 가업이었어요. 그런데 사막을 찾는 이들이 사라지면서 자연스럽게 다른 일을 병행해야 했죠.

카림의 말이 사실이라는 걸 대변하듯 거실 한 벽면에는 아주 오래전에 이곳에 머물렀다 간 사람들의 사진들이 걸려 있었다. 2012년부터 이어져오던 사진은 2027년에서 끊겼다. 아버지가 사우디아라비아에 왔을 때가 2028년이었다. 나는 사진을 물끄러미 바라보다가 카림에게 물었다.

이곳에 왔던 사람들은 대부분 뭘 관광했어요?

사막이죠. 다른 지역은 모르겠지만 여기에는 사막뿐인걸요.

그럼 이 사람들도 사막체험을 했겠네요.

카림은 내 말을 듣더니 어이없다는 듯이 웃었다.

언제 적 사막투어인데요. 그중에 절반은 그저 곁에서 사막을 보러 온 거죠. 태초의 황망함을 느끼고 싶은 인간들이거나.

나는 그제야 사진을 다시 둘러보았다. 2022년까지는 사막 가운데서 찍은 사진이 걸려 있었지만 그 이후로는 전부 이 집 앞에서 헤어지기 전에 찍은 듯한 사진들이었다.

이 이후로는 사막투어가 사라졌나요?

사라졌어요. 그날 이후로는 아무도 못 들어갔어요.

혹시 여기 말고 다른 곳은…….

다른 곳도 마찬가지죠. 생계였으니 우리도 누구보다 아쉽지만 어쩌겠어요. 사막이 인간을 허락하지 않는데. 자연을 거스르면 안 돼요. 그 결과는 죽음뿐이니까요.

카림의 말은 사실이었다. 나라 자체에서 사막체험을 금지시켰다는 것을 뒤늦게 도착한 동료를 통해 들었다. 기후변화로 인해 모래폭풍이 거세다는 안전상의 문제와 밤하늘이 보이지 않는다는 관광목적 상실의 이유로 사막체험이 완전히 사라졌다는 것이다. 그러니까 어떤 사설 여행사도 사막으로 들어가지 못했다는 뜻이었다.

카림은 나와 헤어질 즈음 나에게 집 뒤에 있던 지하 도로 입구를 가리키며 말했다. 아버지가 이 근처에서 일을 한 적 있다는 내 말을 듣고서 내내 생각한 모양이었다.

저 도로를 만들 즈음이 모래폭풍이 가장 심했어요. 그때 한국에서도 사람이 왔었는데 일할 때 빼고는 내내 숙소에만 있어야 했어요. 사막은 어림도 없었어요. 가끔씩 일하는 사람들이 이 마을까지 내려와 우리와 같이 술을 마시기는 했어요. 심심하니까요. 그럴 때면 사막에 대해 이런저런 이야기도 나눴죠. 사막에 대한 아름다움이나 밤하늘 따위를요. 물론 그중에서 실제로 본 사람은 아무도 없어요. 그렇지만 그냥 말하는 거예요. 그렇게라도 하지 않으면 이곳은 너무 무섭고 팍팍하니까요. 멀리 타국까지 날아와 일하는 사람들은 그게 더 심하겠죠. 아름다움을 꿈꾸면서 사막으로 외로움을 던지는 거죠.

당신도 사막의 밤하늘을 본 적 없나요? 내가 물었다.

없죠. 저도 아버지한테 들었어요. 아버지는 또 할아버지한테 들었고⋯⋯. 사막의 밤하늘은 그 어느 곳보다 위대하다는 걸요. 지평선에 별이 걸려 있다니까요.

*

우리는 오래도록 우주 어딘가에 있을, 우리와 같은 지적 생명체에게 신호를 보내왔다. 그리고 20년 전 1229b 행성과 멀지 않은 곳에 위치한 행성으로부터 답을 얻었다. 추측하기로 그들은 우리보다 문명과 과학기술의 속도가 100년 정도 늦을 것이다. 우주와 외계존재에 대한 호기심 가득한 질문을 쏟아낸 것으로 예상할 수 있었다. 그곳의 대기와 물, 중력, 기압⋯⋯ 모든 것이 지구와 흡사하다. 적어도 그들은 우리와 같거나 우리와 비슷한 모습일 테다. 다른 점이 있다면 아직 그곳은 하늘을 바라볼 수 있는 맑은 공기가 있다는 것…….

나도 아버지를 닮았나 보다. 리윙에게 평생 옆에 있어달라고 부탁했건만 결국 떠나는 것은 나였다. 리윙은 아주 긴 항해에 선발되었다는 내 이야기를 듣고 축하와 동시에 "우리가 이혼하는 것은 아니지?"라고 물었다. 살아 돌아온다면, 그리고 내가 돌아올 때까지 네가 살아 있다면 결혼은 계속 유지된다는 대답을 했다.

✳

나는 여전히 내가 이토록 우주를 갈망하는 정확한 이유를 찾아내지 못했다. 나는 운이 좋게 호프호에 승선한 선원일 뿐, 인류를 위해 위대한 업적을 남길 위인이 아니다. 하지만 가끔 아버지가 말했던 사막의 밤하늘이 딱 그날 하루, 아주 운 좋게 뜨지 않았을까 하는 상상을 했고, 정말로 우주의 누군가가 아버지에게 속삭인 것은 아닐까 오래도록 고민했다. 나를 우주로 보내기 위해서. 어쩌면 지금 우리가 그들에게 보낸 신호가 차원을 돌다가 다시 지구에 닿았던 것은 아닐까.

리윙은 내가 떠나기 전, 아직도 지구를 살리는 일에는 관심이 없느냐고 물었다. 나는 대답 대신 키스를 남겼지만, 이곳에서 솔직히 말해보자면 여전히 지구를 살리는 일에는 관심이 없다. 나에게는 그저 내 꿈을 실현시키고자 하는 욕망이 있을 뿐.

아버지는 도로가 없는 우주를 어떻게 달리느냐고 물었다. 정말로 궁금해 물은 것은 아니겠지. 영원히 젊을 것 같던 아버지는 어느새 머리가 전부 새하얗게 셌고 얼굴에 검버섯이 가득해졌다.

바다를 항해하는 것과 같아요. 바다에도 도로는 없지만 배가 나아갈 길을 알려주잖아요.

그렇구나. 평생 열심히 땅에 도로를 깔았더니 내 딸은 도로가 없는 길을 가네. 이럴 줄 알았으면 우주에 도로를 깔았어야 했어.

아버지는 너스레를 떨었다. 그러고는 곧 머뭇거리는 내 속마음을 꿰뚫어보고는 말했다.

엄마는 걱정 마라. 이 아빠가 있잖니. 아빠도 이제 엄마보는 건 익숙해서 아무 문제 없거든. 자식은 부모 걱정하는 거 아니다.

나는 가만 고개를 끄덕였다.

그리고 어느 곳이든 네가 나아가는 곳이 길이고, 길은 늘 외롭단다. 적당히 외로움을 길 밖으로 내던지며 나아가야 한다. 외로움이 적재되면 도로도 쉽게 무너지니까. 알겠니?

나는 이곳에 오기 전까지 아버지에게 카림한테서 들었

던 사실을 말하지 않았다. 아버지가 설령 보지 않은 것을 보았다고 거짓말했더라도, 내 출발지가 그곳이었음은 변하지 않으니까. 나는 아버지에게 보지 않은 것은 쓸 수 없다고 말했지만 결국 보지 않은 우주를 꿈꿨다. 나는 아무도 가보지 않은 곳을 향해 가고 있고, 긴 주행을 마친 아버지는 현재만이 존재하는 세계에 정착했다.

우리가 갈 수 있도록 그 행성에 텔레포트 설계도를 보냈고, 아주 오랜 시간이 걸린 끝에야 그 행성에서 우리의 숙제를 완수했다. 우리는 그곳에서 지구가 잃은 공기를 다시 찾기 위해 노력하겠지. 내 메시지가 닿는 속도만큼 나는 그 행성으로 나아갈 것이다. 침전되지 않도록 우주 밖으로 외로움을 내던지면서.

그곳에 아직 별이 뜬 사막이 있을까.

당신은 여전히 사막을 꿈꿀까.

너를 위해서

"당신의 아이입니다. 감회가 어떠세요?"

솔직히 말해서 손가락으로 눌러보고 싶었다. 무언가를 쥐었다는 느낌조차 없이 터질 것 같았다. 그는 둥그런 어항같이 생긴 인공자궁에 똬리를 튼, 쌀알처럼 아주 작은 자신의 '씨'를 바라봤다. 들어올 때 큐레이터가 준 돋보기를 들었다. 6주밖에 되지 않은 아이는 3등신의 새끼 새우 같았다. 거기까지 제멋대로의 상상을 마치고 그는 손가락 마디에 느껴지는 가짜 감각을 없애기 위해 바지춤에 손을 문질렀다. 본능에 가까웠던 끔찍한 생각을 한편으로 치우자 곧 황홀하기 이를 데 없는 행복감으로 빠졌다. 그에게도 드디어 아이가 생겼다. 그는 주머니에서 손수건을 꺼내 이마와 콧잔등에 흐른 땀을 훔치고는 큐레이터를 바라봤다.

"무, 무척 아름답습니다. 정말 예쁘네요."

전날 밤 그는 아이를 볼 생각에 뜬눈으로 밤을 지새웠다. '내 아이라니!' 그 생각만 하면 심장이 몹시 뛰어 자정이 넘은 시간에도 청심환을 까먹어야 했다.

그는 선택받은 사람이었다. 성인이 되자마자 '태아 보호자 권리심사'에 통과했고 그 후로도 꾸준히 건강한 정자인지 검사받기를 20년, 드디어 그에게도 아버지가 될 수 있는 권리가 생긴 것이다. 5년만 늦었더라도 나이 탓에 자격 요건에서 완전히 밀려날 뻔했다. 얼마나 다행인지 모른다.

아이를 가지려고 평생 담배나 술 따위는 입술에도 대지 않았다. 혹여나 적성검사에서 탈락할까 봐 매일 아침 클래식 음악을 듣고 교양프로그램을 시청했으며 일주일에 한 번씩은 꼭 전시회를 구경했다. 건강한 정신을 가진 남자만이 아버지가 될 자격을 가질 수 있었다.

아주 예전에는 이런 절차 없이도 누구나 아버지가 될 수 있었다고 들었다. 좋은 시절이었을 것이다. 무분별한 시절이기도 했겠지만. 그때 모든 남자는 노력 없이 아버지가 될 수 있음을 감사하게 여겼을까?

그는 가문의 영광이었다. 아이가 태어나면 똑같이 아이를 가진 어머니를 만나 4인 가족을 꾸릴 것이다. 가족형태의 상위 1퍼센트 귀족가족을 꾸릴 날이 머지않았다. 두 아이가 성인이 되면 사회로 내보내고 자신은 아내와 둘이 국가의 혜택을 받으며 노후를 보낼 거였다.

큐레이터는 그와 함께 무장한 경호원 두 명을 대동하고 인큐베이터실을 지나 더 안쪽으로 안내했다. 두 경호원이 신경 쓰였지만, 곧 미래의 희망을 품고 있는 곳인만큼 이 정도의 경계는 유난이 아니라고 생각했다. 큐레이터는 창이 없는 복도를 지나 가장 안쪽에 위치한 방으로 그를 안내했다. 한쪽 벽면은 스크린으로 되어 있었다. 취조실처럼 창 하나 없었으며 방 가운데에 테이블 하나와 의자 두 개가 덩그러니 놓여 있어 분위기가 스산했다. 그가 자리에 앉았다. 큐레이터가 맞은편에 앉았고 경호원 두 명이 문 앞을 지키고 섰다.

"다시 한 번 축하드립니다. 당신의 유전자로 태아가 무사히 착상된 것을요."

그는 수줍게 웃으며 고개를 숙였다. 환기되지 못한 갑갑한 공기 탓인지 아니면 스크린에서 뿜어져 나오는 열기 때문인지 이마와 콧잔등에 또 땀이 맺혔다. 그가 손수건을 꺼내려 주머니에 손을 넣었지만 손은 텅 빈 바지 주머니만 배회했다.

"이전에도 말씀드렸다시피 상대 유전자 주인의 정보는 일절 알려드릴 수 없습니다. 10개월 뒤 태아가 '출산'되면 그달에 함께 출산된 아이의 어머니와 가정을 꾸리게 될 겁니다. 통상적인 절차는 그렇습니다만……."

큐레이터가 말을 줄였다. 스크린 화면으로 그의 자식, 아니 아직 자식이라고 할 수 없을 만큼 작은 배아의 사진을 열었다.

"당신의 유전내력을 돌려본 결과 심장질환으로 사망한 경우가 98퍼센트였습니다. 착상 후 배아가 형성되는 과정을 토대로 시뮬레이션을 돌려본 결과 당신의 아이는 서른에 심장마비로 죽을 확률이 80퍼센트입니다."

그는 자신의 아이가 서른에 죽는다는 사실에 슬픔을 감추지 못했다. 큐레이터가 서랍에서 서류 한 장을 꺼내 그에게 내밀었다.

"당신이 '아버지'가 된다는 서약서에 서명한 자료입니다. 당신의 심장을 더 나이 들기 전에 보관한다면 30년 후 당신의 아이에게 기증할 수 있습니다. 당신은 아이를 위해 자신의 모든 걸 내걸 수 있다는 서약을……."

"아, 아니! 잠시만요!"

그가 다급하게 소리치며 일어섰다. 그의 행동을 본 두 경호원이 총구를 들었다. 저들이 자신을 이 방 밖으로 살려서 내보낼 생각이 없다는 걸 그는 뒤늦게야 깨달았다. 큐레이터의 말대로라면 그는 '저 아이'를 위해 지금 자신의 심장을 기증해 건강한 상태에서 보관해두어야 한다. 그는 고개를 저으며 뒷걸음질 쳤으나 가로막힌 방이었다. 큐레이터가 웃으며 나긋하게 말했다.

"이게 다 당신의 아이를 위해서예요. 저 아이를 보세요. 살아 숨 쉬는 이 작은 생명체…… 얼마나 사랑스럽습니까?"

그가 고개를 돌렸다. 스크린에는 작은 쌀알뿐이었다.

레시

빗방울이 가둬두는 거야, 자신의 몸 안에.

순간을 영원히 기억하기 위해서.

"죽여서는 안 돼."

2시간 동안 진행된 회의에서 승혜가 처음으로 낸 의견이었다. 엇갈리는 의견에 언성이 점점 높아지던 대원들이 단번에 조용해졌다. 네 명의 시선이 승혜에게 몰렸다.

"기껏 생명을 살리자고 이곳까지 왔으면서 죽이면 무슨 소용이 있어. 생명의 정체를 알 수가 없을 때 가장 먼저 해야 하는 게 관찰 아닌가? 적어도 그 생명체에게 우리한테 자신의 정체를 직접 설명할 기회를 줘야지."

승혜의 말에 동감한 대원은 우주비행사 호연과 생태학자 주연이었다. 다섯 명 중 세 명이 '그 생명체'를 살리는 것에 동의했다. 다수의 의견이 결정되었으므로 나머지 두 사람은 마지못해 고개를 끄덕였다. 그중 엔지니어인 테레즈가 승혜의 의견에 조건을 붙였다. 테레즈가 입을 열자 귀에 심은 번역기 칩이 곧바로 테레즈의 영어를 한국어로 번역했다.

　　"조금의 공격성이라도 보인다면 그때 가차 없이 그 생명체를 박제시켜 지구에 데려간다고 약속해. 그 정도의 후속 조치는 보장받아야지."

　　테레즈의 조건에 장의의도 고개를 끄덕이며 가만히 승혜의 대답을 기다렸다. 승혜는 망설임 없이 동의했다. 낯선 생명체에 대한 2시간의 회의는 거기서 마무리되었다. 이곳의 바다에서 생명체를 발견한 지 6시간 만에 난 결론이었다.

　　승혜는 방으로 돌아와 침대에 앉았다. 쟁반 같은 창 너머로 빛나는 것은 얼음 위성이다. 40킬로미터 두께의 얼음을 뚫고 내려가야 존재하는 바다가 지금으로서는 지구 해양생물의 유일한 희망이었다. 얼음산의 협곡이 보일 정도로 가까운 상공에서 시추작업을 통해 뚫어놓은 구멍이 위성 표면에 순차적으로 보였다. 토성의 위성 엔셀라두스의 중력에 묶인 우주선 나비호는 이름과 달리 소금쟁이 같은 형상이었다. 가운데 조종석이 있는 몸체로부터 기다란 다리 여섯 개가 뻗은 형태였다. 마치 부력으로 우주를 떠다니는 듯한 우아하고도 매끄러운 외관이었다.

얼음으로 이루어진 엔셀라두스의 표면은 달보다 밝게 빛났다. 커튼을 쳐놓지 않으면 도저히 잠을 잘 수 없을 정도였다. 승혜가 암막 커튼을 치고 침대에 누웠으나 시선은 커튼 사이로 희미하게 쏟아지는 빛으로 향했다. 수면제를 받을 때, 의사는 다량으로 처방해주면서도 불안감을 감추지 못했다. 승혜가 의사를 안심시킬 수 있는 최대한의 말은 "내가 우주까지 나가서 수면제 과다 복용으로 죽겠느냐."라는 것뿐이었다. 우주에서 죽을 거라면 적어도 그보다는 멋진 최후를 맞이할 거라는 뒷말은 생략함으로써 석 달 치의 수면제를 처방받았다. 하지만 의사의 걱정과 달리 승혜는 나비호로 온 이후 지금까지 단 한 번도 수면제를 복용하지 않았다. 오늘 밤도 걱정 없이 잠들 수 있으리라.

나비호는 두 달 전에 엔셀라두스에 도착했다. 중국 창정에서 연락이 온 지 1년 만이었다. 서울의 만원 전철에서 또다시 구토감을 느끼고 있었을 때였다.

한강을 덮은 야경 불빛이 우주의 별보다 숫자가 많을 것 같았다. 흔들리지 않는 쾌속 전철이 아파트 사이를 빠르게 지나가는 것을 보며 승혜는 구토를 참아냈다. 재킷 주머니에서 손수건을 꺼내 식은땀이 흐른 이마를 닦아낸 후 입과 코를 막았다. 역과 역 사이는 고작 30초밖에 걸리지 않는다. 승혜가 전철 안내화면을 노려봤다. 합정역에 가까워지는 것이 보였고, 얼마 안 돼 역에 도착했다. 사람들을 헤치고 전철 밖으로 뛰쳐나갔다. 눈에 보이는 쓰레기통을 붙잡고 속을 게워내려고 시도했지만, 숨 이외에 어떤 것도 쏟아지지 않았다. 그다음에 도착한 열차도 마지막 횡단열차인 것처럼 어딘가로 피난 가는 듯한 사람들을 가득 채운 만원 전철이었다. 밀고 들어가면 들어갈 수 있을 것이다. 하지만 승혜는 의자에 앉으며 전철을 보냈다. 두 손을 맞붙잡고는 고개를 숙였다. 눈을 감고 숨을 몰아쉬었다. 땅이 여전히 흔들렸다. 스프링시트 위를 걷는 울렁거림이 지속됐다. 4년째 지속되는 울렁증에는 이름도, 발병체도, 치료방법도 없었다.

재킷 주머니에서 울리는 휴대폰의 벨소리도 무시하고 숨을 깊이 들이마셨다가 뱉었다. 늘 끝마무리를 제대로 하지 못하는 연구보조의 전화거나 과학출판사 편집자의 안부 전화일 것이다. 두 번 받지 않으면 둘 다 승혜에게서 연락이 오기를 기다리겠지. 하지만 두 번째 전화가 끊기고 세 번째 전화가 왔다. 승혜가 눈살을 찌푸리며 휴대폰을 꺼냈다. 저장되지 않은 번호였다. 발신지가 중국이었다.

바다를 살릴 수 있는 마지막 카운트다운은 실패로 끝났다. 머지않아 흑해를 시작으로 모든 미생물이 죽을 것이라 예견했다. 5대양 전부 사해(死海)가 될 것이다. 돌고래나 해파리의 집단 죽음을 시작으로 청어, 산호초… 그렇게 바다에 있는 생명체가 완전히 사라질 때까지 10년이 걸리지 않으리라.

지구는 바다가 보낸 마지막 신호를 제대로 듣지 못한 죄로 바다를 잃었다. 원인은 파지 바이러스의 변종 때문이었다. 균을 공격하는 살균바이러스였던 파지가 공격의 대상을 미생물로 바꾼 것이다. 바이러스가 갑자기 변화한 원인은 여전히 규명되지 않았다. 인간이 할 수 있는 일이라고는 그저 변종된 바이러스의 피해가 확산되지 않기를 바라는 것뿐이었다. 하지만 그마저도 너무 늦었다. 인간과 함께 진화하는 바이러스는 언제나 인간보다 강하고 뛰어났다.

승혜가 그 모든 일말의 멸망을 모두 목격하고, 중국 창정으로 2년 만에 돌아와 만난 것은 NASA 직원, 그리고 10년 전 잠시 호흡을 맞췄던 생태학자 주연이었다. 승혜는 주연의 말을 묵묵히 듣고 잠시 담배를 피워도 되느냐고 물었다. 빌어먹게 먼 흡연구역까지 걸어와 담배를 입에 물었다.

그리고 부재중 전화를 세 통이나 남긴 예나에게 전화를 걸었다. 전부 망가졌다고 해도 과언이 아닌 대학 인연에서 유일하게 살아남은 친구였다. 예나는 전화를 받자마자 물었다.

"왜 불렀대?"

승혜가 담배를 한 번 더 빠는 여유를 부리고는 입을 열었다.

"나보고 우주로 나가래. 다른 별에 가서 바다를 살리고 오래. 미친 거 아니냐?"

만일 한국에 도착하자마자 전철에서 또다시 구토를 느끼지 않았다면 승혜는 우주선에 탑승하지 않았을 것이다. 하지만 이 땅에서 어지럼증을 없앨 방법이 없었다. 승혜의 균형은 바다와 함께 사멸했다. 땅에서는 언제나 괴로울 것이다. 의사의 진단이었다.

✳

착륙선이 본체에 도착했다. 주연이 젖은 우주복을 벗으며 샘플 통을 승혜에게 넘겼다. 위성에 기지를 세우는 방안은 막강한 추위와 얼음 지반으로 무산되었고 나비호는 엔셀라두스의 중력궤도 안에 간격을 유지하며 떠 있었다. 잠수함 모양을 한 착륙선은 하루에 한 번씩 위성으로 내려가 시추해놓은 빙판 속으로 들어가야 했다. 장의의가 두꺼운 담요를 주연에게 둘렀다. 주연이 파랗게 질린 입술을 열었다.

"어제랑 같은 상태야. 형태도 자세도."

"사진은?"

주연이 카메라를 넘겼다. 승혜가 샘플과 카메라를 들고 자리를 떴다.

현미경으로 움직이는 미생물들을 지켜보았다. 엔셀라두스 바다에 녹조류를 풀어 얼어 있던 미생물을 깨우는 계획은 성공이었다. 바다는 조금씩 생명이 살아갈 수 있는 환경을 조성해갔다. 요람을 준비하는 부모처럼 곧 이 위성에서 살게 될 해양생물을 위해 아름다운 모빌을 엮고 있었다. 지구에서 살았던 바다 생명체의 종을 전부 이주하지는 못하더라도, 손톱만 한 작은 치어라도 품에 안고 지구로 돌아가야 한다. 이 바다에서 미생물이 죽지 않는다면 역으로 돌연변이 파지의 해결방법을 찾을 수 있을지도 모른다. 승혜의 임무는 남극 장보고 과학기지에서 하던 것과 다르지 않았다. 미생물을 관찰하고 바이러스를 연구한다는 것도, 그때 느꼈던 추위까지도 전부 똑같았다.

사진을 확대해 살펴보던 주연도 승혜의 의견에 동감했다. 아직 부화하지 않은 알에 웅크린 태아 같은 모습이었다. 하지만 어류나 조류라기에는 그 생명체의 형태가 머리와 몸으로 정확히 나뉘어 있었다. 그렇다고 포유류처럼 혈관이나 뼈가 나타난 것도 아니었다. 양서류 같은 점액질의 피부. 물러서서 그것을 바라보던 테레즈는 사족을 덧붙이지 않고 자리를 떴다.

테레즈는 1군이었다. 2군인 다른 대원들과 달리 테레즈는 1군의 대원들과 나비호를 몰고 엔셀라두스에 먼저 왔다. 1군 대원들은 2군 대원들이 이곳에 오며 지구로 돌아갔지만, 테레즈는 계속 머물렀다. 테레즈는 2년을 더 머물러 있는 셈이었다. 그러니 잠잠했던 바다에 불쑥 출현한 정체불명의 생명체에게 적대심을 가지는 건 어쩔 수 없으리라. 생명이 살아갈 수 있는 바다에서 생명이 탄생한다는 것은 지극히도 당연한 일임을, 그리고 그 생명체가 지구에서 보았던 것과는 다를 수밖에 없음을 납득하면서도 받아들이지 못하는 것이다.

전날 그 생명체를 발견한 사람은 호연이었다. 착륙선을 끌고 바다에 들어갔던 호연은 엔셀라두스의 남극지점인 남위 90도 00분 P6 지점에서 이전에 없던 반투명 생명체의 존재를 처음으로 발견했다. 이 바다에 녹조류를 푼 지 1년하고도 3개월이 지난 시점이었다. 호연은 곧장 영상을 나비호에 송출했다.

처음 발견했을 때는 주먹만큼 작은 크기였다. 머리와 몸이 구분되지 않는 야구공만 한 크기였지만 발견 6시간 만에 야구공은 축구공의 크기만큼 자랐다. 그 탓에 어제의 회의는 두려움을 밑바닥에 깐 흥분으로 어지러웠다. 어찌 됐든 결론은 관찰이었다. 이제는 농구공만큼 커져 머리와 몸통이 분리되고 눈의 위치까지도 짐작할 수 있는 이 생명체가 육식동물이나 괴수의 태아일 가능성은 다행히도 현재까지 없어 보였다. 그날 오후 주연이 관제센터에 이 생명체에 대해 보고했고, 상부에서는 지속적인 관찰보고를 요구했다.

지구인이 처음으로 만나는 외계생명일지도 모르는 낯선 손님에게 등 뒤에 창을 감추고서, 그 낯선 상대방이 최대한의 친절을 베풀기를 바라면서.

테레즈는 먹던 빵을 내려놓고 비장하고 단호하게 입을 열었다.

"레시."

장의의가 그 이름을 따라 읊다가 무슨 뜻이냐고 물었다. 지금까지 나왔던 각종 연예인과 좋아하는 음식 이름보다는 입에 잘 붙으니 일단은 모두가 그 뜻을 들어보자는 눈치였다.

"설마 그 뜻이야?"

승혜가 물었고 테레즈가 고개를 끄덕이자, 승혜는 들고 있던 술잔을 내려놓으며 고개를 저었다. 뜻을 알지 못하는 다른 대원들의 원성이 자자해졌다. 대답하지 않으려고 술로 입을 다물던 승혜가 마지못해 손을 들었다.

"감기."

우습게도 감기였다.

"최초로 발견된 감기 바이러스에 붙은 이름이야. 근데 그걸 어디서 알아냈어?"

"책 가져가서 읽어도 된다며. 그나마 그림 많은 거로 가져간 거야."

테레즈가 가져간 책이 어떤 책인지 짐작하고는 납득했

다. 얇고 사진이 많은 책이었다. 그 책의 초반 부분에 최초로 발견된 바이러스에 대한 설명이 나왔다. 레시. 초록색 색연필로 동그랗게 그린 자국도 남아 있을 것이다. 그 책에 대한 흔적은 빠짐없이 기억하고 있었다. 원치 않아도 멋대로 선명하게 박히는 기억들이 있다.

"그런데 책 사이에 이상한 게 말라 있던데."

테레즈가 조심스럽게 말을 꺼냈다. 표정에는 약간의 께름칙함이 남아 있었다.

"바퀴벌레 말려놓은 거야, 그거."

대원들이 먹던 음식을 내려놓고 적잖은 야유를 쏟아냈다. 승혜가 숨겼던 고약한 취미에 대해 다들 한마디씩 얹었고, 승혜는 말들이 잠잠해진 후에야 변명 같은 이유를 덧붙였다.

"빙하에 얼어 있던 놈이야. 적어도 공룡이랑 살을 비비고 살았던 놈이라고."

그 책의 주인은 늙은 바퀴벌레가 세상의 궁금증을 해결해줄 거라고 믿었다. 단풍잎 같은 작은 여섯 손가락으로 얼음 속에서 바퀴벌레를 캐내 납작하게 말렸다. 책이 주인을 잃은 지금은 바퀴벌레가 책의 터줏대감이었다. 대원들의 이야기는 금세 자신이 그동안 만났던, 믿기 힘들 정도로 커다란 벌레에 대한 주제로 넘어갔지만 승혜는 대화를 따라가지 못했다. 삶의 구석구석에 박힌 기억들이 발바닥에 찔리면 어쩔 수 없이 모든 걸 멈춰야 했다.

　외계생명과의 초유의 만남일지도 모른다는 적잖은 흥분감에 찼던 저녁 식사가 마무리되고 방으로 돌아온 승혜는 그 책을 찾아냈다. 침대에 반쯤 누워 베개를 끌어안고 책을 펼쳤다. 책 곳곳에는 실수로 찍힌 펜 자국이 가득했다. 하지만 해가 갈수록 이마저도 희미해지는 것만 같았다. 승혜는 그것이 자신만의 착각이길 간절히 빌었다. 책을 제대로 펼쳐본 지가 오래였다. 흔적은 흔적을 지운다. 영원히 간직하려면 가두어야 하는데 지구에는 영원히 가둘 수 있는 공간이 없었다. 우주의 엔트로피로부터 지켜줄 방공호가 필요했다.

　책에는 미약하게 빙하의 시린 냄새가 남아 있는 듯했다. 책을 끌어안고 자서 책에 남은 차가운 냉기가 천천히 심장을 얼어붙게 했으면 좋겠다고, 승혜는 생각했다. 안타깝게도 후각은 촉감으로 전이되지 못했다. 대신 귓바퀴에 옮겨붙을 정도로 선명한 남극의 바람 소리가 들렸다.

　돌연 두꺼운 외벽을 내리치는 바람 소리가 환청으로 들리기 시작한 시점은 남극에서 돌아온 지 6년이 지난 때였다. 승혜는 창문을 열고 바람이 불지 않는 적막한 밤하늘을 열한 번 확인한 후에야 바람이 밖이 아닌 안에서 불어온다는 걸 알아차렸다. 의사는 PTSD니 충분한 휴식을 취하라고 권했지만, 승혜는 귀에서 쉼 없이 부는 바람을 들으면서는 도저히 휴식을 취할 수 없었으므로 환청을 달고 살았다.

그렇게 두 달을 버텼다. 그리고 환청이 귀에서 떨어질 무렵에 어지럼증이 찾아왔다. 지하철역에 들어서자마자 느껴지는 어지러운 감각에 에스컬레이터 옆에 주저앉았다. 바닥을 짚었고 누군가의 신고로 의료인이 찾아오기 전까지 승혜는 구석에 웅크려 이를 악물고 눈물을 참았다. 의사는 똑같은 말을 할 것이다.

"그 사고로 인한 외상 후 스트레스 증후군입니다, 충분한 안정을 취하세요. 슬픔으로부터 멀어지기 위해 노력하세요."

＊

주연은 우주복 후면을 잠가주며 괜찮겠냐고 또 물었다. 이로써 승혜가 우주복을 입는 동안 여섯 번째 질문이었다.

승혜는 주연이 자기에 대해 알면 얼마만큼 안다고 이런 오지랖을 부리는가 싶다가도, 한편으로는 누구라도 짐작 가능한 크기의 트라우마라는 점을 상기했다. 자신의 고통이 특수하지 않다는 것을 느낄 때 다가오는 위로감이 있다. 주연은 보편적인 형태의 슬픔 정도로 승혜를 걱정하는 것이다. 승혜의 경추 뼈 바로 아래에 새겨진 손가락 여섯 개의 손바닥 문신을 보며 차마 모르는 척할 수 없었을지도 몰랐다. 주연이 승혜의 우주복 후면을 끝까지 채웠다. 승혜가 주연을 돌아보며 입을 열었다.

"이 위대한 만남에서 나만 빠지면 섭섭하지."

카메라와 샘플 통을 챙기고는 헬멧을 마저 썼다. 착륙선에 탑승해 장비를 조종했다. 화면에 호연과 테레즈의 모습이 잡혔다. 하나에 레버를 당겨. 호연의 목소리가 착륙선에 퍼졌다. 사방이 투명한 착륙선에 앉아 발밑의 아찔한 얼음산을 바라보았다. 나비호에서 착륙선을 방출시키는 압력을 맞춰야 기류에 흔들리지 않고 파놓은 구멍으로 정확하게 들어갈 수 있다. 장갑 속으로 땀이 찼다. 레버를 잡았다. 셋, 둘…… 호연의 숫자에 맞춰 레버를 당겼다. 착륙선이 대기를 가로지르며 빠르게 하강했다. 컴컴한 어둠 속으로 들어가 그렇게 또 다른 무중력에 빠졌다.

양수 속에 웅크려 있던 아이는 손가락이 여섯 개였다. 엄지와 대칭인 자리였다. 선명한 화면으로 아이의 손가락을 계속 확대하던 의사는 상심 어린 표정을 지었지만 승혜에게는 물속에서 몸을 움직이는 아이의 모습만 보였다. 살아가는 데 문제가 있을까요? 승혜가 덤덤하게 물었다. 아뇨, 없을 겁니다. 그리고 절단 수술도 할 수 있고요. 승혜는 의사의 조언을 귀담아듣지 않았다. 살아가는 데 별문제가 없다면 별로 상관없는 오점이었다. 휴대폰을 편하게 쥐기 위해 진화한 거 아닐까요? 모니터를 보며 그런 농담을 던질 정도로.

외면하던 아이의 모습을 제대로 본 것은 그날이 처음이었다. 아이의 소식을 알았을 때는 기나긴 싸움 끝에 남편과 오래되지 않은 결혼생활을 마무리하자고 합의한 시기였다. 오래 품고 있지 않으려고 했는데 아이를 보낼 때를 놓쳤다. 코와 입이 엄마를 많이 닮았네요. 배 속에 있는 아이를 보고서 그렇게 말하는 의사가 우스울 법하면서도 승혜는 그 말에 공감했다. 엄마의 스트레스를 알았던 것처럼 아이는 몸에서 아빠의 흔적을 모두 지우고 태어났다.

아이에게 '기주'라는 이름이 생긴 이후에도 승혜는 오래도록 태명조차 없던 아이와의 첫 만남을 떠올렸다. 압도적인 존재란 보이지 않는 곳에서도 은밀하게, 살아가기 위해 투쟁하는 것들이었다. 또는 그런 몸짓. 승혜는 제 몸이 흔들릴 정도로 세차게 뛰는 심장과 그 고통을 견뎌내기 위해 쥔 주먹, 여섯 개의 손가락, 자신이 말을 할 때마다 움직이던 그 모든 태동을 잊을 수 없었기에 지금 자신이 보고 있는 낯선 생명체에게서 눈을 뗄 수 없었다. 어제 주연이 가지고 온 사진보다 더 진화한 생명체의, 낙엽 같은 여섯 개의 손가락.

나비호로 돌아온 후 승혜는 자신을 지탱하는 손이 누구의 손길인지 알아채지도 못한 채 정신을 잃고 쓰러졌다.

✳

10년 전 기주와 함께 남극 장보고 과학기지에 간다는 승혜를 이해하는 사람은 예나뿐이었다. 사실 그마저도 온전한 이해는 아니었고 어쩔 수 없이 네 뜻을 존중해주겠다는 연민에 가까웠다. 아이를 위험한 곳에 데려가는 것이 학대라고 손가락질하는 자도 있었지만 승혜는 도끼눈을 뜨고 바득바득 울부짖었다. 승혜가 남극에 가 있는 동안 아이를 봐주겠다던 전남편은 집에 아이를 방치했고, 아이는 사흘을 굶다가 승혜의 회사로 찾아가 엄마와 통화를 하게 해달라고 부탁했다. 승혜는 곧바로 남극에서 한국으로 날아왔다. 어떤 비난이 날아오든 신경 쓰지 않았고, 자신을 끌어안은 아이가 떨어지지 않도록 부여잡고 비행기에 탑승했다. 다행히도 남극의 대원들은 친절하게 기주를 맞이했다. 기주가 먹을 만한 간식을 창고에 가득 쌓은 채 아이를 기다리고 있었던 것이다.

기주는 밤마다 들리는 빙하의 괴성도 무서워하지 않았다. 남극의 급격한 삼사면에서 공기가 얼어 해안가로 급하게 하강하는 카타바틱 윈드도 두려워하지 않았다. 기주는 이곳이 고향인 수호신처럼 남극의 기후와 날씨를, 그리고 쉽게 허락되지 않던 오로라까지도 불러들이는 아이였다.

기주는 말하곤 했다. 무섭지 않아. 왜냐면 얼음은 사실 따뜻한 거니까. 열 살이란 무릇 세상 이치에 어긋나는 말을 많이 하는 법이라고, 아이를 대학까지 보내놓은 대장이 웃으며 말했지만, 승혜는 언제나 세상이 그릇되었고 기주의 말이 전부 옳다고 생각했다. 승혜가 탐사를 나갔다가 장갑이 찢기며 손에 치명적인 동상을 입었을 때 기주는 여섯 손가락으로 승혜의 손을 감싸 잡으며 말했다. "엄청 뜨거운 거에 조금 뜨거운 게 닿으니까 식는 거야." 거짓말처럼 고통이 멎어들었다. 그건 마음이 불러일으킨 착각이나 마법 따위가 아니었다. 기주가 엄마 치료해주는 거야? 승혜가 물었다.

응, 그러니까 손바닥을 줘봐.

기주는 승혜가 내민 손바닥 위로 손가락을 가지런히 올리고는 천천히 원을 그렸다.

아프지 마라, 아프지 마라…….

우리 엄마 아프게 하는 거 다 사라져라.

＊

승혜가 눈을 떴다. 장의의는 수중 압력 차이를 갑자기 느껴 쇼크가 온 것이라고 설명했다. 그러고는 승혜에게 가루와 건더기를 풀어 만든 따뜻한 미역국을 건넸다. 승혜는 갈라진 입술 사이로 미역국을 몇 숟가락 떠 넣었다.

"네가 이번에 찍은 사진 말이야."

장의의는 먹으면서 자신의 이야기를 듣고만 있어도 좋다고 말했다.

"그 생명체, 그러니까 레시의 눈동자가 너를 향하고 있었어. 인지 능력이 존재할 가능성이 있다는 얘기야. 자라는 속도도 빠르고 마냥 관찰만 해서는 안 될 것 같다는 게 우리 의견이야."

승혜는 미역국의 마지막 국물까지 말끔히 삼켰다. 휴지로 입 주변을 닦았다. 그리고는 외투를 챙겨 자리에서 일어나려고 하자 장의의가 급하게 승혜를 막았다.

"아직 체온이 낮아."

"그러니까 움직여야 체온이 좀 올라가지. 나도 사진을 확인하고 싶어."

승혜는 대원들이 모여 있는 관측실로 들어섰다. 장의의의 말대로 동공과 홍채가 인간과 거의 흡사한 눈동자는 승혜를 향해 있었다.

관제센터에서 레시를 생포해 지구에 데려올 수 있도록 추가인력을 보낸다는 답변을 받았다. 토성의 또 다른 위성인 타이탄을 돌고 있는 우주선 솔새호가 오기로 했다. 나비호에 도착하기까지 일주일이 걸릴 것이다. 그사이 레시의 성장 속도가 빨라 혹여 인간을 해칠 거라는 확신이 생긴다면 샘플 확보 후 사살해도 좋다는 명령이 떨어졌다. 아주 확증적인 경우에만 말이다. 관제센터의 대응에 반기를 드는 대원은 없었다. 지구의 안전이 가장 중요했다. 레시가 지구에 멸망을 가져올 생명체라면 주저 없이 나비호와 함께 이 위성에 영원히 잠들어야 하는 것은 자명했다.

하지만 대원들은 불행한 결말을 염두에 두지 않으려고 노력했다. 자칫 모든 일이 그 결말의 확증과정처럼 될 수 있기 때문이었다. 어찌 됐든 레시의 발견이 놀라운 일임은 확실했으므로 과학교과서에 한 줄씩 적힐 서로의 이름을 유쾌하게 호명하며 가득 차린 저녁상 앞에 앉아 이야기꽃을 피웠다.

　"한국 며느리는 식탁을 엎어야 한다는 말이 있어. 대체로 뭘 못 하게 하거든. 그러니까 그냥 식탁을 엎어버리고 나와야 한다는 말이야."

　호연이 둥근 탁자를 허공에 그리며 설명했다. 테레즈와 장의의는 이해하지 못하는 표정이었다. 고작 식탁을 엎는 게?라는 반응이었다.

　"한국인은 밥심이거든. 밥이 중요해서 무슨 문제가 있든 밥만 잘 챙겨 먹고 다니면 돼. 오죽하면 며느리가 아파도 아들 밥은 챙겨주라고 말하겠어. 염병, 밥 못 먹으면 알아서 굶어 죽든가."

　"너도 식탁을 엎고 왔어?"

　테레즈가 호연에게 물었다. 호연이 고개를 저었다.

　"우리 시어머니는 나한테 능력 있을 때 뭐든 하라고 했거든. 문제는 남편이 나한테 자기 밥은 누가 차려주느냐고 했단 말이야. 그러니까 시어머니가 식탁을 엎었어. 아들 새끼를 잘못 키웠다면서."

대원들이 까르륵 웃음을 터뜨렸다. 승혜도 섞여 웃으며 두 다리를 의자 위로 웅크렸다. 식탁에 있던 가공 육포를 가져가 뜯다가 그제야 자신에게 쏠린 시선을 느꼈다. 이야기의 순서가 돌아왔다는 걸 알아차렸지만 승혜가 웃으며 고개를 저었다.

"나는 할 말 없어. 이혼도 일찍 했고 남편한테 부모가 없었거든."

그렇게 피해 가려 했던 승혜의 계획은 떨어지지 않는 시선들에 물거품이 됐다. 나비호에 2군이 도착한 두 달 동안 서로에 대한 이야기를 나눌 심리적 여유가 없었던 탓인지 대원들은 승혜를 이 대화에서 놔줄 생각이 없어 보였다. 승혜가 결국 육포를 찢으며 가볍게 입을 열었다.

"남자 보는 눈이 없었어. 그런 걸 말해줄 사람도 없었고. 유일하게 하나 있던 친구가 결혼을 다시 생각해보라고 조언해주기는 했었는데 나는 그때 그 사람이 절박했거든. 그 사람도 나도 혼자였으니까 서로에게 든든한 동지가 될 줄 알았어. 같이 있으면 현실에서 잠시 멀어지게 해주는 그 비현실적인 감각이 그 사람의 능력이라고 생각했는데 결혼하고 나서 까놓고 보니 정말 현실은 하나도 모르는 인간이었던 거야."

승혜는 잠시 말을 멈췄다. 기껏 다 찢어놓은 육포는 그대로 그릇에 올려두었다.

"엄마도 나와 비슷한 절차로, 내가 얼굴도 모르는 아버지와 이혼했다는데 피는 못 속이는 거지. 남자 보는 눈이 엄마를 빼닮았나 봐. 그 여자도 하고 싶은 걸 하고 살았어. 집에 혼자 있던 기억이 가득한 걸 봐서는. 그러다 사고로 일찍 돌아가셨지만 나름 즐겼던 인생이었을 거라 확신해. 영정사진에서 그렇게 활짝 웃고 있는 모습을 보니까 알겠더라고."

길었던 저녁 식사는 그쯤에서 끝났다. 씻고 나온 승혜는 방으로 가지 않고 관측실로 향했다. 캄캄한 관측실에 홀로 켜져 있는 스크린에는 레시의 사진이 떠 있었다. 승혜가 손가락으로 화면을 쓸었다. 힘차게 뛰고 있는 심장의 박동을 상상했다. 기억이 되살아나는 개연성이 이토록 가볍고 습관적이었다. 승혜가 어그러진 여섯 손가락을 자신의 손바닥으로 덮었다.

✳

남극에 폭우가 내렸다. 최난월에야 300밀리미터 안팎으로 내리던 비가 몇 해 전부터 중심부를 기점으로 최난월에 최대 600밀리미터까지 내리기 시작하더니 이제는 최한월에도 비가 내리기 시작했다. 이 시기에 비가 내리는 건 이례적인 일이었다. 빗소리는 지구의 절망처럼 창문을 두드렸다. 따뜻한 물로 목욕을 마친 기주는 노곤하게 품에 안겨

제 엄마의 손을 만지고 있었다.

엄마, 남극에 비가 오면 새끼펭귄들이 죽어. 털에 묻은 비가 체온을 뺏어 가서 얼어 죽는다고 그랬어.

그건 또 어디서 알아냈어?

대장님이 말해줬어. 아까 죽은 펭귄을 묻어줬거든. 근데 왜 비가 펭귄의 체온을 뺏어 가는 거야?

승혜가 기주의 귓가에 쉬잇, 하고 입을 다물었다. 기주가 승혜를 따라 합! 하고 입술을 맞물렸다. 창틀에 떨어지는 빗소리를 넘어 눈밭에 떨어지는 물방울, 저 멀리 얼음산에 부딪히는 비와 바다에 몸을 내던지는 빗방울까지 소리가 점점 증폭되어 들려왔다. 기주가 조금씩 웃었다. 엄마, 엄마, 아주 멀리 있는 빗소리도 들려.

빗방울이 가둬두는 거야, 자신의 몸 안에. 순간을 영원히 기억하기 위해서.

모든 걸 다?

모든 걸 다. 소리도, 체온도. 전부 가져가는 거야.

왜? 비는 물이잖아. 물에는 아무것도 없는데…….

아니야, 기주의 팔에 찍힌 점을 봐봐. 이 점보다 백억 분의 1로 작은 바이러스가 물속에 살고 있는데 걔네가 다 가져가는 거야.

엄마한테서도 뭘 가져갔어? 그래서 바이러스를 지켜보는 거야?

✳

빗소리에 깼지만 우주선임을 자각하자마자 승혜가 허겁지겁 밖으로 달려나갔다. 소리의 발생지는 수도관이었다. 샤워실용 담수화기가 터진 것이다. 테레즈가 물을 맞으며 합판으로 파손된 부분을 막고 있었다. 멀뚱히 서 있는 승혜에게 소리쳐 합판을 대신 잡고 있어 달라고 부탁했다. 승혜가 테레즈 대신 합판을 붙잡았다. 속옷까지 전부 축축하게 젖은 후에야 임시공사가 끝났다.

샤워실의 물기를 전부 닦을 때쯤 착륙선을 타고 내려갔던 장의의가 돌아왔다. 장의의는 헬멧을 손에 쥐고 젖은 수건에서 물기를 짜내던 대원들을 바라보며 황망한 표정으로 말했다.

"레시, 레시가 없어."

어제까지 한 자리에 머물러 있던 레시가 돌연 바다에서 자취를 감췄다.

✳

"지원군을 기다리는 게 낫지 않을까 싶은데."

호연이 말했다.

"앞으로 나흘은 더 있어야 도착하는걸. 살펴만 보고 오는

66

거야. 위치만 확인할게."

승혜가 우주복을 갖춰 입으며 대답했다. 승혜와 함께 주연과 테레즈가 엔셀라두스의 바다로 들어가기로 했고, 서로 흩어져 1시간 동안 레시를 찾을 계획이었다. 대원들은 혹시 있을지 모르는 상황을 대비해 발열기를 챙겼다. 물속에서도 고온의 빛을 내 닿는 것의 표면을 녹여버리는 무기였다. 하지만 승혜는 최대한 레시에 아무런 피해도 주지 않아야 한다고 몇 번씩 당부했다.

지구의 바다가 죽기 시작한 것은 몇천 년을 얼어 있던 빙하가 녹기 시작하며 벌어진 일이었다. 그 시작점이 남극이었으므로 바다를 살리기 위해서는 무엇보다 발병지에서 원인을 알아내는 게 중요했다. 연구자들은 바다의 죽음이 변종 파지에 의한 미생물 파괴라는 것과 그 파지가 수억 년 동안 빙하 속에 잠들어 있었다는 것을 알아냈다. 파지를 막으려면 그에 맞서는 새로운 바이러스가 필요했지만 바다가 죽어가는 속도를 인간은 따라잡을 수 없었다. 엔셀라두스의 바다는 지구의 바다와 성분이 비슷했으며 위성을 감싼 얼음 속에 미생물과 바이러스가 잠들어 있었다. 인간이 위성의 주인들을 깨웠으므로 생명체가 생겨나는 것은 너무나도 당연한 결과였다. 레시가 이 바다의 주인이었다. 레시가 인간을 공격한다면 응당 인간이 떠나가는 것이 맞았다.

승혜가 캄캄한 바다에 빛을 켰다. 자신의 숨소리가 크

게 들렸다.

빛이 비치는 방향으로 깊이 내려갈수록 속이 울렁거렸고 귀에서 이명이 들려왔다. 장의의는 압력 차 때문이라고 말했지만 승혜는 그 이유가 아님을 알고 있었다. 정신을 놓지 않으려고 눈을 부릅떴다. 버텨야 한다. 한때는 스쿠버다이버의 옷차림으로 깊숙이, 아주 유유히 수영해 내려갔던 적도 있었다. 바다를 특별히 사랑했던 것은 아니었다. 그저 바이러스가 있는 곳이라면 몸을 아끼지 않고 들어갔다. 특히 바다에는 아직도 알지 못하는 바이러스가 수두룩했다. 바다가 결국 바이러스 덩어리라고 생각하면 무섭지 않았다. 그렇게 지구의 모든 것이 바이러스의 숙주로 살아가고 있다는 것을, 우주가 그렇게 유지되고 있다는 것을 생각하면 바다를 헤엄치면서도 우주에 있는 기분을 느낄 수 있었다. 하지만 지구의 생명체가 바이러스 숙주의 삶이 아닌 개인의 역사와 가치를 지닌 존재라는 걸 온전히 깨달았을 때, 그리고 그걸 느끼게 해준 존재가 깊은 바닷속으로 빠져 다시는 돌아오지 않는다는 걸 느꼈을 때 승혜는 다시 바다에 들어가지 못했다. 땅을 밟고 있는 것에도 멀미를 느꼈다. 적어도 지구는 승혜가 살아갈 수 있는 행성이 아니었다. 바이러스처럼 기생하던 숙주가 사라졌으므로.

빛이 닿지 않는 곳은 한 치도 보이지 않았다. 헬멧 화면에도 생명체 감지 신호는 없었다. 승혜가 숨을 크게 들이마시고 천천히 내뱉었지만 정신은 점점 희미해졌다. 화면에 호연의 사진이 뜨며 목소리가 들렸다. 우주선에서 승혜의 상태에 경고음을 울렸을 것이다.

"승혜, 빨리 올라와. 당장!"

승혜가 고개를 흔들며 정신을 붙잡았다. 나비호로 돌아가기 위해 몸을 돌렸다. 승혜가 숨을 헐떡였다.

"왜 그래? 무슨 일이야!"

호연의 다급한 목소리를 듣고도 승혜는 아무 말도 하지 못했다. 자신을 바라보고 있는 레시 때문이었다.

해파리처럼 수분으로 이루어진 부드러운 몸체였지만 외관은 사람과 다를 게 없었다. 얇은 표피 속으로 혈관과 비슷하게 생긴 붉은 실 하나가 온몸에 이어져 있었다. 하지만 심장이라거나 다른 장기들은 보이지 않았고 아가미나 입, 생식기관도 육안으로 구분되지 않았다. 승혜를 마주하고 있는 레시는 까만 눈으로 승혜의 얼굴을 뚫어져라 바라보았다. 호연의 비명도 잦아들었다. 헬멧의 카메라를 통해 승혜와 똑같이 숨죽인 채 이 신비로운 바다의 주인을 지켜보고 있을 것이다. 신장은 160에서 170센티미터 언저리였다. 레시의 목 안에서 노란빛이 잠시 발광하다 사라졌다. 그 행동이 몇 번 반복된 후에야 승혜는 레시가 자신의 언어로 말을 걸고 있다는 걸 알아차렸다.

무슨 말을 하고 싶은 걸까. 승혜가 레시를 향해 손을 내

밀려고 하자, 호연이 조용한 목소리로 최대한 레시를 자극하지 말라고 충고했다. 승혜가 천천히 손을 뻗었다. 레시는 승혜의 손을 골똘히 바라보았다. 승혜는 레시를 보며 자신을 공격하지 않으리라는 확신을 얻었다. 사람의 직감은 인류 데이터의 총집합이므로 지금은 그 어떤 것보다 자신의 직감이 맞을 것이다. 레시의 뺨에 손을 올렸다. 두꺼운 장갑을 비집고 손바닥에 느껴지는 감각이란 단지 해파리의 표면처럼 실리콘을 만지는 듯한 말캉거림뿐이었다. 승혜의 숨이 차분해지고 심장박동이 정상수치로 돌아왔다. 호연이 정상궤도로 돌아온 승혜의 수치를 우주선에서 지켜보았다.

레시가 승혜의 손을 감쌌다. 자신의 뺨을 더 만져달라고 애원하듯이 눈을 감았고, 승혜는 그 모습을 똑똑히 기억했다. 캄캄한 바다와 자신의 손을 감싼 레시의 손, 여섯 개의 손가락.

나비호로 돌아온 승혜가 헬멧을 벗자 네 명의 대원들이 승혜의 주위를 빙 둘러쌌다. 외계생명과의 최초의 접촉이었지만, 승혜의 소감은 평이했다.

"살아 있었어."

"그게 무슨……."

"그냥 이 위성에 살고 있는 녀석이야. 우리가 지구에 그냥 살고 있듯이."

승혜가 잠시 머뭇거리다가 입을 열었다. 단호한 말투였다.

"지구로 데려가서는 안 돼. 여기서 살아가게 내버려둬야 해."

그날 승혜와 대원들은 낯선 생명체를 지구로 후송할 것이 아니라 이곳에서 관찰할 수 있도록 하게 해달라고 관제센터에 요청했으나 답변은 '불허'였다. 엔셀라두스의 테라포밍 계획은 인류의 희망이자 천문학적 비용이 든 일이었다. 안일한 태도로 임무에 실패해서는, 더 나아가 지구에 위협이 되어서는 안 된다는 이유였다.

승혜는 관제센터의 명령을 곧이곧대로 따를 생각이 없었다. 지원군 솔새호가 오기 전까지 할 수 있는 최소한의 발버둥은 쳐야 한다고 주장했다. 대원들은 묵묵히 승혜의 말을 듣기만 했다. 긍정도, 부정도 아니었다. 처음으로 의문을 제기한 건 테레즈였다.

"우리가 뭘 하면 되는데?"

"이곳에 온 이유를 해야지. 분석하고 관찰하고 생명이 살아갈 수 있게 만드는 것."

레시를 나비호로 데려오지 못하더라도 레시 자체를 알기 위해서는 그 몸속의 한 방울이면 된다. 레시의 유전성분을 분석하고 그리하여 이 생명체에 포악한 유전체가 없음을 증명해야 한다.

그날 밤 주연은 따뜻한 밀크티 두 잔을 들고 승혜를 찾아왔다. 둘은 벽에 등을 기대고 침대에 나란히 앉았다. 티브

이를 보듯 유리창 너머의 우주를 바라보고 있는 적막한 시간이 한동안 계속됐다.

주연과는 10년 전 남극 장보고 과학기지에서 처음 만났다. 승혜가 남극의 바이러스를 조사하기 위해 왔다면 주연은 무너진 남극 생태의 실체를 밝히기 위해 잠시 들른 것이었다. 주연은 그곳에서 기주도 만났다. 승혜가 주연에게 직접 말한 적은 없지만 아마 소문을 들어 주연도 알음알음 알고 있을 터였다. 어째서 그토록 아끼던 기주를 두고 이 먼 위성까지 오게 되었는지. 왜 이곳 대원들에게 딸에 대한 이야기를 한마디도 하지 않는지 따위에 대해서.

"아까 레시가 뭐라고 말했을 거 같아?"

주연이 물었다. 침묵을 깨기 좋은 적당한 물음이었다.

"모르겠어. 알아들을 수 있을 리가 없지."

"이럴 줄 알았으면 언어학자도 같이 와야 했어. 우주에서 언어학자가 필요할 줄은 아무도 몰랐겠지만."

"바이러스 따위를 훔쳐보는 사람이 필요할 거라는 것도 몰랐을걸. 진작 알았다면 더 많은 사람이 연구했을 테고 그럼 나보다는 유능한 학자가 왔을 텐데. 여러모로 지구의 오판이야. 어쨌든 그 애는 우리와 비슷한 말을 하지 않을까."

승혜가 컵을 감싸 쥐었다. 따뜻했던 밀크티는 이제 적당한 온도로 변해 있었다.

"만나서 반가워요. 당신을 기다렸어요."

"정말로 레시가 그렇게 말했을 거 같아?"

주연이 물었지만 승혜는 별다른 긍정도, 부정도 하지 않았다. 하지만 레시는 그렇게 말하지 않았을 것이다. 이건 레시가 했던 말이 아니다. 일을 마치고 집에 돌아올 때마다 기주가 문을 열어주며 건넨 인사였다. 언제나 자신을 오래 기다렸음을 돌려 말하는 아이였다. 낯선 방문자를 환영하듯이. '만나서 반가워요, 엄마를 기다렸거든요.'

"바이러스가 숙주의 유전자를 복제해서 다른 생명체에게 퍼뜨렸을 수도 있다는 학설이 있어."

승혜가 다른 이야기를 꺼냈다.

"그래서 바이러스를 통해 그 유전체를 따라가면 궁극적인 정체성을 알 수 있다는 거야. 실제로 아직 그런 사례는 없었지만, 그건 아직 모른다는 거지 불가능하다는 것이 아니거든. 바이러스가 얼마나 교묘하고 재빠르게 몸을 바꾸고 인간을 속이는지, 해마다 얼마나 많은 바이러스가 새로 생겨나고 생명과 함께 살아가는지 사람들은 잘 몰라. 생명의 유전자가 바이러스를 통해 유전체에 들어온 거라면, 그래서 결국 지구의 모든 생명체가 뒤섞여 있는 거라면 사실 아주 멀리서 바라볼 때 지구 역시 하나의 바이러스에 불과할지도 몰라. 더 웃긴 건 도대체 이 바이러스가 언제부터, 어디에서 왜 생겨났는지 모른다는 거야. 그래서 어떤 이는 바이러스가 사는 차원이 우리와 다를 거라는 이야기를 해.

우리보다 더 높은 거지. 그러면 바이러스는 우주를 알고 있는 진정한 우주의 주인일지도 몰라."

승혜의 이야기를 들으며 인상을 잔뜩 찌푸리던 주연이 다시 물었다.

"그런데 바이러스가 유전체를 복사해 가는 게 이론상으로 가능해?"

"피닉스라는 바이러스가 있어. 현생 인류에 있는 돌연변이 판본들로부터 원래의 DNA 서열을 파악하고, 그 서열에 맞게 DNA를 합성해 배양 접시에서 키워 사람 세포에 주입한 실험을 했지. 그러자 일부 세포에서 새로운 바이러스가 만들어졌고 그 바이러스는 DNA 서열을 그대로 가져가 다른 세포를 감염시켰어."

"……."

"피닉스라는 이름은 '불사조'란 뜻이고."

"그렇다면 바이러스는 왜 지금까지 지구에 있는 수천 년 동안 유전자를 복제해 파생시키지 않았을까? 그 학설이 진짜라면."

"그럴 필요가 없으니까. 바이러스는 바이러스 자체로 완벽하고 강해. 굳이 자신들이 먹고사는 숙주를 복제해 살아갈 필요가 없지. 단지 그들의 유전서열을 파악해서 한 생명을 멸종시킬 수는 있었겠지."

"그러면 레시에 대한 필사적인 관찰은 유전체를 완전히

복제했을지도 모르는 바이러스를 먼저 발견하고 싶은 학자의 마음 정도로 생각해도 되지?"

딱히 그런 이유는 아니었지만 그렇다고 별다른 이유가 생각난 건 아니었으므로 승혜가 고개를 끄덕였다. 주연은 승혜가 밀크티를 단 한 입도 마시지 않았다는 것을 알았다. 머뭇거리는 승혜의 손을 바라보며 물었다.

"우주에는 어쩐 일로 왔어?"

일을 묻는 거라면 승혜가 어떤 역할로 왔는지 주연도 잘 알고 있을 것이다. 그러므로 주연의 질문은 '왜 지구를 도망쳐 나왔느냐'라고 해석하는 게 옳았다.

"지구가 너무 어지러워서."

기주를 잃은 후에는 줄곧 막이 덮인 바다 위를 걷는 것처럼 흔들렸다. 길을 걷다가도 한순간 발이 밑으로 빨려 들어가면 그대로 주저앉았다. 그 땅을 평소처럼 걸어 다니는 사람들이 괴물처럼 보였다. 자신만 도태되었을지도 모른다는 생각을 했다가 가끔은 자신만 진화했을지도 모른다는 생각을 했다.

방을 나가던 주연이 승혜를 돌아봤다.

"근데 네 말 들으면서 갑자기 생각난 건데 이제 지구가 살아가기 좋은 행성이 아닌 걸 깨달은 바이러스가 모든 걸 죽이고 이주할 준비를 하는 걸까?"

개미들이 집을 옮기고 있어. 엄마, 이 땅이 오염돼서 개미들이 단체로 집을 옮기고 있는 거야. 근데 사실 이것도 바이러스가 개미를 이용해서 땅을 옮기고 있는 거 아닐까?

승혜가 천천히 고개를 끄덕였다. 그래, 그럴 수도 있겠다.

과학경시대회에서 최고득점을 맞은 한국 아이들과, 비슷한 관례로 뽑힌 중국 아이들을 합해 남극으로 2주간 떠난 탐험이었다. 지구 기후변화 실태 보고를 내세운 캠프였고 중국과 한국이 공동으로 진행해 막대한 지원금을 주는 장학프로그램이었다. 기주는 한국에서 우승한 아이였으므로 인천공항 출국장에서 아이들 중 대표로 기자들에게 건강히 다녀오겠다는 인사를 건넸다. 그때가 4년 전이었으므로 기주가 열여섯이 된 해였다. 기주는 공항에서 급하게 약을 챙겨주는 승혜에게 엄마 건강이나 잘 챙기시라는 잔소리를 얹었다. 승혜는 남극의 빙하가 예고 없이 무너지니 절대로 해수면 가까이에는 가면 안 된다고 당부했다. 하지만 당부를 하는 것이 아니라 가지 못하게 했어야 했다. 예전에 엄마와 함께 갔던 곳이라고 웃으며 떠나는 기주를 붙잡았어야 했다.

사고는 예기치 못하게 일어나지 않는다. 모든 사고는 예상 가능했다. 단지 막을 방도가 없었을 뿐이다.

✳

 레시의 몸에서 직접 채취를 하는 것이 가장 좋은 방법이 겠으나 너무 많은 위험이 따랐다. 자신의 몸에 해를 가하려는 인간의 행동에 레시가 난폭해질 거라는 것은 너무 당연한 사실처럼 느껴졌다. 자신의 몸을 보호하는 것은 모든 생명체의 공통적인 본능이었다. 대원들이 선택한 방법은 레시의 주변을 살피며 부유물을 수집하는 것이었다. 그게 레시의 대소변이어도 말이다.

 승혜는 괜찮다고 했지만, 대원들은 승혜의 말을 믿지 않았다. 하지만 승혜도 고집을 부려 대원들을 피곤하게 할 마음이 없었으므로 나비호에 홀로 남았다. 이틀 후면 솔새호가 이곳에 도착한다. 그전에 이 공허한 위성에서 레시의 흔적을 찾아야 한다. 승혜를 제외하고 대원 네 명이 모두 엔셀라두스의 찬 바다로 뛰어들었다. 승혜가 모니터를 통해 바다를 지켜보았다.

 네 개로 분할된 화면 중 테레즈의 화면으로 레시가 보였다. 승혜가 화면을 확대했다. 레시는 두 다리를 움직이며 바닷속을 헤엄치고 있었다. 인어라기에는 몸짓이 투박하고 속도가 느렸다. 레시는 두 발을 각각 위아래로 세 번씩 발길질하다 한 번씩 발바닥을 맞붙이며 크게 앞으로 나아갔다. 그것이 마치 한 세트처럼 움직이는 그 특이한 수영법을 승혜는 이미 알고 있었다. 그 모습을 넋 놓고 보던 승혜의 정신을 깨운 것은 주연의 목소리였다. 테레즈의 위치를 알려달라는 말에 승혜는 급하게 테레즈의 위치를 확인해 대원들의 해저지형도로 위치를 전송했다.

"해령 부근이야. 물살이 셀 테니까 다들 조심해."

레시가 하강하여 지반으로 다가갔다. 그리고 몸을 웅크려 낮잠을 자듯이 다리를 몸통으로 끌어올리고 팔을 베개 삼아 누웠다.

"다가가지 말고 기다려."

테레즈의 렌즈를 통해 레시의 모습을 확대했다. 호흡의 증후는 보이지 않았다. 해파리처럼 피부로 호흡하고 있을 가능성이 유력했다. 승혜가 모니터 가까이 다가갔다. 때때로 말도 안 되는 직감을 하는 이유는 무엇일까. 이를테면 네가 죽지 않고 끊임없이 해수면 밑으로 떨어지고 있을 거라는 예감. 그러다 돌연 언젠가 다시 만날 거라는 불가능의 확신. 우리의 이별이 지구에서만 일어난 일일 거라는, 스스로를 향한 갈잖은 위안까지도.

테레즈는 레시의 피부에서 떨어진 진액을 채취해 왔다.

＊

할머니와는 어떻게 인사하고 헤어졌어?

남극의 빗소리를 듣던 밤, 기주가 물었다. 인사를 못 했어, 갑자기 헤어져서. 기주는 아쉽겠다, 하고 말했다. 그날도 이렇게 비가 왔어, 기주야. 할머니가 밤늦게 나가는 걸 사실은 말리고 싶었는데 이상하게 말이 나오지 않았어. 꼭 물을 입에 가득 머금고 있는 것처럼. 엄마는 소파에 웅크리고 앉아서 빗소리를 들으면서 할머니를 기다렸어. 근데 그날따라 유독 빗소리가 크게 들리는 거야. 아파트 옥상에 떨어져 부서지는 빗방울의 소리 말이야. 그렇게 비가 모든 걸 가져갔어. 괜찮아, 그래도 엄마한테는 기주가 왔잖아. 그때 내린 빗물을 전부 합쳐도 그보다 더 큰 기주가 있잖아.

엄마, 엄마. 슬플 때는 기주처럼 해봐. 침대에 누워서 애벌레처럼 몸을 이렇게 말고 팔을 베는 거야. 그러면 몸이 동그랗게 말려서 편안해.

정부는 남극의 바다로 들어가 아이들을 수색하려는 일말의 노력도 하지 않았다. 누구보다 잘 아시잖아요. 안타깝지만 수색대도 누군가의 자식입니다, 어머니. 승혜가 모니터에서 시선을 떨어뜨렸다. 손바닥으로 얼굴을 감쌌다. 생각하지 말아야 하는데 몸은 이미 남극 바다의 살갗을 찢는 듯한 차가움에 뒤덮였다. 주체 없이 떨리는 몸을 스스로 끌어안았다.

그럼 나를 말리지 마세요.

어머니, 어머니, 이러지 마세요.

당신네야말로 나한테 이러지 마!

고막을 찌르는 자신의 목소리가 속 안에서부터 울려 퍼졌다. 의사가 했던 말을 떠올리며 숨을 천천히 들이마시고 조금씩 길게 내뱉었다. 남극의 깊은 바다로 내려갈수록 생살이 찢겨나가는 감각을 느꼈으나 유별나지 않았다. 소식을 듣고 이곳에 오기까지 계속 느꼈던 고통이었으므로. 남극의 해저에 몸을 웅크리고 잠들어 있을 기주를 상상했다. 아이의 시체를 품에 안아보지 못했으므로 그렇게 기주는 살지도, 죽지도 않은 존재가 되었다.

✳

승혜는 pAFM(초고해상도 가시영역 광활성 원자간력 현미경)의 렌즈 안으로 푸른색 박테리오파지의 형체를 보고 있었다. 머리와 목, 꼬리집, 미섬유와 핀으로 구성된 모습은 승혜가 알고 있는 박테리오파지 바이러스의 모습과 정확히 일치했다. 바이러스를 복제해 양을 늘린다. 그다음으로 DNA를 추출해 이 바이러스가 가져간 숙주세포의 정체를 밝혀내야 한다. 그래서 레시가 인간에게 위험이 되는 존재가 아님을, 이곳에서 살아가야 할 주인임을 알려야 한다. 승혜가 적막한 연구실에서 숨도 멈춘 채 현미경을 바라봤다.

솔새호의 도착까지 6시간밖에 남지 않았다.

주연이 연구실에 켜져 있는 불빛을 보고 다가왔을 때 연구실에는 방금 사람이 빠져나간 듯한 흔적만 남아 있었다.

승혜는 주연이 오기 몇 분 전 연구실을 홀로 빠져나갔다. 그렇게 우주복을 입고 착륙선에 탑승했다. 나비호의 조종실에는 아무도 앉아 있지 않았다. 하지만 승혜는 개의치 않고 착륙선의 레버를 당겼다. 착륙선이 엔셀라두스로 낙하했다. 착륙선이 대기권을 지나며 심하게 요동치기 시작했다. 방향을 잃지 않기 위해 레버를 있는 힘껏 당겼지만, 엔셀라두스에서 뿜어져 나온 열수가 착륙선을 강타하며 충격과 함께 정신을 잃었다.

✳

남극 빙하시추 터널 밑에는 정체를 알 수 없는 생명체가 죽어 있었다. 문어와 흡사한 모습이었지만 모두 그것의 정체를 알지 못했다. 연구실에 보고하기 위해 죽은 생명체를 실내에 옮겨두었고 고작 전화 한 통을 마치고 돌아왔을 때 그 생명체는 가루로 부서져 사라진 후였다. 그 잔해만이라도 분석을 위해 넘겼으나 돌아온 대답은 그저 흙이라는 말뿐이었다. 생명체의 흔적이 아예 남아 있지 않은.

엄마, 그럼 그때 그건 뭐였어?

글쎄. 우리가 잘못 본 게 아니었을까.

그 애 외계인 아니었을까? 우주에서 어쩌다 지구에 온 거야. 그런데 지구가 너무 살기 힘들어서 돌아간 거야. 자기 별로.

＊

승혜가 눈을 떴을 땐 엔셀라두스의 차가운 얼음표면이었다. 다행히 기절해 있던 시간이 길지 않았다. 승혜가 금 간 착륙선의 문을 열고 밖으로 나왔다. 헬멧에서 주연의 목소리가 들렸다. 구조하러 갈 테니 그곳에서 기다리라는 말이었지만 승혜는 스피커를 껐다. 기어가듯 땅을 짚으며 일어섰다. 멀지 않은 곳에 바다로 통하는 P6의 지점이 보였다. 승혜는 그곳을 향해 달렸다. 어머니, 어머니! 어디선가 튀어나온 소리가 승혜를 붙잡았지만 잡힌 살점을 도려내고 망설임 없이 바다로 뛰어들었다.

기주를 처음 만났을 때도 승혜는 저 아이가 자신의 삶에 커다랗게 자리 잡을 거라는 걸 짐작했다. 단순히 육체적 교집합에 의해서가 아니었다. 우리가 지리멸렬한 세상에서도 서로 손을 꼭 붙잡고 나아갈 조력자가 되리라는 것을. 너로 하여금 무기력하고 불분명했던 모든 것들에 의욕이 생기고 선명해지리라는 것을, 누가 알려주지 않아도 알게 되는 그런 일들처럼 알았을 뿐이었다.

승혜가 밑으로, 밑으로 끊임없이 흘러내려 갔다. 어느새 생겨나기 시작한 아주 작고 투명한 치어들이 승혜가 손을 뻗을 때마다 흩어졌다. 해파리처럼 둥글고 작은 몸체에 촉수같이 가느다란 섬유가 붙은 것들이었다. 그것들은 도망가는 것 같으면서도 묘하게 승혜에게 길을 안내해주듯 일정한 방향으로 움직였다. 승혜는 그것들이 안내하는 방향으로 움직였다. 그리고 그 끝에는 땅에 애벌레처럼 몸을 말고 누워 있는 레시가 있었다.

하지만 승혜는 이곳까지 찾아오고 나서야 자신이 알고 싶었던 진실을 알아낼 방법이 없다는 걸 깨달았다. 레시와 소통할 방법이 없었다. 시간이 더 있다면 차분히 생각이라도 할 수 있었을 것을. 레시가 다가와 승혜를 마주 봤다. 또다시 목이 노랗게 빛났다. 레시가 말을 걸고 있다. 신호가 있었으면 좋으련만. 서로를 알아볼 수 있는 신호……. 그때 마침 불현듯 승혜의 머릿속으로 장면이 떠올라, 승혜는 그럴 리 없다는 걸 알면서도 그러니까 자신의 행동이 얼마나 비참하고 서글픈 몸짓인지 알고 있으면서도 레시에게 장갑 낀 손의 손바닥을 내밀었다. 비웃음을 살 것이다. 스스로에게. 나비호로 돌아가면 방금 자신이 했던 행동을 떠올리며 웃다가 끝내 울음을 터뜨리고 말 것이다. 조금이라도 벗어나 줄 알았으나 한 발자국도 벗어나지 못했음을 잔인하게 확인하고 무너질 것이다. 하지만 만에 하나라도 승혜의 상상이 비약이 아니라는 증거가 나온다면 이곳에서 돌아가지 않아도 좋다고 생각했다. 모든 것을 벗어던지고 레시를 끌어안을 것이다.

레시가 승혜의 손바닥 위에 손가락을 올리고 둥글게 원을 그리는 것을 확인하자마자 승혜는 주저 없이 헬멧의 안전장치를 풀었다. 장갑과 옷을 모두 벗고는 속옷 하나 걸치지 않은 몸으로 레시를 끌어안았다.

따뜻할 수가 없는 생명을 끌어안고도 따뜻하다고 느끼면서 승혜는 자신을 포근하게 끌어안은 품에 파묻혔다. 몸이 천천히 땅에 닿았다. 남극의 바다를 헤엄치던 기주의 특이한 수영 방식이 떠올랐다. 어지럼증이 찾아옴과 동시에 소멸했던 기주의 기억들이 기포처럼 솟았다. 기주와 공항에서 헤어졌던 마지막을 시작으로, 모든 추억들이 아주 느린 기차를 타고 바라보는 풍경 같은 속도로 거슬러 올라갔다. 뚜렷하게 사진으로 남은 기억들을 제외하고 떠오르는 것은 기주와 승혜가 아니라면 누구도 알 수 없는 사사롭고 은밀한 추억들이었다. 승혜가 노력하지 않아도 모든 기억이 선명한 선의 세계로 들어왔다.

레시가 승혜의 겨드랑이 밑으로 두 팔을 넣어 등을 감쌌다. 승혜의 몸을 꽉 끌어안고 어깨에 볼을 묻었다. 그리고 빗소리가 들렸다.

어쩌면 거슬러 올라가던 기억이 남극에서 비를 바라보

던 때에 도달했기 때문인지도 모른다. 그렇게 빗소리가 들리고, 기주의 키가 작아지고 작아져 네 발로 걸었다가 작은 요람으로, 둥근 물 속으로 들어가 승혜와 처음 만났던 상태로 돌아갔다. 기주가 떠 있는 곳이 양수인지 바다인지 우주인지 구별되지 않을 만큼 컴컴했다. 인간의 형태를 조금씩 벗어나며 태아 이전의 모습으로 작아진 기주가 점처럼 많아지더니 비가 내리는 컴컴한 배경으로 변했다. 반듯한 실선이 그어졌다. 그러다 수직으로 한 번 꺾이고, 또 한 번 꺾이고 마지막으로 한 번 더 꺾여 비는 그 안에 갇혔다. 비가 내리는 밤과 그 창을 졸린 눈으로 바라보던 것은 승혜 자신이었다.

엄마 다녀올게, 비 오니까 창문 잠그고.

구두를 신는 소리가 유달리 크게 들려왔다. 승혜가 현관 쪽으로 고개를 돌렸다. 신발장에 선 엄마가 거울을 보며 머리를 정돈하고, 신발장에서 장우산 하나를 꺼냈다.

승혜야, 무슨 생각을 그렇게 해? 아직 잠 덜 깼구나.

가면 안 돼. 당신 오늘 가면 다시는 돌아오지 않아요. 빗길에 미끄러진 차량이 들이박아서 지금 들고 있는 우산은 날아가고 나와 인사도 할 시간 없이 헤어져요. 그렇게 말하고 싶지만 입을 열면 기포가 올라왔다. 얼마나 오랫동안, 하루가 지나도 오지 않는 당신을 소파에 앉아 기다렸는지 아느냐고 소리치지 못했다. 하지 못했던 것들은 끝내 어떤 방식으로도 전할 수 없다. 그렇게나 간절하게 그날로 단 한 번만 돌아갈 수 있게 해달라고 빌었으면서, 그럼 마치 당신이 놓친 인생을 전부 돌려줄 것처럼 다짐했으면서 이토록 나약하게 지켜만 보고 있다.

더 깊어질 곳이 없음에도 몸이 더 가라앉는 기분이었다. 이 위성의 핵까지 닿아 따뜻한 기운이 온몸에 퍼지는 느낌이었다. 승혜는 자신의 속에 꽉 찼던 어지럼증이 전부 기포로 빠져나감을 느꼈다. 이런 편안함은 그날 이후로 처음이었다.

마치 기주를 안고 거실에서 낮잠을 자는 듯한…….

✳

눈을 떴을 때는 나비호였다. 대원들은 레시가 착륙선을 타고 내려온 주연에게 승혜를 데리고 왔다고 했으며, 승혜는 대원들에게 레시의 유전자 서열이 지구 생명체 배열과 크게 다르지 않다고 말했다. 레시는 지구에서 왔다.

승혜는 레시의 포획을 철회해달라고 부탁했지만 역시나 돌아온 대답은 '불허'였다. 하지만 승혜는 그전처럼 돌아서지 않고 마이크를 쥐었다. 마이크의 빨간불이 선명하게 켜졌다. 걸치고 있던 담요에서 나무의 진액처럼 물이 뚝뚝 떨어졌으나 승혜는 떨지 않았다. 추위를 느껴야 할 이유가 없었다.

목에 핏대가 섰다. 승혜는 악에 받친 목소리로 외쳤지만, 그 어느 때보다 정중했다.

"솔새호의 지원요청 명령을 철회해주십시오. 레시는 공격적이지 않습니다. 레시는 생명이 위급한 저를 체온으로 감싸고 다른 대원에게 넘겨주었습니다. 다시 한 번 요청합니다. 레시를 지구로 이송하기 위한 솔새호의 지원요청을 철회해주십시오. 레시는 이 바다의 생명입니다. 이곳에 살고, 이곳에서 살아가야 할 이 생태계의 주인입니다. 우리는 그 누구도 레시를 지구로 옮길 권리를 가지고 있지 않습니다. 제발 더는 인간이 행성의 주인을 내쫓는 잘못을 저지르지 말아주십시오. 레시는 지구로 간다면 살지 못할 것입니다."

호연이 승혜의 어깨를 꽉 붙잡았다. 우주선의 창 너머로 이곳을 향해 다가오는 솔새호가 보였다.

잠시 후 솔새호가 멈춰 섰다. 솔새호의 불빛이 나비호를 노리듯 바라보고 있었지만, 곧 방향을 틀었다.

그리고 나비호에서 멀어졌다.

"명령을 철회한다. 다시 한 번 반복한다. 명령을 철회한다. 나비호의 대원들은 레시를 그곳에서 관찰하는 데 필요한 추가 인력을 요청하기 바란다. 우리에게는 그곳을 지킬 아주 유능한 인재가 많이 남아 있다. 다시 한 번 반복한다. 레시와 그곳의 환경을 지키는 데 필요한 인력을 요청하기 바란다."

*

　지구의 변종 파지 바이러스를 물리치는 백신 바이러스 개발에 성공했다는 연락을 받았다. 인간은 차츰차츰 잃었던 바다를 되찾기 위해 전력을 다할 것이라 밝혔다. 승혜가 관제센터에서 온 연락을 전부 듣고 자리를 떴다. 여전히 발 아래에는 눈부시게 빛나는 엔셀라두스의 얼음표면이 있었다. 레시는 점점 자라 입과 아가미, 그리고 손가락과 발가락 사이에 지느러미가 생겼다. 바다에 서식하는 작은 치어들을 먹고 살았으며 레시가 흘리는 부유물에서는 산호초가 자라났다. 승혜는 아직도 날마다 얼음 틈의 바다로 뛰어들었다. 레시는 부르지 않고도 승혜를 향해 헤엄쳐 왔다. 아주 멀리에서부터.

*

　언어학자가 대원들을 불러 모았다. 6개월간 레시의 언어를 분석하여 오늘에야 드디어 레시의 언어를 해석했다는 소식이었다. 승혜가 언어학자를 바라봤다. 언어학자가 승혜와 대원들을 보고는 레시의 첫 마디를 꺼냈다.
　만나서 반가워요. 당신을 기다렸어요.

어떤 물질의 사랑

내 인생의 첫 난제는 내가 여성이냐, 남성이냐는 거였다. 이 난제가 싹튼 기원을 찾으려면 유치원 시절까지 거슬러 올라가야 한다.

배꼽이 없다는 것은 일곱 살 때 알았다. 배꼽을 파서 손가락 냄새를 맡던 한 친구의 습관 덕분이었다. 지금 생각해보면 다소 구역질 나는 습관이지만 어쨌든 나는 그 친구 덕분에 인간이라면 남녀노소 가릴 것 없이 모두 배 한가운데에 뚫려 있는 '그것이' 내게는 없다는 걸 알았다. 너 그렇게 파니까 배에 구멍이 나지. 혓바닥이 파랗게 변하는 사탕을 빨며 내가 말했다. 그 친구는 나를 힐끔 쳐다보다가 휙 고개를 돌리며 배가 보이지 않게끔 몸을 틀었다. 나는 그때 꽤 심각했는데, 그도 그럴 수밖에 없던 것이 구운 달걀같이 매끈해야 할 피부에 구멍이 뚫려 있지 않은가. 내버려두면 구멍에서 그날 먹은 점심이 쏟아질 것만 같았다. 친구의 손을 붙잡아 말렸다. 그러다가 배에 구멍 뚫려. 선생님한테 가서 약 발라달라고 하자. 그리고 친구와 대판 싸웠다. 대화가 곧 배꼽을 모르냐는 무시로 번진 것이다. 나를 바보라고 놀리는 그 친구한테 열이 받아 딱밤을 한 대 먹였다. 친구가 자지러지게 울었고 우리는 원장실로 들어갔다.

원장은 내 말을 전부 듣고 웃음을 터뜨렸다. 친구에게는 배꼽을 파는 건 위생적으로 좋지 않고 너무 파다 보면 배가 아플 거라고 적당히 혼을 냈다. 그러고는 나를 보며, 라현이가 친구 배 아플까 봐 신경 써준 건데 친구가 바보라고 해서 속상했구나? 하고 위로를 건넸다. 원장으로서는 자신이 할 수 있는 최선의 공감이었을 것이다. 나한테는 다소 충격적인 사건이었는데. 그날 나로 인해 원장은 원내 모든 아이의 배를 확인했다. 결과는 뻔했다. 나에게만 배꼽이 없었다. 원장은 급하게 엄마에게 전화를 걸었다.

엄마는 한겨울에 병원에서 신던 슬리퍼를 신고 달려왔다. 돌이켜 생각하면 웃기다. 그 정도로 놀라지도 않았으면서. 원장은 엄마에게 라현이한테 배꼽이 없다는 이야기를 하지 않고 급하니까 빨리 오시라고 했을 것이다. 배꼽 이야기를 했다면 엄마는 '아, 그래요? 네, 갈게요. 조금 걸려요.'

하고 느긋하게 왔을 텐데. 아무튼 엄마는 내가 친구와 싸웠다거나 이례적으로 아픈 건 아닌가 싶은 마음으로 달려왔고, 기진맥진해진 원장에게서 배꼽 이야기를 들었다. 엄마는 허탈하게 웃었다가 곧 주변의 눈을 인식하고 허업! 하고 놀란 척을 했다.

우리 애가 조금 특별하기는 하죠.

아뇨, 어머님. 특별한 정도를 넘어서요…….

하지만 그럴 수도 있지, 안 그래요?

예?

원장님. 저 간호사예요. 간-호-사. 저도 잘 안답니다.

엄마는 원장과 눈을 마주 보고 또랑또랑하게 말했다. 엄마가 자주 하는 우기기의 비법인데, 말이 안 되는 주장을 펼칠 때일수록 당당해야 한다는 것이다. 지구는 네모난데 왜 동그랗다고 하는 거예요? 라는 말을 내뱉는 학자처럼 말이다. 원장은 그럴 수도 있나? 하다가 그럴 수도 있겠네요, 하고 엄마의 계략에 넘어갔다. 세상이 이렇게 얼렁뚱땅 생겼다는 걸 엄마를 통해 배웠다. 세상은 치밀해 보이지만 사실 대체로 엉성하고 얼렁뚱땅 넘어간다는 것을.

엄마는 집에서 내 배의 배꼽을 찾아보겠다며 이른 하원을 시켰고, 엄마의 직장인 동네의 조그만 내과에 전화해 애가 아파 오늘은 이만 퇴근해보겠다고 양해를 구했다. 구시가지의 내과는 오후가 되면 바쁘지 않았다. 어르신들이 부지런해서 오전에 잔뜩 몰렸다가 빠져나갔기 때문이다. 병원에는 내가 가면 언제나 구비된 사탕을 꺼내주는 박 간호사와 진찰실 의사 자리를 선뜻 내주는 최 의사가 있었다. 내가 좋아하는 몇 안 되는 인간들 중 두 사람이었다. 엄마는 그들과의 관계를 '의리'라고 칭했다.

그날 우리는 집에 와서 통조림 황도 한 캔과 편의점에서 산 군고구마 세 개를 먹고 낮잠을 잤다. 내게 왜 배꼽이 없는지 궁금했지만 그건 한숨 자고 나서 물어도 될 것 같았다.

✳

배꼽이 생기는 이유를 아는가? 아마 아주 어린 아이가 아니고서야 모르지는 않을 것이다. 포유류의 태생으로 태어난 생명체는 모체로부터 영양분을 공급받기 위해 탯줄이 필요한데, 이게 떨어진 자리가 배꼽이다. 그러니까 배 속에서 품어 태어났다면 배꼽이 필수라는 이야기다. 하지만 나한테는 없다. 아무리 배를 살피고 등까지 살펴봐도 배꼽의 흔적조차 찾을 수가 없다. 혹시 목이나 엉덩이, 다리에 있지는 않을까 싶어 찾아보았지만 없다. 그래서 포기했다. 없는 걸 있게 만들 수는 없으니까. 인터넷에 배꼽이 없는 인간을 찾아봤다가 다른 사람이 달아놓은 답변을 보고 기분이 상해 '배꼽이 없는 포유류'라고 바꿔서 검색했다. 딱 한

놈이 나오기는 나왔다. 오리너구리라고, 포유류인데 배꼽이 없고 부리가 달린 특이한 녀석이었다. 그렇지만 이 애에게서 나의 기원을 찾을 수는 없을 것 같았다.

배꼽이 내게 없다는 것을 알자마자, 그전까지 괜찮았던 내 몸이 이상하게 느껴지기 시작했다. 이상한 일이었다. 내가 왜 그렇게 느끼는지, 이유조차 찾을 수 없었다. 고작 일곱 살이었던 주제에 나는 식음을 전폐하고 내게서 배꼽을 찾아달라고 시위를 시작했다. 엄마는 유치원에 가지 않겠다는 나를 억지로 보내지 않았다. 그리고 자신은 미련 없이 출근했다. 나는 때가 되면 집에서 반찬통을 통째로 꺼내 밥과 함께 먹고는 먹지 않은 척 설거지까지 해두는 치밀함을 보이며 냉전을 유지했다. 냉전을 슬슬 끝내야겠다고 생각했을 때 엄마는 치킨을 사 왔다. 양념치킨의 냄새가 집 안 가득 퍼지도록 치킨 상자를 열어놓고는 내 이름을 치킨처럼 달콤하게 불렀다. 치킨 냄새는 달콤했고 나는 배가 고팠기에 서러워졌다. 엄마는 어째서 내게 배꼽을 만들어주지 않았다는 말인가. 나는 울분을 터뜨리며 방문을 쾅 닫고 안 먹을 거라며 소리를 질렀다. 그러자 엄마가 주방 가위를 들고 방문을 벌컥 열었다.

이리와, 배에 구멍 뚫어줄 테니까.

엄마는 무시무시했다. 싫다고 도망가는 나를 붙잡아 다리로 포박하고는 배를 깠다. 나는 목이 찢어져라 울었다. 가

위로 배에 구멍을 내는 게 너무 무서웠다. 악독한 엄마. 당시 스물일곱이었던 엄마에게는 인자함이나 아량보다는 패기와 열정이 가득했다. 엄마는 기어코 내 배를 푹 찔렀다. 물론 손가락으로 말이다.

뚝! 그만 울고 대답해봐. 배꼽이 왜 가지고 싶어?

딱히 생각해본 적이 없었기에 나는 우물쭈물하다가 원래 있는 거라며! 하고 꽥 소리를 질렀다.

원래 그런 게 어디 있어?

엄마가 도리어 물었다.

원래 그런 게 어디 있느냐고.

협박처럼 느껴졌다. 일곱 살인 내가 스물일곱 살이었던 엄마를 말로 이길 방법은 당연히 없었다. 사실 이기고 말고의 문제가 아니기도 했다. 이제 와서 인정하지만 엄마의 말이 맞다. 나는 반박할 수 없어 입을 다문 거였다.

심라현, 엄마 말 잘 들어. '원래 그런' 건 없어. 당연한 것도 없고. 그러니까 애들이 당연하다거나 네가 이상한 거라고 하는 거 다 듣지 마. 그거 다 너희가 아직 어려서 상대방 상처 주려고 하는 말이니까. 알겠지?

……

알겠어, 모르겠어?

알겠어. 근데 엄마.

왜.

왜 남에게 상처 주려고 그런 말을 해?

엄마는 잠시 생각에 잠기더니 내 위에서 내려왔다. 그리고 내 겨드랑이 사이로 손을 넣어 일으키고는 자신과 마주 보게 했다. 헝클어진 내 머리카락을 쓸어 넘기더니 돌연 내 머리를 단단히 감싸며 말했다. 마치 잊지 말고 똑똑히 기억하라는 뜻 같았다.

사람들은 가끔 이유 없이 누군가를 미워해. 그냥 상처 주고 싶어 해. 그러니까 저 사람이 왜 나에게 상처를 주려는지 네가 생각할 필요 없어.

하고 싶은 질문은 더 많아졌지만 나는 그저 고개만 끄덕였다. 그래야만 할 것 같았다. 엄마는 내 대답이 만족스러웠는지 돌연 웃었다. 그리고 잠시만 기다리라고 하고는 방을 나가더니 고운 비단으로 감싼 상자 하나를 가지고 들어왔다. 그게 무엇이었냐면 나의 시초였다. 내가 있던 곳이었다. 믿기지 않았지만 엄마는 상자 속에 들어 있던 세 조각 난 알껍데기가 내가 있던 곳이라고 했다. 에메랄드색이나 지점토처럼 고운 흰색이 아니라 딱 커다란 메추리알이었다. 알이라니. 세상에 나만큼 충격적인 출생의 비밀이 있을까. 처음에는 믿지 않았다. 엄마가 언젠가 속았지? 하고 장난이라고 밝힐 것 같았다. 물론 지금까지도 그런 말을 듣지 못했지만. 아마 믿지 않았기에 충격은 덜했을 것인데 그렇다고 아예 부정하기에는 정황이 맞았다.

너는 알에서 태어나서 배꼽이 없어. 엄마 배에 있던 게 아니니까.

......

뭐야? 또 충격받았어? 라현아, 너만 알에서 태어나는 게 아니야. 지구상에 알에서 태어나는 생명이 얼마나 많은데!

울 수도, 웃을 수도 없었다. 동화 같기도 했고 저주 같기도 했다. 어쨌든 알이다. 나는 알에서 태어났다. 내 주먹으로 알껍데기를 힘껏 깨며 태어난 것이다. 엄마는 이보다 멋진 탄생이 없다고 했다. 그래도 이 세상에 알에서 태어난 인간이 나만이 아닌 게 위안이 되었다. 박혁거세님. 사람들은 그게 신화적인 비범함을 나타내기 위한 장치라고 하지만 모르는 소리다. 인간은 가끔 알에서 태어난다. 박혁거세도 진짜 알에서 태어났음이 분명했다.

엄마는 그날 배꼽 외에 더 많은 비밀을 내게 알려주었다. 내게 생식기가 없다는 거였다. 그전까지 나는 내가 여자인 줄 알았다. 엄마가 딸이라고 불렀으니까. 하지만 그건 그저 딸이 더 좋다는 엄마의 취향일 뿐이었다. 요즘 세상에 여자 혼자서 아들 키운다고 하면 안쓰러워하더라. 그런 동정이 싫어서 그냥 딸이라고 했어. 배꼽이 없는 이유와 함께 들은 충격적인 사실이었다.

이상했지만 이상하다고 말할 수 없었다. 엄마가 이상한 게 아니라고 했기 때문이다. 울고 싶었지만 울 수 없었다.

엄마는 그 충격적인 사실을 말하고도 그날 양념치킨을 아주 맛있게 먹었다. 하여튼 간에 엄마는 좀 이상했다. 엄마가 이상한 덕분에, 정말로 이상한 나도 덩달아 아무렇지 않을 수 있었다.

그렇다고 내 인생이 순탄하게 흘러간 것은 아니다. 내가 그 후 오래도록 품고 있던 내 첫 번째 난제는 첫사랑을 만나기 시작하며 해결되었지만, 동시에 두 번째 난제가 생겼기 때문이다.

✳

반장을 좋아하게 된 건 초등학교 6학년 때였다. 반에서 키가 가장 작은 민혁이었는데 얼굴이 뽀얗고 반테안경이 잘 어울리는 애였다. 말투도 상냥했고 공부도 잘했다. 반의 웬만한 여자아이들은 민혁이에게 호감을 가지고 있거나 혹은 좋아했다. 들짐승처럼 복도를 뛰어다니는 남자애들보다 민혁이가 훨씬 속 찬 아이라는 것을 이미 다들 알았던 것이다. 나도 그 흐름을 피해 갈 수 없었다.

초등학교 내내 한 주에 한 번씩 수영수업을 했다. 학교 옆에 있는 문화센터 수영장을 이용했는데, 아이들이 각자 집에서 수영복을 챙겨와 탈의실에서 갈아입는 방식이었다. 나는 그 수업에서 제외였다. 엄마는 수영을 할 수 없는 이유를 구구절절 만들어 학년이 시작할 때마다 제출했다. 그래서 나는 늘 수영장 한편에 앉아 있었다. 그런 나를 챙겨준 게 민혁이었다. 내가 기억하기로 민혁이도 몸이 좋지 않았다. 어디가 어떻게 안 좋은지는 알지 못하지만 어쨌든 나와 함께 수영장 한편에 앉아 있던 아이였다. 수영선생님은 아이들이 수영할 때 따로 공부하고 있는 건 공정한 경쟁이 아니라며 수영 시간만은 아무것도 하지 말고 편하게 쉬라는 규칙을 만들었다. 덕분에 민혁이와 친해졌다. 만일 선생님이 그런 규칙을 만들어주지 않았더라면 우리는 한 학년이 지날 때까지 말 한마디 섞지 못했을 것이다.

　민혁이는 만화 그리기를 좋아했다. 학교가 끝나면 정문에서 기다리고 있는 차를 타고 밤 10시까지 학원을 전전하는 삶을 살면서도 민혁이는 틈틈이 노트에 그림을 그렸다. 웹툰을 전부 챙겨보고 있었던 나는 민혁이에게 만화를 보여달라고 부탁했다. 민혁이는 그때까지 자신이 그린 만화를 누군가에게 한 번도 보여주지 않았다며, 내가 자신의 첫 독자가 된다는 로맨틱한 말을 툭 던졌다. 그렇게 일주일에 한 번씩 웹툰을 챙겨 보듯 민혁이의 만화를 봤다. 그림은 엉성했지만 인물들의 특징을 잘 살리는 편이었고 나는 주인공보다 주인공의 친구를 더 좋아했다. 어느 날 갑자기 주인공 앞에 요괴 세 명이 나타난다. 요괴 세 명은 주인공에게 도움을 요청한다. 자신들이 사는 세계에 어마어마한 악당

이 나타났다는 것이다. 주인공이 그 세계를 구해줘야 한다는 것이 큰 줄거리였을 것이다. 나는 그 주인공이 민혁이 자신이었음을 믿어 의심치 않는다. 주인공은 학원 여덟 개를 전부 내팽개치고 자신을 필요로 하는 세계로 뛰어들었다.

내가 학원에 보내달라고 하자 엄마는 입에 넣었던 라면을 도로 뱉으며 나를 뚫어져라 쳐다봤다. 그 눈빛이 매섭다 싶었는데 아니나 다를까 점쟁이 같은 말을 뱉었다.

너 좋아하는 사람 생겼지? 그 애가 다니는 학원이지?

거짓말을 할 거면 뻔뻔하게 해야 했는데 나는 잠시 뜸 들이고 아니거든? 하고 발끈했다. 엄마는 킬킬 비웃으며 다시 라면을 집었다가 돌연 진지해진 표정으로 물었다.

여자애니? 아니면 남자애?

……우리 반 반장.

뭐? 민혁이? 그 조그마하고 허여멀건 애?

무슨 말을 그렇게 해?

발끈하는 거 봐. 아주 사랑에 눈이 멀었네, 멀었어.

엄마는 하루만 자신에게 시간을 달라고 했다. 그렇게까지 고민해야 할 일인가 싶었지만 학원비를 내주는 사람은 엄마였으니 나는 잠자코 기다렸다. 엄마는 다음 날 카드를 주며 학원에 등록하고 오라고 했다.

그리고 혹시나 네 몸이 좀 이상한 것 같으면 엄마한테 바로 말해, 알겠니?

무슨 뜻인지는 이해하지 못했지만 무조건 알겠다고 했다. 그 말이 그렇게 무서운 말인 줄 알았더라면 진작 조심했을 텐데.

어쨌든 나는 곧 내게 닥칠 격변을 예상하지 못하고 민혁이가 다니는 여덟 개의 학원 중 하나인 글짓기학원에 다녔다. 영어나 수학도 찾아가봤지만 둘 사이의 수준차가 너무 커서 같이 수업을 들을 수 없었다. 단순히 민혁이와 수준이 맞아 시작했던 글짓기학원은 예상외로 내게 재능이란 것에 눈뜨게 해줬다. 글짓기학원을 다닌 이후 백일장에 나가기만 하면 상을 쓸어 왔고 그 실력이 쌓여 7년 후 대학 전공도 결정해줬으니 여러모로 그 해는 내 인생에 중요한 기점이었던 셈이다.

엄마가 말했던 '몸의 변화'는 민혁이와 첫 뽀뽀를 한 후부터 나타났다.

글짓기학원을 함께 다닌 지 3개월이 지났을 무렵, 학원이 있던 상가 후문에서 민혁이에게 고백했다. 여름이 지나가는 8월 끝자락이었다. 10분 후에 다른 학원으로 떠나야 하는 민혁의 촉박한 시간을 이용해 허겁지겁 멋없는 고백을 했다. 민혁이가 거절하면 때리려고 했던 건지 나도 모르게 무의식적으로 주먹을 불끈 쥐고서 말이다. 다행히도 민혁이는 안경 밑으로 눈을 벅벅 비비고는 고개를 끄덕였다. 그날은 그렇게 헤어지고 우리는 다음 날 만나 서로의 어떤 점이 좋은지에 대해 주고받았다. 나는 민혁이의 뽀얀 피부가 좋다고 했다. 공부를 잘하는 것도 좋았고 욕을 안 쓰는 점도 좋다고 했다. 수학을 잘하지만 제일 좋아하는 과목은 국어라는 점도 마음에 들었고 무엇보다도 수영 수업 때 내가 지루하지 않게끔 매번 재미있는 이야기를 인터넷에서 찾아오는 것도 좋다고 했다.

민혁이는 내가 좀 특이해서 좋다고 했다. 그게 무슨 뜻이냐고 되물으니, 자기도 정확한 이유는 말할 수 없지만 나를 보고 있으면 뭔가 특이하다고 했다. 그리고 가끔 내 몸에서 수영장 물빛이 반사되어 빛난다고 했다. 나는 그때까지 그것이 민혁이가 사랑에 빠져서 생긴, 사랑이 불러일으킨 효과라고 생각했다.

민혁이와의 뽀뽀는 그로부터 나흘 뒤에 이루어졌다. 고백했던 장소에서 입을 맞췄다. 입술을 꾹 맞대고 있다가 떼어내고 다시 꾹 맞대고 있다가 떼어내기를 반복하는 동안 나는 몸속 무언가가 달궈지는 기분을 느꼈는데, 그것이 단순히 스킨십으로 인한 성적인 동요인 줄로만 알았다. 성적으로 흥분한다는 게 뭔지도 모르면서 그거 아니고는 설명할 길이 없었으니까. 그런데 원래 그런 흥분감이 온종일 가는 건가. 나는 목덜미까지 덮친 답답함과 열감에 못 이겨 다음 날 엄마에게 몸 상태를 설명했고, 민혁이랑 뽀뽀했느냐고 대놓고 묻는 엄마를 이기지 못해 이실직고 털어났다. 엄마는 담임에게 전화해 내가 아파서 학교에 못 간다고 말했다.

엄마는 나를 식탁에 앉혀놓고 마주 앉아 말했다. 장난기하나 없는 진지한 표정이었다.

라현아, 너는 민혁이를 사랑해서 이제 남자가 될 거야.

……허.

어이가 없어서 헛웃음을 터뜨리고 코를 먹었다. 뭐라고 반응을 해줘야 할지 몰라서 엄마만 지그시 바라보았다. 하지만 엄마는 진지했다.

너는 남자가 될 거야, 민혁이를 사랑하는 동안.

엄마, 진지하게 하는 말이야?

진지하든 아니든 소용없어. 사실이니까. 네가 납득할 수 있는지 없는지도 상관없고. 바뀌는 건 없을 테니까.

그럼 나는 앞으로 어떻게 되는데?

어떻게 되냐니? 그냥 남자의 호르몬을 가지는 거지. 변하는 건 없어. 그냥 그렇다는 걸 네가 알아둬야 앞으로 네몸의 변화에 놀라지 않겠지.

✳

엄마의 말은 사실이었다. 바뀌는 건 없었다. 아직 2차 성징이 오기 전이어서 변화가 거의 없었다는 게 맞았다. 그렇다고 2차 성징이 일어난 후에 성(性) 변화가 왔다고 해서 무언가 바뀌었다는 것은 아니다. 울대뼈가 조금 나오고, 목소리가 조금 낮아지고 인중 털이 조금 짙어지기는 했지만 나는 이후 여자중학교를 거쳐 여자고등학교를 다녔고 사회에서는 나를 여자로 인식했다. 나는 두 성을 모두 가지고 있지 않거나 동시에 모두 가지고 있었지만 엄마가 택한 것이 딸이었고 훗날 내가 선택한 성별 역시 여자였으므로 나의 신체적 변화는 늘 사소한 것이었다.

민혁이와는 중학교에 올라가고 얼마 가지 않아 헤어졌다. 나는 집 앞의 여자중학교에 입학했고 민혁이는 학군이 더 좋은 지역으로 이사를 하면서 자연스럽게 멀어졌다. 그리고 여자중학교에서 나는 남성의 신체적 특징으로 2차 성징이 시작됐다. 하지만 내가 몸담고 있는 '여자중학교'라는 집단의 특수성이 나의 변화를 묻었다. 나는 변성기가 유별나게 심한 여중생이었다.

내 성별이 두 번째로 변화한 것은 중학교 2학년 때였다. 나보다 한 학년 위인 언니가 나를 변화시킨 주인공이었다. 나는 그 언니의 존재를 학교에 입학하자마자 알고 있었는데 그 이유 중 하나는 언니의 이름이 '풀잎'이라는, 한번 들으면 잊기 힘든 이름이었다는 것이었고 또 하나는 입학식 때 신입생을 축하하기 위해 대표로 단상에서 피아노를 쳤다는 것이었다. 언니는 예술고등학교 진학을 준비하고 있었다. 피아노는 일곱 살 때부터 쳤다는데 그동안 받은 상만 해도 스무 개가 넘었다.

대학까지 전공하고 나서 운이 좋으면 해외로 가겠지만, 아니면 피아노 학원을 차리겠지.

언니는 어떤 말이든 회의적으로 말하는 사람이었다. 옆에서 듣고 있으면 기운이 쫙 빠지는. 그럼에도 불구하고 내가 언니를 사랑한 것은 그 모든 시간이 편안해서였다. 기운이 빠져서 그랬나. 어쨌든 언니는 꽉 막힌 중학교 생활의 유일한 휴식이자 숨통이었다. 또 언니는 쌍꺼풀이 없는 눈이었는데 눈과 입이 길어 웃을 때면 둘 다 실선처럼 휘어졌다. 그게 너무 좋았다. 얼마나 좋은지 말할 수 없을 만큼 말이다.

언니와는 방과 후 언니 교실에서 첫 입맞춤을 했다. 혀도 닿은, 물컹물컹하고 몸이 가려운 입맞춤이었다. 변화는 곧바로 나타났다. 그날 저녁부터 몸이 뜨거워지기 시작하더니 가슴이 아프고 뭉쳤다. 갑자기 사이즈가 커진다는 등의 기적 같은 변화는 아니었고 살이 조금 잡히는 정도였다. 인중의 수염도 옅어졌다. 사귄 지 열흘이 좀 넘었을 때 언니는 내가 부쩍 예뻐졌다고 말했다.

언니가 생각하는 예쁨의 기준은 뭐예요?

글쎄, 그냥 분위기?

제 분위기가 바뀌었나요?

응.

어떻게요?

그냥 내가 좋아하는 분위기로.

언니는 피아노에 대한 스트레스를 늘 가지고 있었지만 나를 보면 풀린다고 했다. 우리는 수업 도중에 각자 꾀병을 부려 보건실에서 만났다. 보건실 선생님이 보지 못하도록 커튼을 쳐두고 한 침대에 누워 짧은 낮잠을 자거나 수다를 떨었다. 언니는 언제나 내 손을 꼭 붙잡았는데 그럴 때면 언니의 길고 곧게 뻗은 손가락이 내 손을 전부 감싸는 것 같아 기분이 좋아지고는 했다.

나란히 보건실 침대에 누워 천장을 보고 있던 어느 날, 언니가 돌연 고개를 돌리더니 내 가슴을 쳐다봤다. 체육 시간을 막 끝내고 와서 흰 반팔 티만 입고 있던 상태였다. 언니를 따라 고개를 내린 후에야 나는 브래지어를 차지 않아 솟은 유두를 발견했다. 언니가 풉 웃음을 터뜨렸다.

너도 가슴 진짜 작구나. 나도 앞뒤가 똑같은데.

그리고 언니는 나를 향해 몸을 돌려 누웠다.

나 만져봐도 돼?

나는 고개를 끄덕였다. 언니는 손가락으로 얕게 솟은 내 티셔츠 주위를 매만졌다. 기분이 이상하거나 간지럽지는 않았다. 그저 내 뭉친 살을 만지는 기분이었다. 그 후로 우리는 보건실에서 만날 때마다 서로의 옷 속으로 스스럼없이 손을 넣었다. 그러다 웃음이 터지면 까르르 웃었고 보건실 선생님이 소리를 듣고 문을 열면 나는 바닥을 기어 옆 침대로 넘어갔다.

언니를 만나는 동안은 오롯이 행복했다. 아는 것도 없으면서 사랑을 속삭였던 민혁이와의 만남을 제외하고 그렇게 사랑이 행복으로만 설명 가능했던 것은 내 인생에서 언니가 처음이자 마지막이었다. 언니와 헤어지고, 엄마는 언제든 다시 그런 사랑을 할 수 있을 거라고 위로했지만 거짓말이었다. 그런 사랑은 살면서 딱 한 번만 온다. 아예 안 올 수도 있고. 그런 사랑을 했다는 것에 감사하며 살아야 하는 게 인생이다.

언니는 여느 때와 달리 보건실 침대에 등을 돌리고 누워 있었다. 자는 줄 알았으나 미약하게 앓는 소리가 들렸다. 배와 허리에 작은 전기매트를 올려놓고 있었다. 잠들 것도 아니면서 잠들려고 열심히 노력하는 중이었고, 나는 영문도 모른 채 언니의 부탁으로 등을 쓸었다. 나는 그날 생리통이라는 걸 처음 알았다. 나에게 포궁 같은 공간은 있었지만 여성의 성기는 존재하지 않았다. 엄마는 방광과 연결되어 있다고 했다. 남성의 성기구조처럼 말이다.

언니는 1시간 후에야 통증이 가라앉았다. 이렇게 아픈 걸 왜 여자만 겪고 있어야 하는지 의문이었다.

너는 생리통 없어?

저는 생리를 안 해요.

내 나름 솔직하게 털어놓은 고백이었는데 언니는 부러워했다.

아직 안 하는구나, 좋겠다. 이렇게 아플 거면 늦게라도 시작하지. 나는 초경이 열한 살이었어.

돌이켜 생각해보니 그 나이때 반에서 생리를 하는 친구들이 꽤 있었다.

어땠어요?

뭐가?

처음 생리할 때요.

나는 내가 경험할 수 없는 것에 대해 물었다. 평생 모를 느낌이었다.

똥이 마려웠어. 나는 진짜 똥인 줄 알았거든. 화장실에서 20분을 앉아서 힘을 주고 있었는데 똥은 안 나오고 피가 나오는 거야. 어이가 없었지.

언니는 격월마다 극심한 생리통에 시달렸다. 나도 생리를 했다면 언니의 아픔에 더 크게 공감할 수 있었을까. 하지만 아무리 생각해도 아픔은 체험의 문제가 아니었다. 그 아픔을 느껴봤든 아니든 그건 중요하지 않았다. 내 공감과는 상관없이 언니는 아프니까. 그러므로 나는 최선을 다해 언니의 등을 문질렀다.

언니는 원하던 예술고등학교에 입학했지만 수면제와 우

울증 치료제를 복용하기 시작했다. 언니와 만날 수 있는 시간은 일주일에 한 번으로 줄었다가 한 달에 한 번으로 줄었다. 매일 밤 11시까지 언니는 피아노를 쳤다. 그게 우울의 원인이었는지는 확신할 수 없다. 언니는 단 한 번도 자신이 왜 힘들어하는지를 말한 적이 없었다. 그저 추측하기로 창이 없는 정사각형 방에 갇혀 낮인지 밤인지도 모르게 있던 게 원인이 아니었을까, 할 뿐이었다. 언니와는 자연스럽게 연락이 끊겼다. 처음에는 이별이라 받아들이지 않았지만 6개월이 지났을 때는 이별임을 인정해야 했다. 나는 언니와의 마지막 통화를 곱씹었고 그제야 민혁이와 언니가 비슷한 말을 했다는 걸 깨달았다.

라현아 그거 아니? 너는 가끔 빛을 반사하는 것처럼 몸이 반짝거린다? 그게 무척 예뻐. 가만 보고 있으면 너는 진짜 빛나.

언니의 소식은 여전히 모르지만 나는 언니가 우울을 치료하고 잘 살고 있기를 간절히 바란다. 해외로 나가든 학원을 차리든 자신이 가장 사랑했던 피아노를 치고 살았으면 했다. 언니의 행복을 바라는 것에 이유는 없다. 고통을 공감하지 못하고도 언니의 등을 쓸었던 것처럼, 사랑했기에 그것은 당연한 바람이었다.

✳

　그 이후로도 나는 연애를 멈추지 않았다. 짧게는 일주일, 길게는 두 달 정도 사귀는 연애를 계속 이어나갔고, 상대방의 성별도 가리지 않았다. 내 몸의 변화를 눈치채는 사람은 아무도 없었다. 나는 그때부터 타인이 말하는 '여자 같은'과 '남자 같은'이라는 말을 믿지 않았다. 그것이 허울이라는 것을 나를 통해 깨달았기 때문이다. 그걸 깨달은 나는 어쩐지 남들보다 더 자유로운 존재라고 느껴지기도 했고, 때때로 남들보다 더 고통스러운 존재처럼 느껴지기도 했다.

　구태여 시간 들여 말하고 싶지 않은 상대도 많았다. 무턱대고 잠자리를 원하는 사람도 있었고, 내 몸에 대해 알고 나서 더 가혹한 성행위를 원하는 사람도 있었으며, 종종 어떤 얼간이는 마치 내가 괴물이라도 되는 것처럼 구역질을 하며 도망가기도 했다. 그럴 때마다 상처받았지만, 상처받지 않은 척하기 위해 노력했다. 사랑은 당연하다는데 굳이 이렇게까지 사랑을 해야 하는 건가 싶기도 했다. 반은 오기였다. 당연한 것을 하지 못하면, 내가 당연하지 않다는 것을 인정하는 꼴이 되니까. 내 고민은 오롯이 '내 몸'에 대한 것이었지만 엄마는 한결같이 그 문제에 대해 심드렁했다.

　어쨌든 너는 이 세상에 있잖아, 그런데 무슨 진실이 더 필요해?

엄마의 이런 태도에 짜증이 나기도 했지만 결정적으로 할 말이 없었다. 덕분에 고민에 깊이 빠질라치면 도로 튕겨 나왔다.

고민을 안 하려고 해도 계속 생각나.

그럼 그럴 때마다 공부를 해봐. 다른 거에 집중하면 안 나지 않겠어?

그 말대로 생각이 날 때마다 공부를 했다. 잠을 자다가 악몽을 꿔서 새벽에 깰 때도 이런 생각이 들면 무작정 책상 앞에 앉아 공부를 했으므로 고등학교 1학년 때까지는 그저 그랬던 성적이 고등학교 2학년부터 조금씩 점수가 높아지기 시작했다. 공부가 좋았던 건 아니지만 성적이 올라가는 것에 재미가 들렸다. 엄마의 처방은 옳았다. 그때 엄마가 그렇게 말해주지 않았더라면 나는 답도 없는 고민에 빠져 세월을 날렸을 것이다. 수능시험을 치고 내가 원했던 과에 원서를 넣었다. 국문과와 연극영화과 하나씩이 붙었다. 엄마와 식탁에 앉아 머리를 맞대고 고민했다. 엄마는 두 과에 왜 넣었느냐고 물었다. 나는 국문과에 간다면 소설을 쓸 것이고 연극영화과에 간다면 시나리오를 쓸 거라고 대답했다. 엄마는 그런 이유라면 국문과에 넣으라고 했다. 왜냐고 묻자, 망해도 소설 쓰다 망하는 쪽이 덜 망하는 거 아니냐고 말했다. 나는 다음 날 연극영화과에 등록금을 냈다. 망해도 크게 망하고 싶었다.

선택에 후회는 없었다. 입학식 첫날 다른 단과대에 비해 머리색이 가장 다채로운 예술대에 만족했다. 예술이 자유롭다는 건 옛말이라고 들었는데, 역시나 대학교는 옛 학문을 배우는 곳다웠다. 학회장 선배는 연기를 전공했다. 입학식 날, 선배는 부스스한 머리를 대충 틀어 묶고 학과 과잠이라는 긴 패딩을 입고 나타났다. 슬리퍼를 신었을 것이다. 선배는 전체 입학식 내내 맨 앞에서 하품을 쩍쩍하다가 학과 입학식으로 옮긴 후에야 전날 늦게까지 대본 연습을 하다가 아침에야 잠에 들었다는 이유와 함께 사과를 했다.

여러분들을 처음으로 만나는 날이니까 격식 있게 왔어야 했는데 이거 참 죄송하게 됐어요. 그래도 우리 사이의 괴리는 없어지지 않겠어요? 우리 과 사람들은 다 이러고 다녀요.

선배는 알았을까. 그날 선배의 첫인상이 신입생들에게 예술이라는 바람을 크게 넣었다는 것을. 그중에 나도 있었다는 것을. 입학식 날 유독 선배와 눈이 마주쳤는데 나는 착각하지 않기 위해 노력했다. 한동안 사랑에 빠지지 않겠다고 다짐했는데, 입학식 첫날에 무너진 셈이었다.

엄마는 점점 내 사랑을 두려워했다. 내 몸이 점점 자라면서 사랑하는 연인과의 스킨십도 더 깊어질 것은 당연했기 때문이다. 세상에는 연인과의 스킨십에 별 감흥을 느끼지 못하는 사람이 있다는 걸 엄마가 아직 모를 때의 걱정이었다. 물론 나도 엄마와 다르지 않았다. 나도 그런 사람을 만나기 전까지 성적인 흥분을 느끼지 못하는 내가 단지 오르가슴을 느낄 신체구조가 없어 그렇다고 생각했다. 그러니까 이런 내 생각이 깨진 건 스무 살에 만난, 그 학회장 선배 덕분이었다.

선배는 연극팀 소속이었다. 선배는 연기를 전공했지만 단원이 일곱 명뿐인 팀이어서 무대 연출부터 각본까지 모두 협업한다고 했다. 이런 이유로 선배는 연극 각본을 썼다. 선배와 친해질 수 있던 계기가 그 각본이었다.

학기를 시작한 지 몇 주 지나지 않았던 3월, 과제를 출력하기 위해 급하게 과사무실로 찾아가 사정을 말해 프린터를 이용했고, 프린터 옆 쓰레기통에서 선배의 각본을 봤다. 원래는 교직원이 아니면 사용 불가능한 곳이었지만 암암리에 고학번 선배들은 사용하는 프린터였다. 나는 과제가 출력되는 동안 눈으로 쓰레기통에 있는 각본을 훑다가 끝내 쓰레기통에서 꺼내 과제와 함께 들고 나왔다. 심장이 얼마나 뛰었는지 모른다. 도둑질을 한 것도 아니고 고작 쓰레기통에 버린 무언가를 주워 왔을 뿐인데. 나는 선배의 각본을 밤새 읽었다. 재미있어서는 아니었다. 인물들의 대사를 통해 드러나는, 선배가 느끼고 있는 세상의 부조리가 좋았을 뿐이다.

하지만 어쨌든 타인이 버린 창작물을 몰래 읽었다는 죄

책감은 떨쳐버릴 수 없었고, 나는 처음으로 간 개강총회에
서 선배에게 이 사실을 고백했다. 술집을 가득 채운 알코올
향이 역해 도망쳐 나왔던 골목에서였다. 선배는 담배를 피
우고 있었다. 무슨 용기였는지는 모르겠다. 그저 그때가 기
회라는 것을 알아차렸다. 선배는 내 말을 전부 듣고 호탕
한 웃음을 터뜨렸다. 입학식 때와 다르지 않은, 긴 패딩에
슬리퍼 차림이었던 선배는 곧바로 담배를 끄고 나에게 소
감을 물었다.

그거 대차게 까이고 버린 각본인데, 너는 어땠어?

좋기도 하고 나쁘기도 했어요. 재미있기도 하고 심심하
기도 했는데 그래도 보고 싶어요.

뭐가?

선배가 아직 쓰지 않은 다음 이야기요.

선배는 나보고 말하는 솜씨가 보통이 아니라고, 각본을
쓰면 대사 하나는 잘 쓸 것 같다고 했다. 근데 저 읽는 것도
잘해요, 비평도 꽤 하고요. 나는 기회를 놓치지 않기 위해
한 번도 해본 적 없는 비평을 입에 올렸다. 그때부터 선배
의 집에 초대받았다. 심심하면 선배가 쓴 각본을 읽었다.
읽다가 가끔 낮잠을 잤고, 가끔은 아예 그 집에서 하루를
보냈다.

선배는 학교 앞에서 자취를 했다. 1층에는 도시락집이
있는 5층짜리 빌딩 꼭대기였다. 화장실과 다용도실이 있는

원룸이었다. 선배가 이 집을 고른 이유는 채광이 좋아서라는데 그 이유가 바로 납득이 될 만큼 그 집은 해만 뜨면 불을 켜지 않아도 온종일 밝았다. 집에 있을 때 선배는 보통 대사를 외우거나 각본을 썼다. 집중할 때에는 담배를 피웠고 담배를 피운 후에는 창문을 활짝 열어 향을 태웠다. 그래서 선배에게서는 담배 냄새가 아닌 향냄새가 났다. 향냄새가 그렇게 그윽하고 매력적이라는 것을 선배를 통해 알았다.

선배와의 교제는 자연스러웠다. 거창한 고백도 없었고 깊은 스킨십도 없었다. 그저 자연스럽게 서로의 일상과 공간을 공유했다.

너는 좀 묘했어.

침대에 누워 대본을 읽던 선배가 말했다. 선배는 침대 밑에서 상자를 꺼내 담배와 라이터를 꺼냈다. 금연하려고 담배를 쉽게 닿을 수 없는 곳에 뒀다는데 내가 보기에는 하등 소용없는 짓이었다.

무슨 뜻이에요?

나도 모르겠어. 근데 느낌이 그랬어. 입학식 때 자리에 앉아 있는 너를 나도 모르게 자꾸 보게 되더라고.

아, 그럼 그게 착각이 아니었구나.

무슨 말이야?

입학식 때 선배랑 계속 눈이 마주치는 것 같았거든요. 착각하지 않기 위해 노력했어요. 지금 생각하니 억울하네요. 선배가 계속 쳐다본 게 맞으니까.

선배는 역시나 이상한 애라고 나를 보며 웃었지만 내가 보기에는 선배도 만만찮게 이상한 사람이었다. 우리 만남의 90퍼센트가 선배의 자취방에서 이루어지고 있다는 걸 미루어보아 나는 조만간 선배와 내가 잠자리를 가질 줄 알았다. 둘밖에 없는 공간에서 사랑하는 연인들이 나눌 수 있는 최대의 즐거움이 섹스였으니까. 내가 한 말은 아니다. 고등학생 때 친구들끼리 돌려 본 잡지에서 어느 연애 칼럼니스트가 한 말이었다. 공감하지 못했지만 부정하지는 않았다. 나는 내가 아직 겪어보지 못한 영역의 욕망일 거라 생각했다. 그리하여, 나는 그런 경우를 대비해 선배에게 선배가 생각했던 것보다 나는 더 이상한 애라고 어떻게 설명해야 할지를 오랫동안 고민했다. '오랫동안' 고민했다는 게 중요하다. 내가 선배의 자취방을 반년 넘도록 들락날락하는 동안 고민만 했다는 말이다. 선배는 스킨십에 아무런 생각이 없었다.

그걸 알게 된 날은 선배와 내가 반병씩 술을 걸치고 선배의 자취방에 왔던 날이었다. 우리는 1인용 침대에 비좁게 누워 서로를 마주 보고 누웠다. 시시콜콜한 이야기를 나누다가 대화가 끊기면 습관처럼 뽀뽀를 했고, 뽀뽀가 길어지면 자연스럽게 키스를 했다. 새벽은 깊었고 분위기는 점점 무겁고, 뜨겁게 가라앉았다. 둘 중 누가 먼저 서로의 몸을 탐한다고 해도 절대 이상하지 않은 순간이었다. 하지만 선배와 나는 둘 다 서로의 눈만 뚫어져라 쳐다볼 뿐 누구도 먼저 손을 뻗지 않았다. 한동안 침묵이 깔렸다. 그걸 깬 것은 내 하품이었다. 선배가 나를 보고는 웃음을 터뜨렸다.

나도 나지만 너도 나랑 별로 다를 게 없구나. 별생각 없는 거.

선배는 몸을 틀어 천장을 바라봤다.

더 솔직히 말하자면…… 욕망이 없다고 해야 할지. 그냥 아무 생각이 없어. 굳이 왜 꼭 해야 하나 싶은 생각도 들고.

선배는 그렇게 말했다. 그 말을 듣는 순간 속이 좀 후련했다. 육체적인 쾌락에 흥미가 없는 것이 내 특이한 신체 탓이 아니구나. 나는 그날 처음으로 타인에게 나를 고백해도 될 거라는 용기 한 스푼을 얻었다. 엄마는 세상 대부분의 사람들이 자신은 다 이해한다고 말해놓고 막상 다른 존재를 마주하면 본능적인 두려움에 도망친다고 말했지만 어쩌면 선배는 도망갔다가 다시 돌아올 사람일지도 모른다는 생각이 들었다.

선배에게 나를 고백한 것은 가을학기 중간고사가 한참일 때였다. 함께 학교에 남아 밤새 과제를 하고 있던 날, 선배는 화장실에 다녀오더니 불편한 표정으로 내게 생리대가 있느냐고 물었다. 나는 없다고 대답했다. 선배는 결국 동기에게 전화해 동기 사물함에 있던 생리대를 꺼내 썼다. 그날 새벽에 선배 자취방으로 돌아가는 길에 말했다.

선배, 저는 사실 생리를 안 해요.

왜? 어디 안 좋아?

선배는 심드렁하게 말했다. 궁금해하는 말투가 아니었다.

태어날 때부터 안 했어요.

초경이 늦은 건가?

선배는 그제야 나를 보며 물었다.

아뇨. 제가 남들과 조금 다르거든요. 선배와도 달라요. 나는 어떤 성별을 사랑하느냐에 따라 성별이 달라져요. 그런다고 성기가 생기는 것은 아니지만요.

그날 우리는 처음으로 서로의 몸을 '탐구'했다. 순화한 표현이 아니다. 정말로 탐구였다. 타인의 몸을 그토록 자세히 관찰했던 건 나도 처음이었다. 신기했다. 부끄러움보다 몸에 대한 호기심이 더 컸다. 그리고 선배의 탐구 결과는 이랬다.

세상은 다양하구나. 존재하는 것도 이해할 수 없는 게 세상인데, 앞으로 보이지도 않고 형태도 없는 미래 걱정은 좀 덜해야겠어.

선배와는 가을학기가 끝날 때 헤어졌다. 탐구가 일으킨 나비효과였다. 부정적인 의미는 아니다. 졸업학기에 들어서기 전에 선배는 세상에 대한 공부를 더 해야겠다고 대뜸 미국으로 떠났다. 아메리칸 드림을 꿈꾸는 사업가 같았다. 신세계를 발견하기 위한 탐험가 같기도 했고 우주를 개척하려는 과학자 같기도 했다. 그런 선배를 보며 내가 이별을 고했다.

언제 돌아올 줄 모른다면서요. 그럼 헤어지는 게 예의죠.

선배는 두 번 붙잡더니 포기했다.

선배 그리울 거예요. 저처럼 이상한 사람은 선배가 처음이었어요.

선배는 그 말에 웃음을 터뜨렸다.

그리고 한 가지 부탁이 있어요. 앞으로 선배의 작품에 제가 출연하지 않았으면 좋겠어요. 예술가들은 전 애인을 그렇게 많이 등장시키잖아요. 저는 딱히 출연하고 싶지가 않아요.

선배는 미국으로 떠났다. 몇 개 도시를 다녀온다고 했더라. 어쨌든 1년은 족히 걸릴 거였고, 발붙일 곳이 있으면 더 오래 있다가 올 수도 있다고 했다. 선배는 떠나기 전에 나에게 일렀다.

네가 자꾸 눈길을 끌었다는 거, 네가 특별했기 때문에 그랬던 거 아니야. 창피해서 돌려 말했는데 그냥 첫눈에 반한 거였어. 혹시나 오해할까 봐.

✳

나는 내 몸의 난제를 생각하지 않을 수 없었다.

처음에는 어떤 것도 아니라고 생각했다. 그러다 어느 한 순간은 무엇이라도 다 맞다는 생각이 들었다가, 지금은 굳이 나를 무엇으로든 규명하지 않으려고 한다. 나는 무엇도 되고 무엇도 되지 못하고 아무것도 되지 않아도 된다.

선배가 떠나고 나는 휴학을 결정했다. 그래도 이별이라고, 선배가 없는 학교에 다닌다는 게 퍽 이상했기 때문이었다. 계획 없던 휴학이었기에 내 생활은 점점 제멋대로가 되었다. 새벽까지 영화를 보거나 게임을 했고 정오가 넘어서야 일어났다. 처음 한두 달은 이해하던 엄마가 어느 순간부터 출근할 때 나를 깨웠다.

자격증이나 토익점수 안 딸 거면 차라리 돈을 벌어서 여행이라도 가든가. 하기야 이렇게 게을러서 네가 어떻게 아르바이트를 구하겠니. 요즘은 아르바이트도 취업이라는데.

그 말을 듣자마자 아르바이트 사이트를 뒤적였다. 일을 구하는 건 생각보다 쉽지 않았다. 자리도 잘 없었을뿐더러 대부분 경력 있는 사람을 원했다. 덕분에 오기가 생겼다. 쉽게 구할 수 있었다면 오히려 의욕이 없었을 텐데, 하고 싶어도 하지 못한다고 생각하니까 어떻게 해서든 꼭 일을 구하고 싶어졌다. 카페에만 이력서를 열 곳 넘게 보냈다.

경력이 없어서 전부 까였다. 이렇게 앉아서 이력서만 보내서는 안 된다는 생각이 들자마자, 밖으로 나가 카페를 직접 찾아갔다. 네 번째로 직접 찾아갔던 카페에서 연락이 왔다. 독립서점과 카페를 같이 하는, 다세대주택 마을 사이에 자리 잡은 조그만 가게였다. 문을 여는 시간인 오전 11시부터 오후 4시까지. 나는 일을 구하고 나서야 엄마에게 떵떵거릴 수 있었다.

사장은 독립출판으로 에세이 몇 권을 낸 사람이었다. 40대 초반의 여성이었고 이제 고등학생이 된 딸과 둘이 살았다. 이 카페는 개인의 욕심 때문에 운영하는 것이지 주 수입원은 아니며 외주로 교정교열을 하고 가끔은 번역을 한다고 했다. 사장이 내게 관심을 갖게 된 것은 시나리오를 쓴다는 내 전공 덕분이었다. 나는 면접이라기보다 수다에 가까운 면접을 봤고 합격했다.

독립서점에서 중요한 건 커피보다 여기 진열된 책을 얼마만큼 사랑하느냐거든요. 손님이 물어보면 이건 어떤 책이라고 바로 말할 수 있을 정도로 알고 있어야 해요.

제일 마음에 들었던 점이었다. 손님에게 말을 하려면 책을 읽어야 한다. 고로, 직원은 이곳에 들어오는 책들을 모두 읽어볼 수 있었다. 가게를 열고, 바닥을 쓸고, 어제 세척해놓은 기기들을 다시 맞추고, 첫 커피를 내린 후 휘낭시에 반죽을 틀에 넣고 굽는다. 판매되는 빵은 그때그때 다르지만 보통 휘낭시에, 브라우니, 티라미수 정도였고 판매되는 순서에 규칙이 있다기보다 사장이 끌리는 대로였다. 어쨌든 나는 오픈 준비를 마친 후에 책을 골라 읽었다. 평일 낮에 독립서점을 찾는 손님은 많지 않아서 대부분 누구의 방해도 받지 않고 책을 읽을 수 있었다.

라오가 나타나기 전까지.

"그 책 재미있어요?"

"예?"

"읽고 있는 책요. 그거 재미있어요?"

라오의 첫인상은 그랬다. 이 사람 되게 기척이 없네.

"아, 재미있어요. 작가가 임신했을 때 몸의 변화를 기록한 책이에요."

"고마워요."

라오는 진열대로 향하더니 내가 읽고 있던 책과 똑같은 책을 골라 왔다.

"이거 계산할게요. 그리고 아메리카노도 하나 주세요. 마시고 가요."

내가 일을 시작한 지 일주일 후에 나타난 라오는, 그때부터 언제나 평일 첫 손님이었다. 오전 11시 10분. 반죽을 틀에 담고 휘낭시에를 굽고 있을 때 늘 라오가 들어왔다. 오븐에서 은은하게 빵 냄새가 풍기기 시작하는 시간이기도 했다. 라오는 따뜻한 아메리카노를 주문하고 창가 자리에 가방을 놓는다. 그리고 책 진열대를 훑다가 책 한 권씩을 구매했다. 때때로 내가 읽고 있는 책이 무엇인지 물어보기도 했다. 첫날처럼. 그렇게 책을 구매하고 자리에 앉아 모두 읽고 나갔다. 깨끗하게 비운 커피 잔을 내게 돌려주면서, '안녕히 계세요'나 '고마워요'가 아니라,

"내일 뵈어요."라고 하면서.

✳

"무슨 생각을 그렇게 해?"

밥을 먹던 엄마가 물었다. 내가 숟가락을 손에 들고 생각에 잠겨 있을 때였다.

"보통 사람이 헤어질 때 '내일 보자'는 인사를 하는지 생각하고 있었어."

"할 수도 있지. 그걸 왜 고민해?"

"카페에 오는 손님이 나갈 때 그런 인사를 하나?"

"일반적이지는 않지만 틀린 것도 아니잖아."

애초에 엄마한테 물어보는 게 아니었다. 더 자세히 따져 듣고 싶었지만 포기하고 숟가락을 물었다. 엄마한테는 어떤 일이든 '그럴 수도 있는 일'이 될 것이다. 고민은 해결되겠지만 의문이 풀리지 않는 상담이 되겠지. 이건 혼자 고민해봐야 할 일이었다. 머리를 쓰려면 에너지가 필요했기에

그날 밥을 두 공기를 먹어치웠다.

　내가 읽는 책을 라오가 따라 읽는다는 점 때문에 책 고르는 게 무척 어려워졌다. 서점에 들어오는 책들은 사장이 선별적으로 검수를 한 책들이지만 그럼에도 불구하고 좋은 책들 사이에서 더 좋은 책을 고르고 싶었다. 내가 읽고 있던 책을 따라 읽고 라오가 "책 정말 좋았어요." 하고 말해주면 그날은 영업에 성공한 사원처럼 기뻤다.

　라오의 이름을 알게 된 것은 라오가 서점에 적립카드를 만들었기 때문이다. 라오가 네 번째 방문했을 때, 내가 먼저 카드를 내밀며 적립을 권유했다. 음료 스무 번 드시면 한 번이 무료예요. 내 말에 라오는 머뭇거리다가 카드를 받았다. 적립카드는 서점에서 보관했다. 이름이나 닉네임을 쓰면 자음에 맞춰 따로 통에 보관했다. 라오는 볼펜을 쥐고 한참을 머뭇거리다가 '라오'라고 썼다. 이름이 특이하네, 라고 생각했다가 그럴 수도 있지, 라고 생각을 바꾸게 된 건 엄마 덕분이겠지. 라오. 어딘가 특별한 라오와 어울리는 이름이었다.

　내가 라오를 더 생각하게 된 이유는 비늘조각 때문이었다.

　나는 창가 앞에 앉은 라오를 보며, 그동안 연인들에게 들었던 이야기를 조금 납득할 수 있었다. 내 몸이 반짝거린다는 말. 햇빛을 받고 있는 라오를 보고 있노라면 백사장이 생각났다. 고운 모래 알갱이가 빛을 반사시켜 반짝이는 해변의 백사장. 사람의 몸이 저렇게 반짝일 수 있을까. 하지만 또

'그럴 수도 있지.' 나도 그랬으니까. 비늘조각이 발견되기 전까지는 그렇게만 생각했다.

언제부터였더라. 라오가 앉았다가 간 자리에는 내 새끼손톱만 한 비늘조각이 두어 개씩 떨어져 있었다. 처음에는 옷이나 가방에 붙은 가짜 비늘조각인 줄 알았다. 그게 어디선가 한두 개씩 떨어졌다고 생각했고 대수롭지 않게 치웠다. 그러다 라오가 비늘과 관련된 어떠한 옷도, 물건도 들고 오지 않은 날에도 비늘조각이 떨어져 있다는 걸 알아차린 순간부터 비늘조각 출처에 대해 고민했다. 라오가 오기 전에 늘 앉던 자리에 비늘조각이 없다는 걸 청소하며 확인했는데, 라오만 다녀가면 늘 조각이 떨어져 있었다. 이상한 일이다. 도대체 어디서 떨어지는 걸까. 물론 이 고민도 오래가지는 않았다.

카페 좌석이 있는 자리는 채광이 좋아 낮이면 햇빛이 세게 들어왔다. 가만 앉아 있으면 한겨울에도 땀이 나는 자리였다. 라오가 늘 앉는 자리이기도 했고. 여느 때처럼 햇빛이 강렬했던 날, 라오는 걸치고 있던 얇은 남방을 벗었다. 그리고 팔꿈치에서 손가락 한 마디 위. 눈이 부실 정도로 무언가가 그쯤에서 반짝 빛났고, 내가 햇빛을 가리며 라오의 팔꿈치를 쳐다봤을 때 그곳에서 얇은 조각 하나가 떨어졌다. 깃털이 떨어지듯이 아주 천천히, 톡.

내가 그것을 아는 척하기도 전에 라오는 책을 덮고 일어났다. 내일 보자며 옷을 챙기고 떠난 라오의 자리에는 라오가 흘린 비늘조각만 남아 있었다.

나는 그 비늘조각을 주워 휴지로 감싸 주머니에 넣었다. 타인의 인체를 줍는 취향이 있는 것은 아니다. 분명히 말하건대, 알 수 없는 끌림을 느꼈다. 변명이 아니고 진짜로. 그 순간 분명 비늘조각과 나 사이에 거부할 수 없는 우주중력이 생겼을 것이다. 중요한 것은 내게 그것을 분해하고 분석할 수 있는 도구가 없다는 사실이었다. 내가 할 수 있는 것은 오로지 관찰뿐이었다. 엄마가 책 읽을 때 쓰는 돋보기안경을 가지고 와 밝은 빛 아래서 비늘조각을 자세히 들여다보는 것이 전부였다. 라오의 몸에서 떨어진 비늘은 굳비늘과 유사했다. 다이아몬드 모양이 서로 맞붙어 있는 모양새였다. 색깔은 초록이 강한 에메랄드빛이었다. 햇빛 아래에서는 정말 지중해처럼 빛났다. 내가 할 수 있는 관찰은 거기까지가 전부였다. 이빨로 깨물어볼까 했지만 라오에게 예의가 아닌 것 같아 그만두었다.

비늘조각을 보물처럼 상자에 넣어 머리맡에 두었다. 나는 라오의 비늘조각을 발견한 후에야, 엄마의 말을 인정했다. 세상은 다양한데 모두가 다양하지 않은 척하고 있다는 걸 말이다.

라오를 향한 내 마음을 사랑이라 정의하기에는 어딘가 거창했다. 관심이라 해두자. 혹은 동족을 향한 갈망쯤으로 해두어도 좋을 것이다.

라오와의 관계에 확실한 끈이 필요했다. 나는 서점에서 일하는 직원이었고 라오는 손님이었으므로, 라오가 오지 않으면 끝나는 관계였다. 자연스럽게 유지될 수 있는 필연적인 이유를 모색했다. 사흘을 고민했을 것이다. 아침에 눈을 뜰 때도, 카페에 출근할 때도, 눈앞에서 라오가 책을 읽을 때도. 그렇게 머리를 굴려 생각해낸 것이 무엇이냐면…….

"독서모임요?"

라오가 되물었다. 나는 라오 손에 들린 카드를 받아 계산을 마치며 고개를 끄덕였다.

"이 책방에서 하려고요. 소소하게. 한 다섯 명 정도로? 괜찮으면 같이 할래요?"

카드를 돌려받으며 라오는 망설였다. 내 속이 타는 줄도 모르고. 제발 한다고 해. 제발!

"언제요?"

"으음, 언제가 좋으세요? 아직 확정된 게 없으니까 편하신 시간에 맞춰요."

방금 대답은 너무 속 보이는 대답이었나. 당신이 이 모임에 꼭 있으면 좋겠다는 마음. 혹시 그 마음을 느꼈다면 튕기지 말고 이만 승낙했으면 했다.

라오는 몇 초간 더 뜸 들이더니 대답했다.

"좋아요. 재미있겠네요."

순간 나도 모르게 발뒤꿈치가 들렸다가 조심스럽게 도로 내렸다. 종이를 건네 라오에게 전화번호를 물었다. 단체 채팅방에 초대하려고 한다는 그럴듯한 이유였다. 물론 나와 라오를 제외하고 나머지 세 명의 구성원은 아직 구해지지 않았으나, 이 문제는 지금 고민하고 싶지 않았다.

"제가 휴대폰이 없어서요."

"예? 뭐요?"

순간 잘못 들은 건가 싶었다. 21세기에 휴대폰 없다는 사람을 만나게 될 줄 몰랐지. 요즘 유치원생도 가지고 다니는 게 휴대폰 아니었나.

"저는 어차피 여기 매일 오니까 저한테 직접 알려주실 수 있으세요? 그럼 늘 맞춰서 올게요. 어떤 책을 읽을지도 알려만 주세요. 제 의사결정권은 당신한테 넘길게요. 요즘 같은 시대에 휴대폰 없는 사람도 있어서 좀 이상하죠? 사정이 있어서……."

나는 그제야 내 반응이 라오에게 실례가 될 수 있었다는 것을 깨달았다. 다급하게 사과했지만 라오는 개의치 않아 했다. 어쨌든 확실한 건 이곳에 '매일' 온다는 것과 '함께하겠다'고 참여 의사를 밝힌 것이다.

독서모임의 구성원을 구하는 건 어렵지 않았다. 서점 한편에 모집 안내문을 직접 써서 붙였고, 붙인 지 이틀 만에 안내문을 뗄 수 있었다. 한 명은 주부였고, 한 명은 기자였고 나머지 한 명은 학생이었다. 세 명 다 익히 아는 얼굴이었다. 나는 다른 사람들과 함께 정한 내용들을 정리해 라오가 오면 알려주었다. 라오는 손바닥만 한 수첩에 내가 말한 책 목록과 모임 시간을 적었다.

"그게 무슨 글자예요?"

무심코 물었다. 내 말을 받아 적는 라오의 글씨가 퍽 특이했다. 단순히 악필이라는 뜻이 아니었다. 한글의 형태가 아니었다. 영어 필기체도 아니었다. 내가 모르는 제3세계의 글자 같았다.

"고향에서 쓰는 글자예요."

"고향요?"

"네. 그럼 내일 봐요."

라오는 더 물어볼 시간도 주지 않고 사라졌다. 고향의 글자라니. 그때부터 나는 라오의 고향이 어디일지 생각했는데, 어쩐지 지구에는 없을 것만 같았다.

내가 라오에 대해 아는 건 이것뿐이다. 몸에 비늘이 있고, 책을 좋아하고, 휴대폰을 쓰지 않으며, 글자가 특이한 고향 출신이다. 이 외에 나는 라오가 몇 살인지, 직업이 무엇인지, 심지어 여자인지 남자인지조차도 모른다. 많은 것을 아는 것 같다가도 결국 아무것도 모르는 듯했다. 라오가 어느 날 갑자기 서점에 나오지 않을 때, 내가 알고 있는 사실로 이 지구에서 라오를 찾을 수 있을까? 아무리 생각해도 불가능하다. 몸에서 비늘이 떨어지는 사람이라고 하면 경찰의 비웃음이나 사겠지. 그런 생각이 들자, 나는 곧바로 왜 이 세상에서는 사람을 명확하게 규정해야만 하는지에 대해 고민했다. 어찌 보면 당연한 일이다. 누군가를 찾을 때 이름과 나이, 사는 지역, 성별을 정확하게 알아야만 그 사람을 특정 지을 수 있다. 하지만 애초에 지구에 그런 게 없었다면. 나 같은 사람들이 많아서 성별로는 나를 특정 지을 수 없었다면, 지구에는 다른 기준이 생기지 않았을까.

라오는 한 번도 늦지 않고 매번 모임에 참석했다. 우리의 커리큘럼은 두 달짜리였다. 수요일 오후 1시에 만나 3시간씩 책에 관해 이야기를 나누었다. 인문서적일 때도 있었고 과학서적일 때도 있었으며 소설이나 에세이일 때도 있었다.

✳

"요즘 뭐 해? 집에서도 책을 그렇게 읽고."

엄마는 건조된 빨랫감을 한아름 들고 방으로 들어왔다. 같이 개자는 뜻이었다. 읽고 있던 책을 덮어두고 무릎으로 기어 엄마 옆에 앉았다. 그냥 독서모임을 한다고 대답했다가, 나는 문득 다른 이야기를 꺼냈다.

"어쩌면 엄마 말이 맞는지도 모르겠어."

"갑자기 그게 무슨 소리야?"

"이 세상에 알에서 태어난 사람. 나뿐만이 아닐지도 모르겠다고."

엄마에게 알에서 태어났다는 이야기를 처음 들었을 때, 내가 할 수 있는 일이란 고작 '그렇구나.' 하고 고개를 끄덕이는 것뿐이었다. 세상 모든 일을 '그럴 수도 있는' 일이라고 취급하는 엄마 앞에서 나는 치밀한 진상규명을 할 수 없었고, 부정해봤자 고통은 나 홀로의 몫이었기 때문이다. 내가 이렇게 태어난 이유를 굳이 따져 묻지 않는 것이 살아가는 데에 편했다. 비록 다른 사람들에게 숨겨야 하는 건 또 다른 문제의 일이었지만. 라오는 그런 의미로, 외롭던 내 인생에 끼어든 동족이었다.

엄마는 내가 읽고 있던 책을 집어 들었다. 그 책은 여행에세이였는데, 작가가 만난 사람들에 대한 이야기와 사진이 들어 있었다. 지나친 사람들의 이야기, 다시 만날 수 없는 인연들에 대한 미련, 그럼에도 불구하고 평생 간직할 수 있는 기억들의 나열. 내가 몇 편의 일화 중 가장 좋아하는 편은 쿠바에서 노래하는 소피아를 만난 이야기였다. 작가는 소피아를 사랑했다. 소피아도 작가를 사랑했는지는 모르겠다. 내가 읽기에는 타지에서 온 작가에 대한 친절일 뿐이었으니까. 그런데도 그 일화가 가장 기억에 남은 이유는 작가가 찍은 소피아의 사진 때문이었다. 사랑하는 대상을 찍으면 이토록 숨길 수 없이 드러나는구나. 나는 사진에 대해 잘 모르지만 아무튼 달랐다. 작가가 그때까지 찍은 사람들과 소피아는.

엄마는 앉은 자리에서 책을 모두 읽었다. 감상을 참고할까 싶어 소감을 물었다. 엄마는 심드렁한 표정으로 말했다.

"작가가 좀 말이 많고 감정에 질척거리네."

"엄마가 감정이 메마른 건 아니고?"

"혹시나 하는 말인데 이런 감정은 배우지 마. 문장은 거창하고 아름답게 써놨지만 까놓고 보면 주변 탓하다가 그만두는 사랑이잖니."

"무슨 말을 그렇게 정 없게 해?"

"내가 이 작가한테 있을 정이 어디 있다고 정 타령이야?"

그것도 맞는 말이라 반박할 수가 없었다. 나는 패배자의 도리로써 말없이 개어놓은 옷들의 제자리를 찾아놓은 후 도로 책을 집었다. 거창하고 아름답게만 써놓은 문장이라니. 작가가 들으면 절필할 정도의 혹평이었다. 당신의 창작 인생에 우리 엄마 같은 사람이 끼어 있지 않다는 걸 감사하게 여기시길.

생각해보면 엄마의 평가는 늘 이런 식이었다. 별것도 아닌 거로 유세를 떤다는 식. 내가 처음으로 쓴 시나리오를 읽었던 날에도 엄마는 주인공들이 할 일이 없어 그런다며 바쁜 일을 시키라고 했다. 그렇게 엄마 말을 따랐다가 미련 없이 갈 길 간 주인공들이 얼마나 많았던가.

달리 생각하면 엄마의 생존수단일 수도 있겠다. 엄마가 아빠에 관한 이야기를 잘 하지 않는 것도 일맥상통 아닐까. 우스운 말이지만 나는 아직까지 아빠가 무엇을 하던 사람이었고, 현재 살아 있는지조차 알지 못한다. 엄마에게 물을 때마다 돌아오는 대답이 '알아서 뭐 하게?'였으므로 나는 언제나 내 상상으로 아빠를 살게 했다가, 어느 순간부터는 그마저도 포기했다. 아빠 이야기가 나올 때 할 말이 없어 슬펐던 것도 중학교가 마지막이었다. 아빠가 한 명 있는 아이들의 숫자가 많아서 당연해 보이는 것일 뿐이라는 엄마의 말을, 그러니까 일일이 그걸 다 마음에 두고 있으면 정말로 필요한 감정이 들어올 곳이 없어 튕겨 나간다는 그 말을 다시 곱씹었다. 엄마는 잔여물 많은 감정을 되도록 빨리 떼어내려고 하는 걸까.

"라현아."

방으로 들어가던 엄마가 뒤돌아 나를 불렀다. 왜? 하고 대답하고도 한동안 답이 들려오지 않아 고개를 들어 엄마를 쳐다봤다. 이따금 엄마는 시간이 멈춘 인간 같다는 생각을 들게 한다. 자잘한 주름은 생겼을지언정 엄마의 시간은 그렇게 많이 흐르지 않았다. 내 키가 자라고 내 세계가 바뀌는 동안에도.

"멀리 떨어져 있다는 건 슬픈 일이지만 사실 그렇게 슬프지도 않아."

엄마가 갑자기 무슨 이야기를 하는 걸까.

"결국, 다시 만날 수 있다는 걸 잊지 말아야지. 그걸 잊으면 슬퍼지는 거야."

"……."

"아마도 그 작가는 다시는 쿠바로 돌아갈 일이 없다고 생각했겠지. 언제든 다시 쿠바로 돌아갈 생각이었다면 그렇게 그리움이 덕지덕지 묻은 문장은 쓰지 않았을 거야."

"이 작가가 되게 별로인가 보구나."

"그냥 취향이 아니었던 거지, 별로라는 건 아니야. 그런 사랑이 있을 수도 있으니까. 다만 변명이 좀 많이 붙었다는 거지."

내가 듣기에는 그래서 별로라는 말과 별다르지 않았지만 그러려니 하고 넘겼다. 내가 엄마의 딸이라는 건 부정할 수 없는 모양이었다. 결국 어떤 현상에 대처하는 방식이 엄마를 닮았다. '그럴 수도 있지'로 모든 걸 퉁 치면 삶이 한결 편안해졌다.

그리고 엄마와 똑같은 감상을 독서모임에서 들었다.

"작가가 조금 비겁한 것 같아요. 이건 그냥 사랑인 척 썼을 뿐이에요."

라오였다.

"어떤 사랑은 우주를 가로지르기도 하는 걸요."

독서모임이 끝나고 나는 라오에게 따로 물었다.

"그런 생각은 어쩌다 했어요?"

"'어쩌다'라니요?"

라오가 가방을 챙기던 손을 멈췄다.

"음, 책이나 영화에서 봤다거나, 아니면 누구한테 들었다거나……."

"제 책임자였던 분들한테 들었어요."

나는 라오의 말을 이해하지 못하고 되물었다.

"책임자요?"

"저희 고향에서는 책임자라고 불러요. 제가 스스로 생존할 수 있을 때까지 보호해주는 분들이에요. 여기서의 부모와 비슷하기는 하지만, 여기는 부모가 갖는 의미가 조금 더 큰 것 같아요. 의사결정권까지 가져가는 경우가 많더라고요."

"혹시 고향이 어디인지 여쭤도……."

라오가 웃으며 대답했다.

"여기서 안 보여요."

고향이 보이는 사람도 있나.

"아! 밤에는 보일 수도 있겠다."

"예?"

"궁금하면 밤에 보여줄까요? 날씨가 좋아야 하는데."

"언제요?"

서점 밖에서 만날 수 있는 좋은 기회였다. 날이 좋은 밤에 고향이 보일 수도 있겠다는 말이 무슨 말인지는 모르겠다만, 지금은 그걸 깊게 따질 겨를이 없었다. 라오는 만날 시간과 장소를 종이에 적어 넘겼다. 이번엔 한글이긴 했지만 여전히 엉망진창의 글씨로.

낙산공원. 밤 10시.

집에서 옷을 갈아입고 보관해두었던 라오의 비늘조각을 손수건에 감싸 챙겨 나왔다. 해가 다 저문 시간에 동대문역에서 내려 종로3번 마을버스를 타고 낙산공원 전망대에 도착했다. 라오는 나보다 먼저 도착해 있었다. 낮과 달리 활동성 좋은 옷차림으로 내게 손을 흔들었다.

낙산공원은 좋은 데이트 코스였지만 오늘은 평일이었고 더욱이 산책을 즐기기에는 너무 늦은 밤이었다. 우리는 아무도 없는 전망대를 걷다가 적당한 벤치에 자리를 잡았다. 하늘은 다른 때와 다를 거 없이 그저 어두운 밤하늘일 뿐이었다. 다행히 날이 맑아 달이 잘 보이는 정도. 라오는 그런 하늘에서 무언가를 찾으려는 듯이 오래도록 한 곳을 주시했다. 고향을 보여준다고 한 거 아니었나. 설마 고향이 저 밤하늘 어디에 있다는 말을 하려는 건가. 만약 정말로 그런 거라면 나는 어떤 반응을 보여야 할까. 첫째, 어이없게 웃는다. 둘째, 어쩌다 이곳에 왔느냐고 묻는다. 아무리 이 지구가 '그럴 수도 있는' 지구라고 하더라도, 어쨌든 그건 지구의 일이 아니던가. 지구 밖의 일은 말 그대로 번외였다. 아무래도 나는 어이없게 웃지 않을까, 싶었다. 하지만 정말로 라오가 자신의 고향이 독수리자리 근처의 행성이라고 했을 때 나는 첫 번째가 아니라 두 번째 반응을 보였다. 왜냐하면 그 말을 하던 순간에 라오의 몸에서 비늘 한 조각이 또 반짝하고 떨어졌기 때문이다.

"지구 하늘이 많이 상했네요. 예전에만 해도 이맘때쯤이면 독수리자리가 선명하게 보여야 하는데. 거기 성운이 정말 멋있죠. 여기에 올 때 거기를 꼭 지나치거든요."

"어디서 오는데요?"

라오가 나를 보며 웃었다.

"어디까지 믿을 건데요?"

그 말은 가벼우면서도 비장했다.

"말하는 건 전부 믿죠. 대신 라오 씨도 그 이후에 제가 하는 말 다 믿어야 돼요."

나는 라오의 몸에서 떨어지는 비늘조각과 내 태생에 대해, 그리고 누군가를 사랑하느냐에 따라 변하는 내 성별에 대해 이야기할 생각이었다. 라오는 내 비장함을 읽었는지 잠시 뜸을 들인 후 입을 열었다.

"우리는 성인이 되면 행성을 떠나거든요. 그게 우리가 우리의 행성을 지키는 방식이에요. 다른 행성에 터를 잡는 거요. 좀 이기적인 방식으로 보일 수도 있지만 애초에 우리들은 개체 수가 그리 많지 않거든요. 번식도 딱 한 번밖에 하지 못해요. 그러니까 굳이 비교하자면 테이블 끄트머리에 앉아 빵 몇 조각 얻어먹는 정도랄까요. 비유가 좀 이상했나요?"

나는 반사적으로 고개를 끄덕였다. 라오는 멋쩍은 듯 웃었지만 말을 정정하거나 무르지 않았다. 나는 최대한 정중하게 라오의 말을 정리해 되물었다. 혹여나 라오가 기분 나쁠 수 있는 말은 최대한 삼가고 확정 지을 수 있는 사실로만. 그러니까,

"외계인이라는 거죠?"

"그렇죠? 외계인이라고 할 수 있겠네요."

"……외계인이라. 생각했던 것과 많이 다르네요. 조금 더 튀는 외모일 줄 알았어요."

"이미 튀는 외모 아닌가요?"

라오가 웃으며 물었을 때, 나는 라오가 비늘조각에 대해 말하는 거라고 생각했다. 이미 내가 알고 있다는 걸 라오도 알고 있어서 던진 말이라고 받아들였다. 하지만 라오는 전혀 다른 이유를 내밀었다.

"눈도, 코도, 귀도 다 다르잖아요. 손가락 크기도 다르고 머리카락이 나는 방향도, 심어진 눈썹의 개수도 다르잖아요. 지구 행성의 개체들은 사물을 단순화해서 분류하는 경향이 있어요. 제가 보기에 지구에서 같은 생명체는 단 한 개

체도 보지 못했는데. 물론 다른 행성의 개체들 중에서는 피부가 다른 색을 띠고 있거나 온도나 빛의 문제로 다른 특징이 두드러진 존재들도 있죠. 하지만 그것만이 차이는 아니잖아요."

찔려서 할 말이 없었다고 해야 할지, 변명할 거리가 생각나지 않았다고 해야 할지. 아무튼, 그런 이유들로 나는 입을 다물었다.

"썩 믿기지는 않죠? 이해해요. 그게 당연한 반응이에요. 지구의 주인들은 낯선 존재를 오래도록 상상해왔지만 받아들일 준비는 전혀 되어 있지 않죠. 이 드넓은 우주에 사는 생명체 중 지구만 그래요. 폐쇄적이면서도 기대를 감추지 못하는, 아주 특이한 성향이죠. 그러니까 당신도 믿어도 되고 믿지 않아도 돼요. 믿음에 무게를 부여하지 않아도 돼요. 답을 선택할 필요도 없고요."

라오의 말은 나를 편안하게 만들었다. 굳이 무언가를 선택할 필요가 없다는 말은 그래도 되고, 안 그래도 된다는 말처럼 들렸으며 또 다르게는 무엇도 정답이 아니라는 것처럼 들리기도 했다. 나는 라오의 말처럼 굳이 어떤 선택을 내리지 않았고 대신 주머니에서 챙겨 왔던 손수건을 꺼냈다. 지금이 딱 좋은 타이밍처럼 느껴졌다.

"사실 고백할 게 있는데요. 제가 많이 이상해 보이더라도 도망가지는 말고 제 이야기를 먼저 좀 들어보세요. 알겠죠?"

아무리 생각해도 남의 피부 조각을 보관하고 있는 사람은 조금 괴랄한 것 같았으니까. 내 말투에서 낌새를 느꼈는지 라오의 표정이 사뭇 진지해졌다. 나는 심호흡을 크게 하고는 꼭 쥐고 있던 손수건을 펼쳤다. 삶은 양상추를 한 장씩 벗겨내는 느낌으로 말이다. 그렇게 라오는 내 손바닥 위에 덩그러니 놓인 자신의 조각 하나를 마주했다. 라오는 가타부타 설명 없이도 그게 무엇인지 바로 눈치챈 모양이었다.

"불순한 의도는 아니에요, 정말로. 단지 약간의 연구를 해봤달까."

라오는 괜찮으니 더 말해보라는 듯 차분한 표정으로 나를 쳐다봤다.

"라오 씨가 다녀가시면 계속 이런 게 떨어져 있었거든요. 처음에는 뭔지 잘 몰랐다가 어느 날, 정말 우연히 라오 씨 몸에서 이게 떨어지는 걸 봤어요."

"제 피부네요."

바보같이 그 순간 '알고 계셨네요?'라고 말할 뻔했다. 어찌 됐든 라오가 이 조각이 자신의 피부라는 것을 알고 있어서 다행이었다. 자칫하면 함께 난항에 빠질 뻔했다.

"그래서 제 피부에 대해 뭘 좀 알아내셨어요?"

나는 라오에게 내가 알아낸 몇 안 되는, 사실 아무것도 알아내지 못한 것과 같은 이야기를 했다. 라오는 그 말을 묵묵히 들었다. 예전부터 느꼈지만 차분한 사람이었다. 바람 없는 실내에 켜진 촛불 같은 느낌이랄까. 그렇다고 따뜻한 느낌은 아니었다. 온도를 따지자면 너무 차가워서 따뜻하다고 착각하는 정도.

"역시 라현 씨는 좀 다르네요. 피부에서 조각이 떨어지는 인간을 발견하고도 그러려니 하고 있잖아요. 그걸 발견한 것도 신기하고요. 의심도 편견이 없어야만 가능하잖아요. 그런 게 있을 리 없다고 확신하는 사람들은 눈으로 보고도 그 사실을 받아들이지 않으니까요. 그런 의미로 저도 고백 하나만 해도 돼요?"

"예?"

"라현 씨도 오해하지 마세요. 불순한 의도가 있던 건 아니었으니까. 약간의 관찰이랄까⋯⋯?"

라오의 고백은 내가 했던 고백보다 세지 않았다. 하지만 나는 라오처럼 부드럽게 상황을 넘어가지 못하고 말을 더듬었다.

"저, 저 지금 외계인한테 찍힌 건가요?"

그러니까 라오는, 서점에 들어와 내게 처음 말을 걸기 전부터 나를 지켜봐왔다는 것이다. 처음에는 자신이 찾고 있는 어떤 사람과 착각했다가, 나중에는 나 자체를 관찰해볼 가치가 있다고 판단했단다. 라오가 내게 되물었다.

"그 말은 즉, 본인은 지구인이다?"

나도 모르게 기가 차서 웃었다. 하지만 라오는 전혀 아랑

곳하지 않고 말을 이었다.

"물론 지구에 살고 있으면 전부 지구인이겠지만."

"그럼 제가 외계인이라는 거예요?"

"그게 뭐가 중요해요. 지구의 절반은 외계인이에요. 모두가 다 사람인 척하고 있을 뿐이라고요."

"허."

"웃긴 말처럼 들릴 수도 있지만 이건 생각보다 중요해요. 그걸 알아야 해요. 이 지구에 같은 인간은 없어요. 모두가 다 서로에게 외계인인 걸, 모두가 같은 사람인 척하고 있을 뿐이라는 걸요."

바람이 적당히 부는 초여름의 선선한 날씨였다. 서로를 외계인이라고 소개하기 딱 좋은 날씨이기도 했다. 라오는 내게 팔을 잠시 살펴봐도 되느냐고 물었다. 나는 거리낌 없이 팔을 내밀었다. 라오는 검지와 중지로 손목과 팔을 천천히 훑었다. 이 상황이 간지럽고 웃겼다. 로맨틱함이 말소된 공간에 정체불명의 두 외계인이 나란히 앉아 팔을 만지고 있다니. 웃음을 꾹 참으며, 나는 라오에 대한 내 감정이 사랑 따위는 아니었음을 절실하게 깨달았다. 그럼 도대체 무엇이었을까. 이런 감정은 학교에서 느껴본 적 없었으니, 사회의 감정이겠구나. 내가 노력해야지만 이어갈 수 있는 관계를 붙잡기 위한, 아직 내가 알지 못하는 어떤 단어의 감정이려나.

라오의 관찰 결과는 시시했다.

"다행히 조각은 떨어지지 않겠네요."

밤이 더 깊어지자, 초여름은 한 발짝 뒤로 물러나 쌀쌀한 밤이 되었다. 내가 카디건 앞을 여미자 라오가 그만 가자며 자리에서 일어났다. 아직 묻고 싶은 게 많았지만 다음을 기약했다. 어쩌면 본능이었을지도 모른다. 어떤 사실을 마주할 준비가 아직 되어 있지 않다는, 아주 강력한 직감을 인지한 방어기제.

이 지구에서 외계인을 마주했던 사람들은 전부 어떻게 됐을까. 그들은 어떤 반응을 보였고, 그래서 그 외계인과 어떻게 됐을까. 혹시 그중에서 나처럼 "너도 외계인이야."라는 말을 들은 사람이 있었을까. 그리고 또 그중에서 나처럼 속이 시원했던 사람도 있었을까? 너무 많은 것들이 궁금한 밤이었다. 고백하고 싶은 말이 많기도 했던 밤이었다. 입술과 목젖이 간질간질해서 나는 산책로를 내려가는 동안 벌레가 붙은 건 아닐까 수시로 얼굴과 목덜미를 손으로 훑어야 했다.

✳

집에 도착해 씻고 누운 후에야 나는 라오가 찾고 있던 사람이 누구였는지 궁금해지기 시작했다. 천장을 보고 골똘히 생각에 빠졌다가, 책상 위에 올려 둔 책에 시선이 닿았다. 여행 작가의 에세이집. 나는 엉금엉금 책상 앞으로 기어가 책을 들었다. 라오가 이 책에 대해 뭐라고 했더라. 문장이 선명했다가 흐려지기를 반복했다. 그러다 돌연 어느 한 문장이 선명하게 빛났다.

"우주를 가로지르는 어떤 사랑⋯⋯."

나는 새벽 늦도록 창문 앞에 앉아 달 한 조각 덩그러니 떠 있는 밤하늘을 쳐다봤다. 누군가를 보기 위해 바다도, 하늘도 아니고 우주를 가로질러 올 수도 있구나. 나는 내가 만났던 사람들 중 나를 보기 위해 우주를 가로지를 수 있는 사람이 누가 있는지를 헤아렸다. 하지만 내 머릿속의 민혁이는 너무 어렸고, 언니는 우주선에 오래도록 두면 안 될 것 같았으며 선배는 미국에서의 생활에 만족하고 있을 것 같았다. 역시나 앉아서 기다리는 건 불가능이고, 결국 내가 찾으러 가야 할 운명인 걸까. 그렇다고 만났던 사람들에 대해 후회하는 것은 아니다. 그 사람들을 만나지 않았더라면 나는 우주를 가로지를 수 있는 사랑에 대해 믿지 않았을 것이다. 어쨌든 지구에서 사랑은 충분히 해봤으니 나도 이제 우주로 나갈 때가 된 게 아닐까, 하는 생각을 오래도록 그곳에 앉아 했다.

라오가 찾던 사람을 내가 알게 된 것은 그로부터 오래 지나지 않아서였다.

라오를 추궁한 것은 아니었다. 라오와의 대화를 통해, 아주 자연스럽게 깨달은 것이었다. 웃어야 할지 울어야 할지 모르겠어서, 나는 '그럴 수도 있지.'라고 생각했다.

낙산공원에 다녀온 이후에도 라오는 서점을 찾았다. 마치 그날의 대화가 없었던 것처럼 라오는 책을 고른 후 커피를 시켜 자리에 앉았다. 그리고 한 권을 전부 다 읽을 때까지 자리에서 일어나지 않았다. 그렇게 전과 다름없이 이틀을 보내고, 사흘째 되던 날 책을 읽고 있는 라오의 앞에 털썩 앉아 내가 먼저 말을 걸었다.

"나는 말이에요."

라고 툭 던져놓고.

"내 인생의 첫 난제는 내가 여성이냐, 남성이냐는 거였어요."

그렇게 라오가 묻지도 않은 내 역사를 읊었다. 라오는 놀란 기색 한 번 없이 전부 들었다. 내 정체에 대해 고백하는 것이(정확하게는 아니더라도) 분명 처음은 아니었는데, 나는 처음인 것처럼 속이 울렁거리고 떨렸다. 모든 인간에게 배꼽이 있다는 걸 처음 알았던 때와 같은 두근거림이었다. 고작 21년밖에 되지 않는 짧은 역사 속에, 내가 외면하고 덮어왔던 설움을 펼쳤다. 그렇다고 이제 와서 그때 참았던 눈물이 나오지는 않았다. 나는 덤덤했고, 또는 그 일이 내 일이 아닌 것처럼 무미건조했다. 참아야 했고 포기해야 했던 것들이 많았지만 내 삶도 어쨌든 삶이라서, 기쁨과 슬픔이 공존했다. 만남과 헤어짐이 있었고 상처와 포근함이 있었다. 내가 지나쳤던 모든 사람과 사랑이, 실은 지나친 게 아니라 그렇게 내 안에 굳어져 내가 되었다는 것을 나는 라오에게 말하며 깨달았다. 너무도 평화로운 오후였다. 손님 없는 서점 구석에 마주 보고 앉아, 알에서 태어난 내가 몸에서 비늘조각이 떨어지는 라오에게 비밀을 말하는 외계인들의 티타임.

"하지만 괜찮아요."

나는 말을 마무리 지었다.

"세상에 '원래 그런' 건 없으니까요. 당연한 것도 없고. 라오 씨가 저한테 편견이 없다고 그랬죠? 맞아요, 저는 편견이 없어요. 늘 편견 밖에서 살아왔던 제가 편견을 가지면 그건 모순이죠. 아니면 나보다 더 큰 편견을 아직 제가 만나지 못했거나요. 어쨌든 저는 그래요."

라오가 웃으며 말했다.

"언제나 밖에 있는 자들이 그 장벽을 없애네요."

그리고 곧바로 뒤이어 말했다.

"라현 씨는 영원할 것 같은 것들이 깨지고, 모든 것이 바뀐다면 어떨 것 같나요?"

나는 아주 잠시 고민하고 대답했다.

"괴롭겠죠. 하지만 제가 지금까지 버텨왔듯이 또 버티

겠죠."

"왜 찾고 있는 사람과 착각했는지 알겠어요. 닮았네요. 닮을 수밖에 없거나."

"그게 무슨……."

"라현 씨, 당신은 저처럼 상대방과 같아지려는 습성 때문에 계속 모습을 바꿀 거고, 그러다 영원을 약속하고 싶은 상대를 만나면 딱 한 번 알을 토해낼 거예요. 그리고 다시 변화하지 않을 거예요."

"……."

"저는 사랑하는 사람을 데리러 왔어요. 제 우주선의 문제로 20년 전에 이곳에서 만났다가 잠시 떨어져야 했어요. 그리고 이제야 다시 이곳에 왔죠. 시간이 많이 흘렀지만 그 사람은 아직 제가 기억하고 있는 모습과 똑같더라고요. 하지만 그 사람은 저와 함께 가는 걸 망설이고 있어요. 자기가 사랑하는 사람의 안정을 깨뜨릴까 두려운가 봐요. 그래서 저는 기다리고 있어요."

라오는 사랑하는 사람이 있구나. 이미 짐작했던 일이었지만 더 생생하게 다가왔다. 라오의 눈이 빛나고 있었기 때문이다. 빛을 반사했다든가 비늘조각이 있어서가 아니고 말을 하는 순간 그 자체로 빛나고 있었다.

그러니까 라오가 우주를 가로질러 다시 찾으러 온 그 사람은 나와 아주 가까운 사람이었고, 가장 중요한 사람이었고, 또 가장 사랑하는 사람이라 할 수 있겠다.

차라리 단서를 모아 끈질긴 추리 끝에 찾아냈다면 이렇게 한 대 얻어맞은 느낌이라도 들지 않았을 텐데, 진실은 어느 날 갑자기 떨어진 유성우처럼 내리꽂혔고, 나는 창밖을 바라보며 담배를 피우는 엄마를 보면서 한동안 숨 쉬는 것도 잊고 말았다. 진실이 관통한 후에 모든 조각은 차례차례 제자리를 찾아갔다. 엄마에게 알을 준 사람은 누구일까. 엄마에게 이 지구를, '그럴 수도 있는' 행성으로 만든 사랑은 어떤 물질로 이루어져 있을까.

"엄마, 무슨 생각해?"

엄마는 내 물음에도 눈길 한번 돌리지 않고 밤하늘만 바라보며 대답했다. 이제야 자신을 만나러 온 상대방의 흔적을 좇고 있는 듯했다. 홀로 앉아 밤하늘을 보고 있지만 전혀 외로워 보이지 않는 눈빛이었다.

"그냥 이런저런 생각……."

초여름 밤의 바람처럼 느릿느릿한 엄마의 목소리를 들으며, 엄마를 보기 위해 20년 동안 우주를 가로질러 온 라오를 상상했다. 이미 나에게는 엄마의 결정을 좌우할 선택권이 없다. 라오에게 말하지 않았는가. 버티면 또 버티고 살아질 것이라고. 하지만 이 모든 건 나의 추측이었고 어느 것도 확신할 수 없었기에 나는 내가 아는 것을 모두 숨긴 채 말했다.

"나는 괜찮아."

엄마는 그제야 나를 쳐다봤다.

"그러니까 엄마 하고 싶은 대로 해."

엄마가 곧바로 그게 무슨 말이냐고 묻지 않았으므로, 덕분에 나는 모든 걸 확신할 수 있었다.

사실은 어이가 없었다. 어쩌면 출산의 비밀이라고 할 수도 있는 이 비밀을 너무 순탄하고 덤덤하게 알아버린 것이. 한 차례 울고 싶었는데 눈물도 나지 않았다. 눈도 안 감고 버텨보고 일부러 세게 비벼보기도 하고 찔러보기도 했는데 건조한 눈은 쓸데없이 청승 떨지 말라고 항의하고 있었다. 그 후에는 침대에 누워 엄마가 라오와 함께 우주로 떠나는 장면을 그렸다. 정말로 떠나려는 걸까. 가면 어디로 가게 되는 걸까. 그냥 둘이서 지구에 살면 안 되나? 어차피 지구인 들도 외계인이라고 그랬으면서.

나는 지금껏 많은 것들을 선택하며 살아왔지만, 이 문제에 있어서는 내가 선택할 수 있는 것이 하나도 없었다. 내가 할 수 있는 일은 지켜보는 것뿐이었다. 당사자가 후회하지 않기를 빌면서. 내 감정을 당사자에게 흘려 선택에 방해가 되지 않도록, 감정을 쓸어 담으면서.

나는 여느 때와 마찬가지로 서점에 출근을 했지만 라오는 더 이상 서점에 나오지 않았고, 엄마는 한 달을 더 다닌 후 병원에 나가지 않기로 했다. 엄마가 그만두던 날에 진료 시간이 끝난 병원에서 조촐한 퇴사 파티가 열렸다. 박 간호사의 부름으로 나는 문 닫는 시간에 맞춰 케이크를 사 갔고 최 의사와 박 간호사는 준비했던 퇴사 선물을 엄마에게 전했다. 간호사가 아닌 엄마의 삶을 응원하는 동료들을 보며, 나는 엄마가 홀로 삶을 살아가며 외롭지 않을 수 있었던 이유를 깨달았다. 우주 어딘가에는 자신을 사랑하는 사람이 있고 이 지구에는 엄마를 응원하는 동료들이 있었다. 내가 내 삶을 바쁘게 꿰어나가는 동안 엄마도 엄마의 삶을 차분히 꿰어나가고 있었던 것이다. 행복하게 파티를 즐기는 엄마를 보며, 20년 전 라오를 만나 사랑에 빠졌을 엄마가 아주 잠시 궁금해졌다.

엄마는 샴페인에 적당히 취해 열 걸음 잘 걷다가 한 걸음씩 비틀거렸다. 일찍 찾아온 열대야가 기승을 부렸다.

"너는 요즘 만나는 사람 없니?"

엄마가 물었다. 나를 보는 줄 알았더니 엄마의 시선은 하늘을 향해 있었다.

"지금은 딱히."

"나는 네가 그 사실을 알게 될 순간을 늘 초조하게 기다렸어."

라오에 대해 이야기를 하는 걸까 싶었지만, 엄마의 입에서는 전혀 다른 이유가 튀어나왔다. 엄마다운 말이었다.

"너한테 배꼽이 없는 거. 애기 때 몰래 뚫어놓을까 생각하기도 했거든."

"그럼 뚫어놨어야지, 왜 안 뚫어놨어?"

"정상이라고 착각하는 것들에 억지로 하나를 맞췄다가 너를 영영 잃을 것 같았어. 그럴 바에야 그냥 너는 너 자체로 살아가는 게 더 맞겠다 싶었어. 배꼽이 없으면 어때. 틀린 것도 아닌데."

우리는 그렇게 한동안 말없이 걸었다. 역시나 서울의 밤하늘에는 독수리자리가 보이지 않았다. 나는 몇 번씩 입술을 오므렸다. 해야 할 말이 있는데 소리가 나오지 않아서였다. 그렇게 몇 번을 노력한 끝에 말이 튀어나왔고, 나는 그때 처음으로 조금 눈물이 나려고 했다. 끝내 흘리지는 않았지만.

"그래서 갈 거야?"

"가도 되겠니?"

나는 고개를 끄덕였다. 언제, 어디로 가는 것인지 모르겠지만. 엄마가 걸음을 멈춰 나를 마주 봤다. 그러고는 두 팔로 나를 꼭 끌어안았다.

"라현아, 끊임없이 사랑을 해. 꼭 불타오르는 사랑이 아니어도 돼. 함께 있을 때 편안한 존재를 만나. 그 사람이 우주를 가로질러서라도 너를 찾아올 사랑이니까."

"응, 그럴게."

"너는 지구인이니까. 네가 이곳에서 태어났으니까. 지구인일 수도 있고 외계인일 수도 있지만 그건 걱정 마. 이곳에 있는 모두가 서로에게 외계인이니까."

"응, 알겠어."

"결국 너는 너야. 끝까지 무엇이라고 굳이 규정하지 않
아도 돼."

이 사랑은 어떤 물질로 이루어진 사랑일까. 나를 꽉 끌어
안은, 차갑지도 뜨겁지도 않은 이 미적지근한 온도의 사랑
은. 엄마가 내게 마지막으로 알려준 것은 온도였다. 이 온
도를 기억하고 있다가, 이런 온도의 존재를 만나야 한다고.

✳

내 일생을 읽은 당신은 반신반의한 마음이 들겠지. 엄
마가 언제, 어떻게, 어디로 떠났는지 궁금할 수도 있을 거
고. 하지만 이 사실은 언젠가 당신이 나를 만나 직접 들을
수 있을 것이다. 비록 당신이 나를 알아볼 수 있는 수단이
라고는 이름밖에 없겠지만. 우리가 만나자마자 서로의 배
를 확인하지 않는 이상, 나는 언제나 변하고 무엇으로 규정
할 수 없을 테니까. 그러나 나를 만나고 싶다면 당신도 주
저하지 마시길. 당신이 어떤 비밀을 가지고 있든 나는 이렇
게 대답해줄 테니까.

그렇군요. 괜찮아요. 그럴 수도 있죠. 그럼 혹시 배꼽도
없으신가요?

그림자놀이

차단막의 효과는 영구적이며 제거 방법은 존재하지 않습니다. 그래도 수술을 시행하시겠습니까?

예, 하겠습니다.

수술을 한다면 당신은 타인의 감정을 공감할 수 없게 됩니다. 그래도 수술을 시행하시겠습니까?

예, 하겠습니다.

마지막으로, 당신의 선택은 자발적인 선택입니까?

……예, 저의 선택입니다.

본 영상은 증거자료로 녹화되며 당신은 수술 이후의 부작용 및 의료사고 등의 이유로 본 영상을 법정에서 증거로 쓰실 수 있습니다. 수술동의 서명을 위해, 앞의 카메라를 바라보고 자신의 이름을 세 번 말하십시오. 세 번을 읊으면 자동으로 서명되며, 세 번을 다 읊기 전에 언제든 수술을 철회할 수 있습니다.

서 이라. 서 이 라. 서 이 라.

✳

세 번째 같은 알람이 반복됐다.

그제야 알람 소리가 아니고 나를 찾는 전화벨 소리라는 것을 알았다. 커튼을 젖혔으나 아직 동이 트지 않은 시간이었다. 손으로 침대 옆 테이블을 더듬다 휴대폰을 밑으로 떨어뜨렸다. 전화가 끊겼다. 푸석푸석한 얼굴을 손바닥으로 감쌌다. 어림잡아 잠이 든 지 1시간 정도 지난 듯했다. 잠이들기 전에는 3시간가량 뒤척였을 것이다.

시계를 확인해본 것은 아니지만 늘 서너 시간을 침대 위에서 잠과 씨름하다 잠 들고는 했다. 극심한 불면증이었다. 의사는 수면제를 조금씩 줄여가는 게 좋다고 했다. 침대에 눕기 전에 적어도 2시간 전부터는 하지 말아야 할 목록들을 알려줬지만, 그것을 다 지킨다고 해서 잠이 드는 것도아니었다. 목록들을 지키는 건 필수였지만, 그다음에 잠이들지 말지는 때에 따라 달랐다. 서랍에 구비되어 있는 수면제는 꺼내지 않기 위해 노력했다. 덕분에 적어도 1시간이라도 잠이 들기는 한다는 점이 위로가 되었다. 하지만 오늘은 그 얕은 잠마저도 더는 들 수 없게 되었다. 감은 적 없다는 듯 뻑뻑한 눈을 손바닥으로 천천히 문질렀다. 휴대폰을 꺼 놨어야지, 미련하기는.

전화가 다시 울렸다. 스탠드를 켜고 침대 밑에 떨어진 휴 대폰을 찾았다. 병원에서 온 전화는 아닐 것이다. 급한 상 황이어도 방금 교대를 끝내고 퇴근한 나를 부르지는 않을 거였다. 인계를 제대로 하지 않고 왔던가. 잠시 기억을 더 듬었지만 빠뜨린 부분도 없었을뿐더러 각별히 위급한 사항 도 없었다. 그렇지만 병원 말고 나를 찾는 전화가 또 있을 까. 반신반의하는 마음으로 휴대폰을 들었다. 화면에는 발 신자표시제한이라고 떠 있었다. 스팸전화도 이렇게 치밀하 게 걸지는 않을 거였으므로 잠긴 목을 가다듬고 전화를 받 았다. 이 시간에 누구신가요? 라고 묻고 싶은 말을 눌러 삼 키고는, 마치 방금까지 깨어 있었다는 사람처럼 평이하게 말이다. 하지만 내게 전화를 건 상대방은 그렇지 않았다. 시 끄러운 잡음. 전화를 받았다는 것을 인식하자마자 자리를 옮긴 듯이 다급하게 깔린 정적.

"김도아 씨를 아십니까?"

이 새벽에 전화해 자기소개를 건너뛰고 다짜고짜 용건 부터 말하는 상대방의 무례에 불쾌했으나, 아무런 대답도 하지 못하는 나에게 상대는 재차 물었다. 지체할 시간이 없다는 듯이, 찾는 사람이 아니라면 미련 없이 끊을 듯한 말투였다. 쌀쌀한 새벽 기온이 느껴졌다. 다시는 듣지 못할 줄 알았던 이름 석 자가 너무 낯설게 다가와 잠시 몸서리를 쳤다.

"예, 아닙니다."

"자택 앞으로 지금 차를 보내겠습니다. 그 차를 타고 오십시오."

상대방이 전화를 끊기 전에 다급하게 물었다. 누구시죠? 뭐 하는 곳인데……. 이 새벽에 누군지도 모를 이가 보낸 차에 탑승할 사람은 없을 것이다. 비록 상대방의 입에서 나온 이름 하나가 이유를 막론하고 가야 할 필연을 만들었지만. 상대방이 짧게 숨을 골랐다.

"한중항공우주국 사무처장 김휘라고 합니다. 어젯밤 11시경 밍티엔 3호가 지구에 도착했습니다. 자세한 건 와서 들으시죠."

차는 20분 후 집 앞에 도착했다. 운전기사 한 명과 차 앞에서 나를 기다리고 있는 경호원 한 명을 창밖으로 확인하고는 챙겨두었던 짐을 들고 집을 나섰다. 짐이라고 해봤자 신분증이 들어 있는 지갑과 휴대폰이 전부였다. 피곤한 몰골을 숨기려면 입술에 뭐라도 발라야 했던 걸까. 경호원과 눈이 마주쳐 도로 집으로 돌아가지 못해 하는 수 없이 차에 올랐다. 손거울도 챙기지 않아 선팅이 진하게 된 차창을 거울삼아 얼굴을 정돈했다. 그러다 문득 이게 다 무슨 소용일까 싶었다. 밍티엔 3호가 지구에 도착했을 뿐, 탑승자들의 생사는 알 수가 없는 것을. 시신처리를 위한 소환일지도 모른다. 서류에 보호자로 써넣은 사람이 나였으므로. 어쩌면 텅 빈 우주선만 돌아와서 시신 없는 장례식 이야기를 꺼낼지도 모르지. 찬바람이 쐬고 싶어 창문을 열었다가 얼굴에 닿는 빗줄기를 느꼈다. 분무기로 뿌리는 듯한, 안개에 더 가까운 가늘고 가벼운 빗줄기였다.

차가 어디로 가는지 알 수 없었다. 꽤 먼 길을 달렸다. 도중에 보았던 이정표에 인천이라는 글자가 쓰여 있던 것으로 미루어, 인천 항구에 있는 우주국 지사가 아닐까 추측할 뿐이었다. 손가락으로 밍티엔 3호가 처음 이륙했던 날로부터 몇 해가 흘렀는지 헤아렸다. 열 손가락으로는 전부 헤아릴 수 없었다. 당시 우리의 나이가 스물다섯이었으므로 자그마치 20년이 지났다. 살아서 돌아왔다고 한들 우리는 서로를 알아보지 못할 수도 있겠구나 싶은 생각이 들자 모든 고민이 부질없게 느껴졌다.

목적지에는 새벽 4시를 조금 넘긴 시간에 도착했다. 나를 기다리고 있었는지 사내가 곧바로 다가와 우산을 씌웠다. 곧 차 한 대가 더 도착했고 머리가 희끗희끗한 남성과 20대 중후반으로 보이는 여자가 내렸다. 나와 마찬가지로 자다가 다급하게 온 흔적이 역력한 몰골이었다. 그들이 누군지 알고 있다. 비록 품에 인형을 안고 있던 아이가 이제는 제 엄마가 떠났을 때의 나이가 됐을 만큼 컸지만, 왼쪽 눈 아래 있던 점은 그대로였다. 점으로만 아이를 알아본 것은 아니었다. 아무리 외형이 바뀌었다고 한들 사람에게는 그 사람만이 가진 고유의 원석이 있다. 아무리 깎고 다듬어도 기어코 알아볼 수 있게끔 빛나고 있는. 눈 밑의 점은 긴가민가했던 내게 확신을 주는 마침표 정도의 역할을 했을 뿐이었다. 여자와 문득 눈이 마주쳤다. 여자도 나를 알아보는 모양인지, 놀람과 반가움을 내비치더니 이내 옅게 웃으며 고개를 숙였다. 이름이 뭐였더라. 그동안 잘 지냈느냐고 다정히 이름을 부르며 묻고 싶은데 기억나지 않는다. 분명 이름을 소개했을 텐데……. 이것도 기억에 이상이 있을 수 있다는 부작용일까. 하지만 그보다는 세월에 따른 자연적인 퇴색일 것이다. 나도 여자를 따라 웃음으로 인사를 대신했다.

부녀와는 대기실에서 다시 마주쳤다. 대기실에 오기 전까지 나는 간단한 본인 확인 절차를 거쳤고, 내가 20년 전 서명했던 동의서도 확인했다. 직계 가족과 친인척을 포함해도 마땅한 보호자가 없을 때야 가능한 '본인 임명 대리보호자 확인란'에 내 이름 석 자가 쓰여 있었다. 보호자가 책임져야 할 것들에는, 귀향 후 탐사로 인해 질병을 얻었을 경우 항공우주국의 지원으로 당사자를 보살필 의무가 있다. 그 항목에 형광펜이 쳐져 있었다. 살아서 돌아온 것인가. 죽은 것과 다름없는 시간을 보내고서 이제야.

　잠시 기다리는 말을 듣고 의자에 앉았다. 부녀와 마주 보
는 자리였다. 남자는 긴장한 듯 손수건으로 연신 손을 훔치
고 있었다. 나는 남자의 행동을 유심히 보았다. 손에 난 땀
을 닦고, 숨을 천천히 들이마셨다가 소리 없이 내뱉고, 눈
을 지나치게 많이 깜빡이며 마른 입술을 혀로 훔친다. 초조
함, 긴장감, 설렘…… 그런 단어들이 떠오른다. 저 남자는
그런 감정들을 느끼고 있는 것일까. 여자라고 다를 것 없었
다. 대신 지나치게 떨고 있는 남자를 위해 다소 침착함을 유
지하려고 애쓰고 있을 뿐이다. 여자와 다시 눈이 마주쳤다.
여자는 나를 물끄러미 바라보다가 남자에게 무어라 속삭였
다. 아마도 나와 대화를 하고 오겠다는 말인 듯했다. 남자가
고개를 끄덕이자, 여자가 다가와 내 옆에 앉았다.

　내 손을 포개 잡는 여자의 손바닥에는 굳은살이 마디마
다 박혀 있었다. 어쩌다 생긴 굳은살이 아니라 긴 시간 동
안 터졌다 아물었다를 반복한 흔적이었다. 무슨 일을 하는
걸까. 손을 많이 쓰는 직업 따위를 생각하고 있는 내게 여
자는 조심스럽게 물었다.

　"수술을 받으셨나요?"

　여자의 눈에 내가 지나치게 덤덤했으리라. 나는 6년 전
쯤이라고 대답했다. 여자는 옅은 탄성을 뱉으며 고개를 끄
덕였다. 본격적으로 시행된 지 4년 후에야 받은 수술이었

다. 나 역시도 버틴다고 버티다 느지막이 받은 수술인데, 아직도 수술을 받지 않은 사람이 남아 있을 줄이야. 여자는 자신들의 미련함을 수습하기 위해서였는지 묻지 않은 변명을 댔다.

"엄마를 위해서였어요. 돌아오실 거라 굳게 믿고 있었으니까……."

"저도 돌아오지 않을 거라는 생각은 안 한걸요."

믿음의 차이가 있을 순 있겠지만, 그 애가 우주에서 죽었다고는 단정 지은 적은 없었다. 여자가 당황한다. 그럴 필요 없다는 것을 곧장 깨달았을 테지만 제 마음에 걸렸는지 미안하다는 말을 아주 작게 중얼거렸다. 필요 없는 사과였다. 사과하는 사람은 있지만 받는 사람은 존재하지 않는. 관리자가 대기실로 들어오며 여자는 남자에게 돌아갔다. 관리자는 부녀를 먼저 밖으로 안내했다. 부녀는 대기실을 나가는 순간까지도 서로의 손을 꽉 붙잡고 있었고, 나는 그 모습을 문이 닫힐 때까지 바라봤다.

언론에는 오늘 아침 뉴스를 통해 보도될까. 정확한 정보만을 전달하기 위해 모든 것이 정리된 후에 보도하려면 사나흘은 더 걸릴지도 모른다. 사람들의 마음을 동하게 하는, 신속하지만 부정확한 정보는 이제 아무 소용 없다.

방금 나간 부녀를 떠올리며 괜히 내 손바닥을 맞잡았다. 소독약품으로 쉼 없이 세척한 탓에 피부가 건조하다. 크림을 바르고 나오는 걸 깜빡했다. 관리자가 문을 열고 나를 불렀다. 나는 그와 나란히 걸으며 복도 끝으로 향했다.

"정확히 어느 정도의 시간이 흘렀나요."

내가 물었다.

"20년 3개월요."

문 앞에서 나와 통화했던 사무처장 김휘를 만났다. 김휘는 악수와 함께 본론부터 꺼냈다.

"간호사로 15년째 일하고 계신 거 맞습니까?"

"예, 맞아요."

"다름이 아니고, 서이라 씨께 부탁하고 싶은 것이 있어서요. 탑승자들의 전담 의료인이 되어주실 수 있는지요. 허락하신다면 다니고 계시는 병원에는 피해가 가지 않도록 대체 인력을 넣을 겁니다. 물론 거절하셔도 상관없습니다."

나는 김휘의 말을 단번에 알아듣지 못했지만 그는 내가 모든 문장을 이해하고 되물을 때까지 차분하게 기다렸다. 전담 의료인이라 함은 우주에 장시간 나가 있던 탑승자들의 망가진 몸을 봐주는 일이리라. 보호자 중에 의료인이 있으면 한번쯤 물어볼 수 있는 질문이라 생각했다. 나쁘지 않은 제안이다. 일을 그만두지 않는 한 3교대인 직장에서는 그 애를 만나러 올 시간도 녹록지 않을 테니.

"얼마나 봐야 하죠?"

"열흘 정도입니다."

생각보다 길지 않은 기간이다. 그 시간 안에 모든 걸 치료하고 일상으로 돌아갈 수 있다는 뜻일까. 김휘가 다시 입을 열었다.

"그 이후에는 탑승자들이 살아 있지 않을 테니까요."

＊

그 애는 잠을 자고 있었다. 실크로 만든 것처럼 보이는 편안한 옷을 입고는 마치 그곳에서 오래도록 잠을 잤던 것처럼 편안해 보였다. 침대 옆 창문은 서해안을 담고 있었다. 푸른 불빛을 내뿜는 공기청정기와 은은한 조명을 한 번씩 훑어보고 얇은 커튼을 젖혔다. 일정하게 오르내리는 복부와 안정적이게 움직이는 바이탈 사인. 나는 등받이 없는 둥근 의자 위에 앉았다. 떠났을 때보다 조금 더 길어진 머리카락은 간신히 목에 닿을 듯했다. 이 애와 만나는 순간을 오래도록 상상했다. 어느 순간부터는 상상이 감정을 뒤흔들지 않았지만, 그렇다고 생각을 안 한 건 아니었다. 하지만 내가 떠올렸던 모습은 나와 함께 세월을 흡수해가는 '늙음'이었다. 도아가 떠나기 전에, 다시 만나게 된다면 우리에게 나이 차이가 생길지도 모른다는 이야기를 했었던 것이 이제야 떠올랐다.

도아는 그대로였다. 떠났을 때 모습과 조금도 바뀌지 않왔다. 나는 20년을 기다렸지만 이 애로서는 고작 몇 년 만에 내게 돌아온 것이다.

김휘의 말을 떠올렸다. 우주에 오래도록 나가 있던 그 애의 몸이 우주 방사선에 수없이 피폭되었고 지구에 돌아왔을 때는 급성 골수성 백혈병이 상당히 진행된 상태였다고. 검사를 했던 의료진의 말에 따르면 항암치료조차도 소용없는 마지막 단계라고 했다. 하지만 도아의 얼굴을 보고 있자니 왜 김휘의 말이 거짓말처럼 느껴지는 것일까. 도아는 그저 힘든 훈련을 마치고서 이제야 제대로 된 휴식을 취하는 전사 같았다. 잠들어 있는 얼굴에도 그 정도의 강인함이 엿보였다. 원래부터 단단한 애였지만 긴 항해의 끝에 죽음이 기다리는 순간에서조차도 그것을 유지할 수 있다는 것이 놀랍다. 예전부터 생각했지만 우리는 어쩌면 태초부터 다른 종족일지도.

언제 깨어날지 모르는 도아를 바라보다 잠시 방을 빠져나왔다. 옆방에서 울음소리가 들렸다. 20년 만에 만난 가족이 서로를 부둥켜안고 우는 소리였다. 문에 난 작은 창으로 안을 들여다보았다. 모녀는 바짝 붙어 앉은 채 서로의 얼굴을, 놓쳤던 세월을 샅샅이 뜯어보고 있었고 남자는 그 둘 옆에 앉아 연신 눈물을 훔치고 있었다. 세 가족의 모습은 마치 아버지와 두 딸의 모습 같다. 한동안 그 셋의 모습에서 눈을 떼지 못하다가 김휘를 만나기 위해 걸음을 옮겼다. 엄마를 위해서 수술을 받지 않았다는 여자의 말이 떠올랐다.

내가 수술을 결심하게 된 이유 중 가장 큰 몫은 직업에 있었다. 간호사가 감정노동자는 아니잖아. 먼저 수술을 결심한 동기의 말이 마음속에 내내 얹혀 있다가 끝내 수술 동의서에 서약하게 만들었다.

타인에게 공감하지 않음으로써 상처받지 않을 수 있다. 수술이 처음 소개되었을 때 의학계에서는 그렇게 설명했다. 누구나 머릿속에 거울을 가지고 있다. 상대방의 마음을 비출 수 있는 거울이다. 그 거울을 통해 상대방의 감정을 관찰하고 모사하며 공감을 이끌어낸다. 상대방의 화난 마음, 상처받은 마음, 그로 인해 내 안에서 피어나는 공감대의 형성. 그 감정이 나를 상대방과 같은 처지에 놓이게 한다. 전쟁은 내집단(內集團)에 대한 정서적 공감이 극대화되어 초래한 비극이라 했다. 우리 사회에 만연한, 칼을 쥐고 있지 않아도 행해지는 수많은 전쟁과 살인들이 결국 '공감'에서 비롯되었다는 결과가 도출되었다. 수술은 그 거울을 깨뜨린다. 거울뉴런계를 차단함으로써 타 개체의 행동을 관찰하거나 모방하지 않아, 거울을 통해 개체의 마음을 공감할 수 없게 한다. 이를 '깨진 거울 수술'이라 불렀다.

수술은 시술이라 불릴 만큼 간단했다. 1시간 안으로 끝났고 회복 기간도 필요치 않아 모두가 간단히 뇌를 바꿨다. 부작용도 크지 않았다. 과거에 대한 기억이 조금 틀어질 수 있다는 것과 타인과의 공감뿐 아니라 자발적인 감정마저도 둔화된다는 것인데, 사람들은 후자를 부작용이 아닌 극대화된 효과라고 칭했다. 타인을 통해 옮겨오는 감정을 제외하고 인간이 하루에 느낄 수 있는 감정은 그리 많지 않았으므로 어찌 보면 당연한 결과였다. 예능 프로그램을 비롯해 드라마나 영화 같은 콘텐츠들은 수술 시행 후 5년 이내에 빠르게 사라져갔다. 사람들의 감정을 동요시키는 가짜뉴스와 자극적인 기사도 사라졌다. 그토록 원했던 담백한 사회를 만들기 위해서는 거울 하나만 깨뜨리면 되는 거였다.

나는 김휘를 다시 찾아가, 보류해두었던 답을 했다.

"할게요, 전담 의료인. 고통을 멎게 해주는 정도라면 무리 없을 거예요. 그리고 저 말고 당장 이들을 돌볼 적임자를 찾아놓은 것 같지도 않고……."

내 말에 김휘는 어떤 긍정도, 부정도 하지 않은 채 웃어 보이기만 했다. 김휘가 자리에서 일어났다. 처음 봤을 때도 생각했지만 키가 훤칠하고 팔다리가 길었다. 곧게 뻗은 가로수 같은 인상이었다. 김휘가 바지주머니에서 손을 뻗어 내게 악수를 청했다. 손을 맞잡자 김휘가 기다렸다는 듯이 입을 열었다. 마치 미리 준비한 녹음을 재생한 느낌이었다.

"김도아 씨에게 가족이 없었으니 어쩔 수 없는 선택이기는 했겠지만 보호자가 되는 건 쉽지 않았을 선택이었을 텐데요. 말이 보호자이지 지구에 붙잡은 인질이라고 해도 다를 게 없었으니까."

"외계인을 만나 그편에 서서 지구를 침략할 것 같지는 않은 애잖아요."

김휘는 옅은 실소를 터뜨렸다.

"사이가 좋았나 봐요, 친구끼리."

"친구한테 빚을 진 게 있어서요."

의외라는 눈빛이다. 그 의문을 이해 못 하는 것은 아니다. 도아의 우주비행사 자격을 논하던 20년 전, 도아의 채무관계와 대인관계에 대한 조사는 이미 다 끝내놓았을 테니까. 내 빚은 평생 기억 속 한 자리를 지키고 있는 무거운 질량이다. 김휘도 곧 그것이 금전적인 빚이 아님을 깨닫고는 고개를 끄덕였다. 하지만 얼굴에는 여전히 이해하지 못하겠다는 의문이 가시지 않은 채였다.

"수술을 받으셨다고 알고 있는데……."

김휘가 자신의 의문을 어렴풋이 꺼냈다. 타인의 감정을 비추는 거울이 깨졌다고 해서 내가 느낀 타인에 대한 감정까지 깨지는 것은 아닌데 사람들은 이 둘을 종종 혼동했다. 굳이 지적하지 않아도 김휘는 방금 뱉은 말이 논리적이지 않다는 것을 금방 알아차릴 사람이었다.

"수술을 받았다고 해서 빚이 사라지는 건 아니잖아요."

나는 그 말을 끝으로 몇 시간 자리를 비운다고 통보했다. 아무리 대체인력이 들어간다고 할지라도 전후사정은 어느 정도 직장에 설명해야 할 터였다. 동료들은 내 상황을 안타깝게 느끼거나 기적이 일어난 것처럼 기뻐하지는 않을 것이다. 수고하고 오라는 형식적인 인사를 건네겠지. 타인에게 불필요한 동정을 받지 않으니 가볍고 산뜻하다. 김휘는 이동을 도와주겠다며 차 한 대와 운전기사를 붙여줬다. 동인천 끝자락에서 서울에 있는 집까지, 새벽에 나온 차림으로 돌아갈 체력이 없었으므로 나는 기관에서 하는 응당한 절차적 예의를 당연하게 받아들였다.

내가 돌아갈 때까지도 옆방의 가족들은 서로의 손을 맞잡고 이야기를 나누고 있었다. 입은 웃고 있지만 눈은 아직도 마르지 않았다. 저들도 이야기를 들었을까. 이제 막 돌아온 저 비행사에게 남은 시간이 고작 2주 남짓이라는 것을. 도아는 급성 골수성 백혈병이었지만 다른 비행사는 혈액에까지 이미 암이 퍼져 있었다. 우주를 함부로 휘젓고 다닌 죄일까. 보통의 죽음보다도 훨씬 지리멸렬하다.

죽음에 가까워지는 순간의 감각을 알고 있다. 그건 모든 것들이 나와 멀어지는 기분이다. 모든 공간에 일어나는 일들이 전부 나와 관련 없이 벌어지고 있는 것 같은. 커튼을 뚫고 들어와 벽에 새겨진 햇빛의 줄기마저도 나와 전혀 상관없이 굴러가는 지구의 일인 듯한 기분. 이 행성의 모든 일이 나를 제외하고 일어나고 있다는 생각이 든다. 사회는 물론이고 꽃이 피고 지고, 해가 뜨고 지고, 바람이 불고 비가 내리는 자연적인 현상에서마저도 제외되어 있다는 생각. 한때는 내가 살아가기 위해 일어난다고 믿었던 것들이 철저하게 나에게서 멀어진다. 그 모든 일은 계속 살아갈 이들을 위한 것이지 곧 죽을 나를 위한 일은 아닐 테니.

내가 그런 생각을 했던 시절은 아주 오래전이다. 병원에 오래 있다 보면 병원 밖의 세상이 마치 다른 행성의 일처럼 느껴진다. 하물며 유치원보다 먼저 병원에 들어가야 했던 나는 어땠던가. 엄마는 열 밤만 지나면 집으로 돌아갈 거라고 말했지만, 엄마가 말했던 열 밤은 내가 알고 있는 열 밤과 달랐다. 내 몸속에 자리 잡고 있던 '괴물'의 시간으로 흘렀을 것이다. 괴로운 순간은 길게, 행복한 순간은 거짓이었던 것처럼 만드는 놈이다. 어떤 형태의 괴물이었는지는 시간이 너무 흘러 중요하지 않고, 가장 중요한 것은 괴물이 내 몸속에 살았었다는 것이다. 아주 오래전에, 아주 잠시 말이다.

병원으로 가 동료들에게 인사를 남기고 인천으로 돌아왔을 때 도아는 잠에서 깨 책을 읽고 있었다. 아니, 저건 책이 아니라 갈색 가죽커버 다이어리다. 도아가 떠날 때 내가 선물했던 것이며 그곳에서 보았던 것들, 들었던 생각들을 빠짐없이 적어 오라는 숙제를 함께 줬다. 도아는 내 숙제를 완성했을까. 푹 빠져 읽고 있는 도아를 방해하지 않기 위해 최대한 조용히 몸을 돌렸지만 등 뒤로 다이어리 덮는 소리가 들렸다.

"이라니?"

몸이 멈춰 움직이지 않는다. 목소리까지 이리도 그대로
일 줄이야.

"이라야."

이번에는 꽤 확신에 찬 목소리로 부른다. 뒤돌아볼 수가
없다. 나는 어쩌면 네가 나를 알아보지 못할 거라는 희망을
가지고 있었는지도 모른다. 우리에게 몇십 년의 간격이 생
겼다는 것을 도아는 모르고 있을 수도 있지 않을까 하는 얄
팍한 기대를 가져본다. 그럴 리가 없겠지만.

도아가 기억하는 모습과는 사뭇 다를 모습으로 뒤돌았
다. 창밖으로 거무죽죽한 인천 바다와 해를 완전히 가린 먼
지가 안개에 뒤섞여 자욱했고, 도아는 마치 어제 헤어졌다
다시 만난 사람처럼 이질감 하나 없는 모습으로 나를 바라
보고 있었다. 나는 하나로 묶어 쓸어 넘길 일도 없는 머리
카락을 괜히 매만지며 도아에게 향했다. 발뺌할 수도 없었
다. 그럴 이유도 없었거니와 시간이 아무리 흐른다 한들 사
람은 지문과 같아서 어떤 모습으로 변하든 알아보게 되어
있다. 내가 그 여자를 단번에 알아본 것처럼. 더 시간을 끌
지 못하고 도아 옆에 서자, 도아가 다이어리를 내려놓고 내
게 악수를 요청했다. 백량금 잎사귀같이 길게 뻗은 도아의
손. 한 손으로 내 두 손을 감싸 잡을 수 있던 그 손을 실로

오랜만에 맞잡는다. 손바닥 사이로 얼마만큼 뒤틀린 시공간이 소용돌이치고 있을까.

도아에게 말했다.

"보고 싶었어. 수고했고. 기다렸어."

내가 자리를 비운 동안 김휘에게서 이야기를 들었다는 도아는, 자신을 돌봐줄 사람이 나라는 것과 자신에게 남은 생이 얼마 남지 않았다는 것을 모두 알고 있다고 말했다.

"세상이 많이 바뀌었더라. 그 수술에 대한 이야기도 들었어. 네가 받았다는 것도. 너를 보기 전까지 그 수술이 뭘를 의미하는지 정확히 알아듣지 못했거든."

도아는 잠시 말을 머뭇거렸다.

"근데 너를 보니까 바로 알겠다."

"그게 무슨 말이야?"

"그걸 내가 말해봤자 아무 소용도 없잖아. 그렇지?"

도아의 말을 이해할 수 없어 아무런 대답도 하지 못했다. 도아는 대화가 아니라 혼자 중얼거리고 있는 듯했다.

"내가 아는 너랑 많이 달라졌네."

"나이가 이제 마흔다섯이니까……"

"그런 의미가 아니야."

도아가 고개를 저었다. 나를 낯설어 할 것이라고 생각은 했지만 이렇게까지 나를 내치리라고는 생각하지 않았다. 반박이나 변명을 하지 않으려고 입을 다물었다. 타인의 결

174

정은 내가 교정할 수 있는 것들이 아니다. 단지 반박의 의지를 상실한 채 도아의 말을 기다렸을 뿐인데 그 애는 내 다문 입술을 바라보다 입을 열었다.

"너는 서이라가 아닌 것 같기도 해."

자꾸만 나를 부정하는 도아에게 물었다.

"그럼 나는 뭔데?"

"나도 모르지."

"……쉬어. 필요한 게 있으면 언제든 나한테 말하고."

너도 모르고 나도 모르는 걸 고민하고 있어 봤자 시간만 아깝게 흐를 것이다. 도아에게는 허송으로 날릴 시간이 없지 않은가. 침대 밑 쓰레기통을 비우고 걸음을 돌렸다. 문을 연다.

"내가 여기로 돌아오는 동안 줄곧 상상했던 너와의 재회는 이게 아니었거든. 처음이야, 너를 맞히지 못한 거."

문이 닫힌다.

✳

"속 안 좋으세요?"

"예?"

"자꾸 문지르시길래요."

그제야 내가 오른 손바닥으로 가슴께를 문지르고 있었

다는 것을 알아차렸다. 마치 내 것이 아닌 듯한 낯설음에 손바닥을 가만히 주시했다. 속이 불편한 것은 느끼지 못했다. 나는 아니라며 다급히 손을 물렀다. 나와 함께 이곳에 온 간호사 '홍'은 그래요? 하고는 금방 관심을 거뒀다. 환자들이 쓸 수건을 정리하고 있는 홍의 뒷모습을 유심히 본다. 질문을 던진 적 없다는 듯한 무심한 등이다. 홍이 잘 개어놓은 수건과 깔개를 들고 병실로 향하고, 나는 차마 할 말을 끝내지 못한 미련한 짝사랑꾼처럼 입술만 다셨다. 도대체 무슨 말이 하고 싶은 걸까. 입안에서 만들어내지 못한 이 문장은.

옆방 여자의 이름은 연정이다. 연정은 아침부터 저녁까지, 잠을 잘 때 빼고는 잠시도 빼놓지 않고 제 엄마 옆을 지켰다. 올해 초 대학교를 졸업하고 여태 일이 없어 모든 시간을 엄마에게 할애할 수 있다고 말하며, 그것을 '다행'이라 표현했다.

"온전히 한 사람에게 집중할 수 있는 시간은 살면서 잘 나지 않잖아요. 마지막을 꼭 채울 수 있어 위로가 돼요."

연정의 모녀가 머무는 병실에는 물건들이 많았다. 그중 눈에 띈 건 앨범이었다. 커버에는 언제부터 언제까지의 사진이 담겼는지 연도가 적혀 있었다. 내가 환자의 상태를 체크하며 앨범을 곁눈질하고 있다는 걸 눈치챈 연정이 먼저 말을 꺼냈다.

"옛날에는 엄마가 왜 그렇게 사진에 집착하는지 몰랐는

데 이제 알겠어요. 정말 남는 게 사진밖에 없네요."

"그래요?"

나는 적당히 추임새를 넣었다.

"나는 잊고 살았다고 생각했는데 실은 그게 아니라 여기에 다 저장해뒀던 거죠. 그때의 감정까지 고스란히 다요."

나는 별다른 대꾸 없이 혈압과 체온을 체크했다. 마땅히 해야 할 말이 떠오르지 않았다.

"감정을 기억하고 싶을 때는 그래서 사진을 봐요. 그럼 떠오르거든요. 특히 사진은 대부분 행복한 순간들이잖아요. 몇 개 빼고는. 그러니까 이게 행복을 뽑을 가능성이 큰 복권인 셈이죠."

챙겨 온 것들을 정리했다. 병실을 나가기 전까지 링거와 병실 온도를 한 번 더 체크하고는, 나를 보고 웃고 있는 연정을 향해 비슷한 모양새로 화답했다. 좋겠어요, 앨범. 저도 집에 있는데 꺼내봐야겠네요.

하필 직전에 모녀의 병실을 보고 온 탓에 도아의 방이 헛헛해 보이는 것뿐이리라. 기척 없이 움직이려 노력했지만 도아는 누워 있던 몸을 일으키며 알은체를 해왔다. 나만이 아직도 도아와 나 사이에 생긴 시간의 물리적 거리를 받아들이지 못한 모양이었다. 도아는 자신보다 스무 살은 더 나이 많은 나를 보고도 스스럼없이 이름을 불렀다. 도아는 내게 궁금한 게 많았다. 언제부터 이 일을 시작했는지와 그 후에 어떤 일들이 있었는지, 우리 가족의 안부까지도.

내게 특별한 일이 있었더라면 네게도 내 삶을 우주탐험을 다녀온 것처럼 들려줄 수 있었을 텐데, 내게 일어난 특별한 일이라고는 절친했던 친구가 지구 대표로 뽑혀 우주에 나갔다는 그 사실 하나밖에 없었다. 그것 외에 모든 것이 지루하리만치 평범하게 흘렀다. 내가 가장 바란 미래이기는 했다. 하루가 못 견디게 답답할 만큼 지루하게 흘러가는 것. 나는 그제야 내가 바란 대로 살고 있었음을 깨달았다.

도아가 잠시 뜸들이다 물었다.

"결혼은?"

나는 고개를 저으며 짤막한 이유를 덧붙였다. 마땅한 여유도, 마땅한 사람도 없었다는 지극히 타당한 이유였다.

"혼자가 편하기도 했고, 굳이 할 필요도 없고……."

도아는 느리게 고개를 끄덕였다. 문득 지금 도아가 어떤 기분일지 궁금해졌다. 어떤 감정을 느끼기는 할까. 도아의 얼굴을 유심히 바라보지만 그저 인체의 한 면적일 뿐이다. 구겨진 종이를 보고 심미적인 추론은 가능할지라도 감정을 느낄 수는 없다. 조금 더 솔직하게 말해, 너를 떠올리느라 다른 사람을 사랑할 시간이 없었다고 했을 수도 있지만 그런 말들이 시간이 얼마 남지 않은 도아에게 짐이 된다는 것쯤은 알고 있다.

도아의 시선이 밑으로 떨어진다. 그곳이 내 가슴께인 것을 알아차린 후에야 나는 아까처럼 내가 가슴을 문지르고 있다는 것을 알았다. 아차, 싶은 마음으로 손을 떼어냈다. 나도 내가 왜 이런 행동을 하는지 알 수 없었다. 가슴에는 아무런 감각도 느껴지지 않는다. 감정의 멍울도 잡히지 않는다.

"이제 네 이야기 좀 들어보자."

나는 자세를 고쳐 잡고 도아에게 말했다. 여태껏 심문 같은 시간을 견뎠으니 이제 도아가 당할 차례가 되었다고 생각했다. 나는 다발을 장전한 채 준비된 저격수의 태세를 갖추었지만 도아는 손을 살랑살랑 저으며 내 공격에 미리 막을 쳤다. 도아는 피곤해서 한숨 자야 할 것 같다고 잘라 말했다.

예전이라면 내빼는 도아를 붙잡고 도망가지 못하게 온몸으로 깔아뭉개 괴롭혔을 것이다. 도아는 나보다 체력이 좋았지만 내 끈질김에 언제나 두 손 두 발 들던 아이였다. 하지만 이제는 그때의 천진난만함을 꿈꿀 수 없다. 나는 차분히 병실 온도를 체크하고 햇볕이 덜 들어오도록 블라인드 방향을 조절한 후 병실을 빠져나갔다. 문을 닫기 전 돌아누워 있는 도아의 등을 바라보았다. 가죽밖에 남지 않은 것이 앙상하게 말라 비튼 나무의 사체 같다. 물 한 방울 흡수해내지 못하는, 생명력을 완전히 잃어 살아 있다고 칭할 수 없는. 도아는 자신의 양분을 어디에 빼앗기고 왔을까. 우주에는 아무것도 없다면서…….

　도아에 대한 이야기를 조금 해야겠다. 도아를 처음 만난
것은 여덟 살이 되던 해 1월이었고, 대학 병원 로비에서였
다. 도아는 엊그제 태어난 제 동생을 보기 위해 외할머니
손을 잡고 병원을 찾았고 나는 그즈음 소아병동의 터줏대
감 자리에 들려던 참이었다. 반복되던 병원 생활이 익숙하
고도 몸서리칠 정도로 지겨웠던 나는 병원 간호사들을 속
썩이는 골칫덩이 중 한 명이 되었다. 어느 순간부터 진료시
간만 되면 병원 곳곳을 숨어다녔기 때문이다.

　도아는 내 마흔 번째 숨바꼭질에 불쑥 참여한 길드원이
었다. 술래가 점점 감시망을 좁혀 오던 로비 안내데스크 뒤
편, 멀리서 나를 지켜보던 도아는 졸고 있던 외할머니 손을
놓고 내게 다가와 손을 붙잡았다. 도아가 나를 이끌고 데리
고 간 곳은 태어난 지 얼마 되지 않아 쭈글쭈글한 제 동생
앞이었다. 동생이 누워 있는 신생아실 침대를 캡슐이라 부
르며, 지구인이 되기 위한 마지막 수속과정을 밟고 있는 중
이라고 설명했다.

　지금은 외계인이었던 기억을 지우고 있는 중이야. 그래
서 계속 잠만 자는 거야.

　굳이 왜 지워?

　외계인이면 지구인들과 말이 통하지 않아. 지구인들도
외계인이었을 때의 기억은 다 지웠으니까.

말이 통한다는 게 뭐야?

응?

엄마도 만날 나보고 말이 통했으면 좋겠다고 하는데, 그게 뭐야? 나는 다 듣고 있는데 왜 안 통한다고 해?

도아는 신생아실을 바라보느라 들고 있던 까치발을 내리고는 생각에 잠겼다. 그때 도아의 동생이 울지 않았더라면 오래도록 생각에 잠겨 있었을 테지. 아이가 울자, 간호사는 여유 있게 다가와 아이의 기저귀를 한 번 확인하고는 새 기저귀를 꺼내 갈기 시작했다. 도아는 그 모습을 가리키며 저거야, 하고 말했다.

저게 뭔데?

초능력.

초능력?

모든 대화는 초능력이야.

초능력도 결국 능력이어서 개인마다 차이가 존재했고, 아무리 노력한다 한들 타고난 기질은 결코 뛰어넘을 수 없었다. 도아는 등급으로 치자면 A급 초능력자였다. 그 정도의 능력치가 되면 말로써 고통을 나눌 수 있었다. 이 말은 이제 아무 소용 없는 문장이지만 한때 도아는 나의 고통을 끊임없이 나눠 가졌고, 그 일에 '그림자놀이'라는 특별한 이름을 붙였다.

도아의 이야기를 이어 가보자면, 도아에게는 여덟 살 차이 나는 동생과 부모님이 있었지만 도아가 열다섯 살 되던 해에 도아만 남겨두고 모두 세상을 떠났다. 술에 취한 남성이 스스로 목숨을 끊기 위해 건물에 불을 질렀다. 그 불에 뛰어들기만 하면 됐지만, 남성은 순간 결정을 번복하고 살기 위해 도망갔다. 자신이 질러놓은 불은 미처 끄지 않은 채로 말이다. 누군가는 우연의 비극이라고 표현했지만 비극 앞에 우연은 붙을 수 없다. 그 집이 도아의 집이었다는 것에는 우연이란 말이 필요하지 않다. 비극만 있을 뿐이다. 도아는 절망 속 지푸라기처럼 살아남았다.

방화를 저지른 남성은 하루가 지나지 않아 잡혔다. 방송에서는 남성의 대략적인 신상정보와 그의 일생에 대해 보도했다. 남성이 밟아온 삶의 밑바닥, 끊임없는 사회의 차별, 회생불가능의 구조…… 그런 것 따위를 줄기차게 보도했다. 세상에 사연 없는 사람이 어디 있겠는가. 그래, 그 남성의 삶도 눈물 없이는 볼 수 없다고, 억만 걸음 양보해 그렇다 치더라도 한순간에 아무 죄 없이 빼앗긴 한 가정의 내일은, 도대체 무엇으로 보상받을 수 있다는 말인가. 지나치게 남성에게 관대했던 사회는 실형 6년을 선고했다. 세 사람이 앞으로 10년만 더 살았다고 하더라도 30년은 받았어야 했던 것을. 도아가 말했던 인간들의 초능력은 가해자에게 통했던 것이다.

세상이 미친 것 같아.

내가 말했을 때, 도아는 오히려 나를 끌어안아주며 말했다.

내 생각에도 그래.

나는 철없이 도아의 품에 안겨 울었다. 울음이 소리의 전부였던 시절까지 포함해 그렇게 서럽게 울었던 것은 그날이 처음이자 마지막일 것이다. 온몸을 쥐어짜내듯 울었다는 사실만 기억에 남는다. 그때의 감각은 오래되어 흐려졌다. 단지 도아가 했던 말만이 내게 오래 남았다.

네가 울어서 내가 울어야 할 양이 사라졌어.

도아는 이모네 집에서 함께 살았다. 그즈음부터 도아는 우주로 나가는 일을 꿈꿨는데, 지구에 말이 통하는 사람이 나밖에 남아 있지 않은 것 같다며 우주로 나가고 싶다고 했다. 그 이유가 참인지 아닌지는 알 수 없었지만 나는 그냥 그랬냐고, 네가 우주로 나가면 나는 너와 어떻게 대화를 해야 하느냐고 물었던 것 같다.

도아가 탄 우주선이 떠날 때까지 나는 그 애가 여수나 제주도, 미국이나 중국이 아닌 우주로 나간다는 것이 믿기지 않았다. 비행기가 아니라 우주선을 타고 이 행성 어디도 아닌 우주라니. 그게 가당키나 한 말일까.

그날 집으로 돌아와 나는 오래도록 잠이 들지 못했다. 눈을 감으면 도아의 표정이 자동으로 재생되는 영상처럼 떠올랐다. 사랑하는 사람을 여태 만나지 못했다는 내 말을 들고 있던 도아의 표정을 지금의 나로서는 이해할 수 없다. 어떤 말을 꺼내고 싶었던 것일까. 어쩌면 너무 오래도록 묵혀놔 더는 꺼낼 수 없는 상태가 되어버린 말일지도 모르겠다.

또 가슴께를 쓸고 있다. 하지만 이번에는 잘못을 들킨 것처럼 손을 무르지 않는다. 이유는 알 수 없지만 손이 움직이는 대로 내버려두었다. 수술하기 전에는 언제 이런 행동을 했더라. 가슴이 답답하거나 쓰라릴 때였던가. 하지만 그건 수술하기 전의 이야기이다. 어떤 이유든 현재의 나는 재미없는 예능 프로그램처럼 무미건조할 뿐이다. 밤늦도록 도아의 생각이 멈춰지지 않는다. 이제야 현실처럼 다가온다.

도아가 돌아왔다. 생을 며칠 남기지 않고서.

✳

모녀의 병실에서 나온 괴성이 복도 전체를 메운다. 통증을 잠재우기 위한 처방으로는 모르핀밖에 남지 않았다. 다급히 장비를 챙기고 병실로 들어섰다. 연정은 여자를 안고 있었다. 여자가 침을 흘리며 악을 쓰자, 연정은 뒤에서 끌어안은 채로 여자의 몸부림을 따라 몸을 움직이며 소리를 내질렀다. 연정의 행동은 괴이하다. 암컷 등에 올라탄 수컷 개구리처럼 딱 달라붙어, 혹은 머리가 분열된 신화 속 거인 같은 형상으로 포효하고 있다. 여자의 통증이 연정에게 전이라도 된 것일까. 서로 땀을 잔뜩 흘린 채 얽혀 있는 두 여자를 바라보다 나는 그만 심장이 비틀리는 감각을 느끼고는 주사기를 떨어뜨렸다. 옆에 있던 홍이 그런 나를 자리에 세워두고 보조사들과 함께 여자에게 달려가 몸부림치는 팔을 붙잡는다. 마치 뒤에 붙은 연정은 보이지 않는다는 듯이. 핏줄이 살을 뚫을 것처럼 올라온 팔뚝에 주삿바늘이 관통하고, 진정하라는 보조사들의 외침에 여자는 애써 진정해보려고 숨을 크게 들이마시고 내쉬었다. 크게 부풀었다 줄어드는 두 개의 몸통이 겹쳐진 채 소란이 진정되었다. 여자가 연정의 품에 기대어 눈을 감았고, 연정은 그제야 꽉 감쌌던 팔에 힘을 풀고 여자의 가슴을 쓸어내렸다. 여자의 귓가에 입술을 바짝 붙인 채 연정이 무어라 속삭였는데 그 말까지는 들리지 않았으나 입 모양은 대충 이러했다. 잘했어, 잘 버텼어, 잘 이겨냈어.

"생각보다 통증이 빨리 가라앉네요."

홍이 약품을 뒷정리하며 모녀에게 말했다. 연정은 땀이 흥건한 얼굴로 홍을 향해 힘없이 웃었다. 빨리 가라앉다. 그 말을 듣고 나서야 나는 모녀에게서 느꼈던 그 미묘한 기시감의 원인을 찾을 수 있었다.

어린 시절 병원에서 보내던 시기의 기억은 이제 거의 사라졌다. 깨진 거울 수술의 부작용 중 하나였다. 특별한 사건에 대한 기억보다 비슷한 하루의 반복과 그날의 감정으로 결정되었던 내 어린 시절의 기억은, 수술의 부작용으로 인해 일부 감정이 사라지며 그 기억을 끄집어낼 수 있는 수단도 사라진 것이다. 그래서 잊고 있었다. 아예 지워진 줄 알았다.

그런데 지워진 게 아니었구나. 너무 소중한 기억이라 혹여 지워질까 봐 꽁꽁 숨겨두었던 것이구나.

나는 새하얀 이불 속에 몸을 웅크리고 장수풍뎅이처럼 엎어져 있다. 외부로부터 나를 지키고 싶은 필사의 몸짓이지만 내 등은 갑각류의 외피처럼 단단하지 못하고, 오래전에 죽어버린 동물의 화석처럼 등뼈가 곧게 튀어나와 있다. 더는 주삿바늘을 꽂지 못할 정도로 퍼렇게 멍든 양쪽 손등. 그곳을 피해 발등에 꽂힌 링거 바늘. 치료를 받은 후일 것이다. 아프지 않게 해주기 위해서라는 말을 들으며 아픔을 느낀 시간에 대한 배신감과 잔열처럼 몸에 퍼져 있는 감각들을 잠재우고 있을 때 도아도 내 앞에서 나와 똑같이 몸을 웅크린 채 엎드렸다. 내가 눈을 깜빡이면 도아도 눈을 깜빡였고, 내가 손등으로 눈물을 훔치면 도아도 나를 따라 자신의 마른 눈가를 문질렀다. 나는 기어코 옅게 터진 웃음으로 물었다.

또 그림자 하는 거야?

도아는 머리카락이 이불에 흐트러지도록 고개를 끄덕였다.

네가 아파하는 걸 내가 나눠가지는 거야.

……나는 잘 모르겠는데.

도아는 내 그림자처럼 움직인다고 하여 그 행위를 그림자놀이라고 이름 붙였다. 도아는 내가 아프고 슬플 때마다 나를 따라 움직였다. 그러고는 이렇게 말했다.

이렇게 하면 네가 얼마나 아픈지 조금 알 것 같아.

그런 도아에게 나는 이렇게 대답했던 것 같다.

응, 덜 아픈 것 같아.

정말로 아픔을 덜 느꼈을까. 진실을 판단하기에 지금은 너무 늦었다. 나는 기억의 조각을 떠올릴 뿐, 그때로는 다시 돌아갈 수 없다. 하지만 한 가지 확신할 수 있는 건 내가 진심으로 웃었다는 사실이다.

"간호사님."

꽤 큰 목소리에 그제야 정신을 차렸다. 예예? 하고 더듬거리며 대답을 하자, 홍은 내게 되물었다.

"뭐하고 계세요? 거기에서."

나는 모녀의 병실 앞에서 카트를 쥔 채 서 있었다. 마땅히 할 만한 대답이 없어 아니에요, 하고는 어설프게 웃어 보였다.

"어제부터 조금 이상해 보여요. 피곤하신가요?"

"아뇨, 괜찮아요."

"가슴도 자꾸 만지시고…… 아프시면 얼른 병원부터 가 보세요."

"제가 또 문질렀나요?"

홍이 고개를 끄덕였다. 심해지면 병원에 가보겠다는 말로 대화를 마무리 짓고는 카트를 끌고 도아가 있는 병실로 향했다. 통증이 느껴지는 것은 아닌데 습관적으로 가슴께를 문지르는 것은 부작용 중 하나인 것일까. 도아를 만난 후부터 나타난 증상이다. 문제가 생긴 거라면 도아를 다시 만난 순간부터 발생했을 것이다. 병실 앞에서 카트를 멈춰 세우고 잠시 생각에 잠겼다.

내가 그토록 간절히 바라던 사람이 돌아왔다. 하필 네가 있던 곳이 우주여서 나는 하늘을 바라볼 때마다 네 생각을 할 수밖에 없었고, 내가 숨 쉬는 모든 곳이 네 아래에 있었다. 나는 너를 보낼 때 끝까지 웃지 못하고 기어코 눈물을 터뜨린 순간을 후회했고, 우리의 시간이 달라질지도 모른다는 네 말을 생각하며 시계를 볼 때마다 너의 시간을 추측하는 습관이 생겼다. 우리가 정의 내리지 않고 묻어둔 관계에 대해 홀로 공식을 세워 풀어 내려가기를 반복했고 가끔은 네가 가까이 다가가는 그 블랙홀 속에 답이 있을지도 모른다는 생각을 했다. 너는 우주에서 어떤 생각을 할까. 너는 그곳에서 내 생각을 얼마나 하고 있을까. 혹시 너도 그곳에서 아직 풀지 못한 관계를 풀어보려고 하는지, 그 답이 나와 같을지 따위만을 생각했던 시절이 있었다. 시간과 물리적 거리가 결국 우리를 추억으로 남겨둘 거라는 네 말을 부정하기 위해 노력했던 시간들이 있었다. 점차 기다림이 일 상이 되며 하늘을 보고 너를 떠올리는 일이 더는 아프지 않게 다가왔을 때, 인류가 다음 인류를 꿈꾸며 뇌 속의 거울을 깨뜨리는 일에 동참한 뒤 눈을 떴을 때, 어쩐지 너는 우주에서 영원히 돌아오지 않을 거라는 알 수 없는 확신이 들었다.

그랬던 네가 돌아와서 내 안에 균형을 이루고 있던 무언가가 뒤틀어진 것이 분명하다.

도아의 병실에서 신음 소리가 들려왔다. 병실 문을 열었지만 엎드려 이불을 쥐어짜고 있는 도아는 그 사실을 알아차리지 못했다. 몸속에 퍼진 죽음이 차츰차츰 도아의 살점을 뜯어내고 있다. 모녀의 모습이 떠오른다. 여자의 통증을 나눠 가지려던 연정의 몸부림을. 오른손을 위로 뻗고 왼손으로 이불을 쥐고 있는 도아를 바라보다, 나는 오른손을 천천히 위로 뻗고 왼손으로 허공을 쥔다. 평정을 유지하려는 도아의 다급한 호흡을 따라 내쉬어보지만 세 번째 숨을 내뱉고는 행동을 멈춘다.

나는 도아의 고통을 나눠 가질 수 없다. 고통에 잔뜩 찡그린 얼굴 표정이 전부 보이지만 그것은 도아가 고통스러움을 드러내는 수단일 뿐이다. 도아가 고통스럽구나. 이 사실을 인정하는 것 외에 내가 할 수 있는 것은 약을 놓아주는 일뿐이다. 카트에서 모르핀 약통을 찾아 도아에게 다가갔다. 도아가 대뜸 내 팔을 붙잡는다. 내 팔이 으스러지도록 움켜쥐는 손이 지금 얼마만큼의 고통을 참아내고 있는 지를 말해준다. 눈물 한 방울 맺히지 않았지만 폭포수 같은 눈물을 쏟아내는 듯한 표정이다.

"진통제를 놔줄게."

"이라, 이라야."

"응, 잠시만 기다려. 내가 금방……"

"너, 왜."

신음에 뒤섞인 말은 뚝뚝 끊어졌다. 손을 붙잡고 있는 도 아의 악력이 강해 손을 뺄낼 수가 없다. 진통제를 놔준다 고 다시금 말했으나 도아는 손을 놓지 않았다. 무엇을 원 하는지 알 수 없다. 고통을 없애려면 주사를 놓아야 하는 데, 도아는 그걸 알면서도 손을 놓지 않고, 나를 바라보면 서 말했다.

"너 왜, 나를, 그런 눈으로……"

홍이 뒤늦게야 들어와 도아를 붙잡아 손을 떼어놓고 자 리에 눕혔다. 주사를 놓는다. 몸속을 빠르게 타고 들어간 모르핀이 고통을 잊게 만들고 난 후에야 도아는 기절하듯 잠에 들었다.

뒷정리를 하겠다고 말하고는 도아의 병실에 남았다. 발 밑에 뭉쳐 있는 이불을 펴 목덜미까지 덮었다. 평온하게 잠 들어 있지만 실은 죽어가는 중이다. 그것도 삶의 잔여량이 5퍼센트도 남지 않은 상태에서.

병실의 온도와 습도를 맞추고 빛이 들어오는 창에 커튼도 쳤다. 어제와 거의 다를 것 없는 서랍장을 정리하다가 도아의 다이어리를 발견했다. 펼쳐보고 싶다는 충동이 옅게 들었으나 자리에 놓고는 병실을 나왔다.

몇 시간 뒤 도아의 병실을 찾았을 때, 도아는 실눈을 뜬 채 천장을 보며 누워 있었다. 잠들어 있지는 않았지만 그렇다고 깨어 있는 상태도 아닌 듯 보였다. 병원에 있다 보면 흔히 볼 수 있는 환자들의 모습이다. 조금씩 삶을 포기하는 지점. 고통보다 편안한 안식을 바랄 때의 공허한 눈빛들이 딱 저런 모습이었다. 상태를 체크하기 위해 다가가자, 천장에 닿아 있던 도아의 시선이 내게로 옮겨 왔다. 지금은 조금 괜찮아? 내가 물었고, 도아는 대답 대신 미지근하게 고개를 끄덕였다. 죽음에 가까운 환자들이 제일 먼저 잃는 것은 소리이다. 생명이 뿜어내는 소음들이 차츰차츰 사라지면 죽음과 같은 침묵이 주변을 감싼다. 죽어가는 환자가 있는 병실은 그래서 고요하다. 숨소리, 발소리조차 제대로 낼 수 없게끔. 그런 침묵이 조금씩 도아를 덮는다. 언젠가는 완전히 덮을 것이다. 그때 지구에서 사라지겠지. 도아가 지구에 없었던 적도 있었지만 그것과는 전혀 다른 의미의 소멸이 되겠지.

도아의 심박수와 체온을 확인한 후 푹 쉬라고 말을 건넸지만 도아는 살며시 손을 맞잡아 왔다.

"할 말 있어? 불편한 거라도?"

그 침묵의 언어를 놓치지 않기 위해 주의를 기울였다. 도아는 시선을 옮겨 서랍장을 바라봤다. 정확히는 그 위에 올려진 다이어리였다.

"이거?"

도아가 고개를 끄덕였다. 의도를 파악하지 못하고 손에 쥐고만 있자, 도아가 다이어리를 내 품으로 밀었다. 도아가 입을 열었다.

"내 이야기가 궁금하다며."

"……"

"그거 봐."

집으로 돌아가는 길에 몇 번씩 다이어리가 가방에 잘 들어 있는지를 확인했다. 그러다 이내 가방을 끌어안고 걸음을 재촉했다. 집에 도착해서는 식탁 위에 다이어리를 올려두고는 쌓아둔 집안일과 샤워를 했다. 밥을 먹을까 하다가 냉장고에서 캔맥주를 꺼내 소파에 두 다리를 끌어안고 앉았다. TV를 틀었다. 도아의 소식이 한 카테고리를 차지하고 있었다. 도아가 이루고 돌아온 업적이 간단하게 소개되었다. 현재 입원해 있다는 소식도 끄트머리에 짤막하게 나왔다. 뉴스는 곧바로 다른 소식으로 넘어갔다. AI가 읊어주는 문장은 소식을 전달하는 것 외에 아무런 기능을 하지 않는다. 이제 아무도 그 이상의 무언가를 원하지 않으니까.

뒤이어 들려오는 뉴스에는 도통 집중이 되질 않는다. 정신은 식탁에 쏠려 있다. 다이어리가 나를 부르는 듯했다. 그만 버티고, 이만 오라고. 두렵다. 큰 두려움은 아니다. 손짓이 망설여지는 정도의 크기다. 왜 두려우냐고 묻는다면 이유를 모르겠다고 대답할 수밖에 없다. 나는 다이어리를 두 손으로 꼭 쥐고 소파에 돌아와 앉았다.

첫 장을 펼쳤다. 네가 떠났던 2028년 3월 1일부터 일기가 시작되었다.

2028/03/01

간다.

이제야.

첫발치고는 허무했다. 하지만 그 일기뿐만 아니라 이후의 일기도 전부가 이런 식이었다. 칼칼하게 끓인 김치칼국수가 먹고 싶다, 라고 쓰인 날도 있었고 아파트 화단에 살고 있던 고양이들이 아직 그곳에 살고 있을까, 라고 쓴 날도 있었다. 그날 들었던 생각 중 한 토막을 잘라 무성의하게 옮겨놓은 문장들이었다. 하지만 그럼에도 다이어리를 놓지 못하고 있다. 무심하게 쓴 도아의 문장은 그런대로 매력이 있었고 고요한 우주에서 고작 쓴다는 일기가 이런 것이라는 점에서 때때로 웃음이 나기도 했다. 일기는 몇 달에 한 번씩 쓰이기도 했고 길게는 2년 후에야 쓰이기도 했다. 공백에는 깊은 잠에 빠져 있었으리라. 몽롱하다든가 시간을 우주에 버리고 있다는 표현을 썼다.

2035/10/04

거울을 보는 시간이 많아진다. 거울 속 내가 나를 따라 괜찮다고 중얼거리는 것을 오래도록 본다. 나를 공감해주는 사람이 거울 너머에 있다. 유일하게.

다음 장을 넘긴다. 전 페이지로부터 2년의 공백이 있다. 이번 일기는 유달리 길다. 나는 첫 문장부터 천천히 읽어내려간다.

2037/12/05

외로움에 대한 소설을 써야겠다.

돌아간다면. 다시 지구에 돌아갈 수 있다면. 주인공은 이름이 없고, 성별이 없고, 얼굴이 없는 존재로 설정해야겠다. 그런 것들로 규정되는 편견을 피하기 위해서.

나처럼 우주비행사도 좋을 것이다. 다른 행성에서 지구를 찾아온 외계인도 괜찮을 것 같다. 그리고 사연을 만들어줘야지. 아주 커다란 슬픔을. 그래서 고향 행성을 견디지 못하고 추방당하듯 떠났다는 설정을 가져와야겠다. 그렇게 우주를 떠도는 것이다. 일부러 말이 통하지 않는 외계생명체를 찾아서. 안녕이라는 말조차도 알아듣지 못하는, 그래서 한마디를 전달하는 데 아주 오랜 시간과 노력이 필요한 존재를 만나기 위해서.

하지만 결국 그곳에서도 답을 찾지 못하겠지. 그렇게 돌아갈 것이다. 상처만 가득 안았던 본인의 행성으로, 오직 한 존재만을 바라보기 위해서. 오직 그 존재에게 위로받고 공감받기 위해서.

그거면 충분하다는 것을, 이 주인공은 먼 우주에 나와서야 깨닫는 것이다. 끊임없이 그 존재에게 돌아가는 상상을 한다. 이해할 수 없는 말들로부터, 상처뿐인 언어로부터 멀어진 우주에서 제 숨소리를 유일한 소음으로 삼으면서.

그렇게 마침내 모든 여정을 끝내고 돌아가, 다시 만나겠지. 그 존재는 많이 야윈 주인공을 보고 무작정 끌어안을 것이다. 외로웠지만 슬프지 않은 이야기가 되겠다. 끝내 자신을 온전히 이해해주는 존재를 만나게 됐으므로.

지구로 돌아가야겠다. 떠나올 때는, 이곳에서 생을 마감하더라도 여정을 완수하겠다는 서약서를 썼지만 모든 여정을 완수하고 반드시 지구로 돌아가리라. 소리가 있고, 빛이 있고, 그림자가 있고, 설움이 있고, 가시가 있고, 원망과 미움이 있고, 그렇지만 네가 있는 곳으로.

가슴께를 어루만진다. 오래도록. 손바닥이 아리도록.

도아에게 하지 못한 말이 있다는 걸 깨달았다. 내일 도아를 만나 그 이야기를 가장 먼저 해주어야겠다.

상처받지 않는다는 건 우리가 선택할 수 있는 최상의 보호막이었어. 사람이 사람을 잔인하게 죽일 수 있다는 사실에 모두가 지쳐 있었으니까. 상처받지 않을 수 있다면, 그래서 나를 비롯해 곁의 소중한 사람을 잃지 않을 수만 있다면 감정을 잃더라도 모두가 감내할 수 있다고 믿었어. 세상은 더 평화로워질 거야. 분쟁과 전쟁이, 다툼과 사냥이 전부 사라질 거야. 간결하고 깔끔하게 지구가 변하겠지. 우리는 그게 간절했어. 네가 있었다면 너 역시도 수술을 받았을 거라 생각했어. 그러니까 도아야, 나는 내가 너를 잃더라도 너를 이 세상에서 지킬 수만 있다면 수술을 받게 했을 거야. 내가 하는 말이 무슨 뜻인지 모르겠지. 이해할 수 없을 거고.

내가 지금 너를 이해하지 못하는 것처럼.

✳

연정은 여자의 마지막 장소로 집을 선택했다. 챙겨줄 수 있는 것은 진통제뿐이었다. 연정에게 진통제를 투여하는 방법을 몇 차례 반복해 설명하며 옆에 함께 서 있는 여자를 힐끔 쳐다보았다. 여자는 처음 왔을 때보다 더 야위었지만 집에 간다는 사실 하나만으로 어느 때보다 활기찼다. 그동안 고마웠다고 인사를 하는 여자에게 수고했다는 투박한 인사를 건넸다. 이곳을 떠나는 가족을 바라보다 가슴께를 문질렀다. 여자의 손을 꼭 붙잡고 걸어가는 연정의 뒷모습이 커 보인다. 앞으로 닥칠 이별을 전부 감내할 수 있을 듯한 크기였다. 슬프겠지. 하지만 지나갈 것이다.

진통제를 맞을 시간에 도아는 잠들어 있었다. 며칠 전 내가 읽고 돌려줬던 다이어리는 창틀에 놓여 있었다. 도아는 어땠느냐고 묻지 않았다. 나 역시도 사족을 붙이지 않았다. 언어를 잃어버린 기분이었다. 어떤 말이 위로가 되는지, 공감이 되는지 떠오르지 않았다. 그 후로 도아가 일기를 더 썼는지도 알 수 없었다. 다이어리를 다시 보여달라는 용기도 나지 않았다. 링거에 진통제를 투여하고는 카트를 정리했다. 수면을 방해하지 않기 위해 조용히 몸을 돌렸다가, 문득 다시 도아에게 다가갔다. 천천히 오르내리는 도아의 배에 손을 얹고, 바닥에 무릎을 꿇어앉는다.

'또 그림자 하는 거야?'

'네가 아파하는 걸 내가 나눠가지는 거야.'

호흡을 맞춰, 천천히. 나는 절대로 도아가 될 수 없으므로, 그 아픔을 나눠 가질 수 없다는 걸 알고 있는데도 혹시 몰라서. 도아는 내 그림자가 되어 내 아픔을 조금씩 나눠 가졌다. 나도 그럴 수 있기를 빌어. 내 깨진 거울로 너를 얼마만큼 담아낼 수 있을지 모르겠지만.

도아가 일어나면 끝내 하지 못한 이야기를 마저 할 것이고, 끝내 풀지 않은 공식을 풀어낼 것이다. 네 행동을 따라 할 것이고, 네 말을 따라 읊으며 너를 등 뒤에서 끌어안고 괜찮다고 속삭일 것이다. 앨범을 찾아야겠다. 어쩌면 나도 연정이 말한 감정을 끄집어낼 수 있을지도 모르겠다. 도아와 함께 있으면 조금씩 가슴께가 아려온다. 근육이 뭉친 것처럼 말이다. 어쩌면 우리 사이의 가장 강력한 감정 하나가, 내 모든 것을 원상태로 돌려놓을지도 모르겠다.

그로부터 나흘 동안 도아는 나와 함께 있었다. 마지막에는 만나서 반가웠다는 이야기를 했다.

네가 죽었다는 것을 오래도록 곱씹을 것이다. 그러다 어느 순간 사탕이 쪼개지듯 통증이 밀려오겠지.

그게 무슨 느낌일지는, 아직은 모르겠다.

두
하
나

그 물체는 어떤 소음도 없이 찾아왔다. 5월 초순에.

동아시아 대륙 상공에 물체가 정착하기까지 아무도 눈치채지 못했다.

1

5번 공장에서 의류를 분리하고 있을 때 그 이름을 처음 들었다. 지나는 제 할당량을 빨리 마치고 집으로 돌아가기 위해 묵묵히 다물고 있던 입술을 그때 처음 뗐다. 대화를 나누고 있던 이들은 다소 놀란 표정이었다. 이곳에서 만난 이후로 지나가 자기들에게 먼저 말을 거는 것은 처음이었으니 당연한 반응일지도 모른다. 수더분한 성격이었지만 어딘가 모르게 다가가기 어려운 구석이 있다는 것이 지나에 대한 평판이었다. 하지만 이곳에서 이전 시대와 같은 사교성을 기대하는 것 자체가 어리석은 짓임을 모두가 알고 있었다.

고작 한 달 차이였지만 그전의 세상은 마치 중세시대의 일처럼 멀게 느껴졌다. 사람들은 모두가 각자의 모난 부분을 이해하고 넘어가려고 노력했다. 이토록 서로에게 섬세한 자들이 모였기에 절망의 시대를 묵묵히 버티고 있을 수 있는 것이리라. 그들은 지나를 위해 방금 자신들이 했던 이야기를 간략하게 정리했다. 지나는 평소와 다름없는 표정으로 모든 이야기를 들었고 제자리로 돌아가 일을 마저 했다. 지나 몫의 호들갑까지 떨었던 그들은 미적지근한 반응에 허탈함을 감추지 못했다. 하지만 그뿐이었다. 그들도 오래 뭉쳐 있지 않고 흩어져 제 할 일을 했다. 어제와 다를 바 없는 평온함을 되찾았지만, 그 속에서 오로지 지나만이 어제와 같지 않은 심장을 숨기고 있었다.

대개의 생존자들이 전쟁에 참가하기를 원했다. 어떤 자리든 도울 수 있는 일이라면 뭐든 마다치 않았다. 희망자를 처음 모집할 때 3만 명이 지원했다. 이마저도 17세 미만 아이들을 제외한 숫자였다. 전장만큼이나 이곳의 생활을 유지시키는 일도 중요했다. 질서가 무너지면 살아갈 수 없을 것이다. 식량을 비롯한 생필품이 필요했다. 겨울이면 영하 20도까지 떨어지는 이 나라에서는 더욱더 그랬다. 나이 다음으로 정해진 제외 대상자는 가족이 있는 사람이었다. 그중에서도 손길이 꼭 필요한 부양가족이 있는 대상자가 우선이었다. 하지만 그렇게 해도 걸러지지 않는 사람이 있다는 것이 희극이자 비극이었다.

얼마만큼 길어질지 모르는 사태였으므로 생존자들은 우선 대표자를 선출했다. 대표자 적임으로는 세 명의 후보자가 올랐다. 한 명은 야당 소속 국회의원이었고 또 한 명은 20여 년 전 피겨스케이팅으로 정상에 선 국가대표 출신이었으며, 마지막은 우주비행사였다. 세 사람은 선거유세를 하지 않았다. 대신 모여 앉아 이틀에 걸친 대화를 나눈 후에 야당 소속 국회의원을 대표자로 세우기는 하지만, 모든 사안은 셋이서 함께 결정한다는 체제를 유지했다. 시기적절한 대안이었다. 이들에게 영웅적인 정의나 사명감이 있었던 것이 아니다. 단지 살아야 한다는 생존본능이 욕심을 잠시 미뤄둔 것일 뿐이었다.

세 명의 대표자들은 체계적으로 군대를 모았다. 전쟁에 참여하지 않은 자들은 이곳에서 해야 할 역할을 나누었다. 그 사이에는 어떤 계급도 존재하지 않았다. 그저 각자가 맡은 일만 있을 뿐이었다.

지나 역시 군에 자원했지만 걸러졌다. 지나에게는 부양해야 하는 엄마가 있었기 때문이다. 떨어진 건 슬프지도 않았다. 예상했던 결과였기도 했고, 감정을 느끼기에는 이미 너무 많은 감정을 소모한 상태였다.

지나는 5번 공장에서 의류 일을 맡았다. 순찰대가 지역 경계를 벗어나 쓸어 오는 의류들을 계절과 사이즈별로 분류해놓는 일이었고, 어느덧 이 일을 한 지 한 달이 되었다. 하루 5시간이 작업시간의 최대치였다. 몸이 아프거나 생리일이 되면 규칙상 쉴 수 있었지만 대부분 손가락 하나 까딱할 수 없는 정도가 아니고서야 잘 쉬지 않았다. 지나는 여태껏 딱 두 번 빠졌다. 두 번 다 엄마 때문이었다. 한 번은 엄마가 노인 보호시설에서 돌보미를 깨물었다는 이야기를 들었을 때였고, 또 한 번은 엄마가 이유 없이 종일 울었을 때였다. 지나는 소식을 전해 듣자마자 일을 중단하고 보호시설로 향했다. 두 번 다 엄마는 집으로 돌아가는 동안 울었다. 달래주지 않는 지나를 원망하며 '하나 언니는, 하나 언니는…….' 하면서.

지나는 그날 일을 마치고 보호시설이 아닌 화물터미널로 향했다. 신체검사를 하러 왔을 때를 포함해 화물터미널에 다시 온 건 그날이 두 번째였다. 지나는 보안관 앞에서 용건을 말하기도 전에 눈동자를 먼저 확인받았다. 아무 이상 없다는 것을 확인한 후에야 보안관이 용건을 물었다. 지나는 한참을 머뭇거렸다. 그러다 끝내 말하기를 포기하고 뒤돌기도 했다. 하지만 몇 걸음 걷지 않고 다시 돌아왔다. 계절은 더없이 추워져만 갔다. 고작해야 10월일 텐데 체감은 한겨울 못지않았다. 또 다시 지나는 이곳에서 만났던 예림의 말을 떠올렸다.

'미안해요, 언니. 저만 와서 미안해요.'

지나는 푸석해진 얼굴과 목덜미를 쉼 없이 쓸었다. 그 절망적인 문장은 묘하게 희망을 품고 있었다. 그러니까 죽었을 테지만 반드시 죽었다고 할 수 없다는 문장이었으며, 그것은 지나가 지금까지도 혹시나 싶은 희망을 갖게 한다는 뜻이었다. 고작 한 달밖에 안 지나지 않았는가.

하지만 희망은 절망과 한몸이다. 어느 쪽이 먼저 오든 나머지 하나도 꼭 따라오는 법이다.

"하나……."

지나는 망설임을 짓밟으며 힘겹게 입을 열었다.

"하나라는 아이가 왔다고 해서요."

이번에는 희망을 먼저 느꼈으므로 지나는 곧 자신에게 닥쳐올 절망을 준비해야 했다.

지나는 그날 하나를 만났다. 지나가 찾던 하나는 아니었다.

2

좀비 떼라고 불렀다. 해가 지면 몰려오는 꼬락서니가 비슷했다. 어쩌면 습성까지도 완벽하게 일치할지도 모른다. 인간이 아닌 좀비의 어떤 종으로 진화한 것일지도. 하지만 이에 대한 정확한 근거는 아직 찾아내지 못했다. 단지 좀비처럼 인간이 들을 수 없는 영역의 음파를 사용한다는 것만 확실했다. 진화보다 변이에 가까웠다. 변이보다 전염이 맞겠지만.

전염된 남자들이 인간이 듣지 못하는 음역대를 사용한다는 것은 '하나'를 통해 알았다. 그렇게 변하게 된 과정은 알 수 없지만 원인은 모두가 알고 있었다. 생존자들은 밤마다 찾아오는 남자들과 싸웠지만, 실은 남자의 육체를 빌린 외계체와 싸웠다. 일단 전염되면 햇빛을 피한다. 눈동자가 혼탁해지며 시력이 기하급수적으로 떨어진다. 어떤 경로로, 왜 특정성별만 이렇게 높은 전염률을, 그러니까 100퍼센트에 가까운 확률을 나타내는지 알 수 없었다. 그저 그것이 동아시아 상공에 나타난 후 얼마 지나지 않아 남자들을 전염시켰다는 것만 확실했다. 그것이 언제부터, 어떤 방법으로 기척 없이 지구 상공에 자리 잡을 수 있었는지도 알지 못했다. 이 진실은 전쟁이 모두 끝난 후에 알아내야 할 일처럼 아득했고, 중요하지 않았다.

그것은 상공에 있었다. 나타났다고 표현하는 것은 옳지 않다. 더 정확히는 발견했다가 맞을 터였다. 대륙 상공을 가로지르던 항공기가 허공에서 그것과 충돌하며 인간들에게 정체를 들켰다. 마치 부처가 손바닥으로 내리친 것처럼 비행기는 그대로 대륙으로 떨어졌고 탑승자 전원이 사망했다. 사망자를 추모할 시간도 허락되지 않았다. 인류는 최초로 외계에서 온 손님을 맞이해야 했으므로.

그것은 번데기 같았다. 부화되기만을 기다리는. 짧은 시간 동안 인간들은 처음으로 숨을 죽이고 하늘을 바라봤다. 고요하게. 기원전의 인류는 하늘을 이런 모습으로 숭배했을까. 그게 절망이 되리라는 걸 아직 모르는, 어쩌면 이 외로운 인류에게 처음으로 손을 내미는 생명체일지도 모른다는 설렘이 조금씩 섞여 있는 상태였다.

세간의 이목이 그것에 집중되어 있을 때도 어쩌면 지구에서 유일하게 지나만 관심이 없었을지도 모른다. 하필 그 시기에 지나는 수의과 졸업시험을 앞두고 있었고, 엄마를 돌봐주던 간병인이 말도 없이 잠적했다. 지나는 어쩔 수 없이 모든 일에 제동을 걸었다. 졸업시험이야 늦더라도 내년에 볼 수 있을 것이나 치매가 심했던 엄마는 대소변을 가리지 못했기에 돌봐주는 손길이 없으면 안 됐다. 그렇다고 올해 대학에 들어가 세상이 제 것인 양 행복할 하나에게 엄마를 부탁할 수도 없는 노릇이었다. 급하게 예전에 일했던 간병인에게 연락을 해 하루만 봐달라고 사정하고는 부지런히 진행 중이던 일들을 정리했고, 그러느라 드론 200대가 '그것'에 접근 중이라는 실시간 중계도 보지 못했다.

지나는 학과 사물함에 있던 짐을 모조리 가방에 옮겨 담고 병원으로 향했다. 그날따라 심했던 교통체증을 보고는 버스를 포기하고 지하철로 향했다. 사람들은 저마다 휴대폰으로 뉴스를 보는 중이었다. 성별과 나이 상관없이 모두가 빠짐없이 같은 화면을 바라보고 있는 그 광경은, 유일하게 아무것도 보지 않고 있던 지나에게는 생경하기만 했다. 가방 속에 박혀 있을 이어폰을 꺼내기 귀찮아 지나는 옆 사람의 화면을 훔쳐봤다. 그것의 형상을 확인하기 위한 도색작업이 진행되고 있었다. 그 행위가 그것의 심기를 건드렸을까. 그것은 빛났다. 지나가 병원 앞에서 하나와 통화를 하고 있을 때였다.

하나는 지나의 말을 귀담아듣지 않고 제 말만 내뱉었다. 빨리 뉴스를 보라는 채근이 대부분이었다. 하나는 애인을 비롯하여 대학 동기 몇몇과 함께 휴게실에서 그 뉴스를 보고 있었다. 하나의 애인이라 하면 대학에 올라가 3월이 가기도 전에 사귄 학과 선배인데, 지나가 별로 마음에 들어 하지 않는 사람이었다. 한번은 술을 마시고 자기 딴에 하나를 장난으로 밀쳤다는데 하나는 그때 발목 인대가 늘어나 두 달간 깁스를 해야 했다. 지나는 진지하게 이별을 권고했지만 하나는 실수였다며 애인을 감쌌다. 그 이후로는 지나에게 애인의 이야기를 일절 하지 않은 것으로 보아 어지간히 꿰인 모양이었다. 지나도 되도록 신경 쓰지 않으려고 노력했지만, 같이 있다는 이야기를 들을 때마다 심사가 뒤틀리는 건 어쩔 수 없었다. 지나의 친구들은 스무 살 여자라면 무릇 지나가는 쓰레기 통과의례라고 말했지만, 지나는 그런 것이 도대체 왜 필요한지 납득할 수 없었다. 피할 수 없으면 즐겨라 같은 맥락인 걸까. 지나는 자신이 그런 의례를 거치지 않았다는 것에 감사할 지경이었다.

어찌 됐든 지나는 하나가 애인과 함께 있다는 것을 잊기 위해 노력하며, 오늘은 저녁에 병원으로 찾아와 얼굴 좀 비추라는 말을 하고 있을 때였다. 하늘에서 한순간 앞이 보이지 않을 정도의 섬광이 비춘 것은. 하나는 방금 자신이 있는 지역의 하늘이 말도 안 되게 밝아졌다고 호들갑을 떨었다. 지나는 말이 안 된다고 생각했다. 지나와 하나는 각각 인천과 용인에 있었기에 그 먼 지역의 하늘이 동시다발적으로 밝아질 수 있을까에 대한 의문이 들었고, 일몰이 지난 시간에 하늘이 이토록 밝아질 수 있다는 것도 납득할 수 없었다. 자신의 착각이 아니었을까. 물론 섬광이 지구 전체를 휩쓸었다는 것을 알았더라면 그런 고민에 빠지지는 않았을 테지만.

하나가 겁에 질린 목소리로 지나를 불렀고 동시에 눈앞에서 차 한 대가 인도로 올라와 여자를 쳤다. 하나는 이제지나가 아닌 누군가를 향해 왜 그러느냐고 울며 물었고, 지나는 후진했던 차가 꿈틀거리는 여자를 한 번 더 밟는 장면을 목격하고 있었다. 지나는 여자에게 달려갔다. 하나에게 정신 차리고 숨으라고 말했어야 했던 순간에. 운전석에앉은 남자와 눈이 마주쳤다. 남자의 눈은 잿빛이었다. 막에 씌인 것 같은.

✳

또 그 눈과 마주치며 잠에서 깼다.

지나가 2인용 소파에 불편하게 구겼던 몸을 일으켰다.찌뿌둥한 몸을 잔뜩 구긴 채 화이트보드에 그린 달력을 바라봤다. 그날까지 앞으로 8일밖에 남지 않았다. 꾸물거릴시간이 없다. 구겨진 몸을 제대로 펼 여유도 없었다. 늦더라도 잠은 집에서 자려고 했는데 잠깐 눈을 붙인다는 게 그만 이곳에서 하루를 보냈다. 어젯밤에 집에 들어가지 않았으므로 엄마는 또 화가 났을 것이다. 엄마를 돌봐주는 휘경이 옆에서 달래주었겠지만, 그 고생을 전부 감당하라 할수 없었다. 아침밥이라도 먹이고 올 심산으로 바쁘게 걸음을 옮겼다.

게이트를 통과하자 겨울 공기가 닿았다. 지구의 주인은 인간이 아니라는 것을, 지나는 인간사와 상관없이 흘러가는 지구를 통해 되새겼다. 너무나도 당연한 것을 망각하고 살았다. 추위는 생명체가 살아가는 데 더없이 최악인 환경임에도 불구하고 착실히 겨울이 온다. 이 상태로 인간이 완전히 사라진다면 지구는 잠깐의 격변을 겪다가 아주 아름답게 회귀할 것이다.

전염된 남자들은 감각 없는 생물처럼 움직였다. 두뇌를 쓰지 않고 달려드는 모습이 흡사 좀비처럼 보이기도 했으나, 그들은 죽인 여자를 먹지 않았다. 식욕도 존재하지 않는 살인은 너무나도 가벼워 보였다. 죽이는 것에 목적이 없었다. 이보다 지겨운 것은 없었다. 차라리 목적이라도 있기를 바라서 더 처절했다.

전염된 남자들은 빛을 보면 눈을 가리고 괴로워했기에 여자들은 낮에 이동했다. 섬처럼 막혀 있는 곳이 필요했다. 하지만 이 사태의 끝을 기약할 수 없었으므로 완전히 고립된 곳도 위험했다. 무리를 이끄는 여자를 필두로 모두가 서로를 챙겨가며 움직였다. 밤에는 건물로 피해 들어가 서로의 입을 틀어막았다. 그렇게 도달한 대피소가 영종도였다. 인천대교와 영종대교를 장악하는 것만으로도 든든한 성벽이 되었다.

마지막에 하나와 같은 공간에 있었던 예림과는 영종도

에 도착해서 만났다. 예림은 지나를 보자마자 울었다. 예림에게 살아남아 고맙다는 말밖에 할 수 없었다. 그리하여 이곳에는 살아남은 여자들만이 살고 있다. 아주 잠깐 남자가 머물렀던 적도 있지만 오래가지 않았다. 그리고 여자들만 모여 있으므로 그 어느 때보다 질서가 유지될 거라던 예측도 틀렸다. 이곳도 결국 사람이 모여 사는 곳이라고, 종종 남의 물건을 훔치고 거리에서 싸움이 벌어졌다. 하지만 움직이는 것들이 모여 있기에 당연히 일어날 수밖에 없는 마찰일 뿐이었다.

엄마는 휠체어에 앉아 책을 읽고 있었다. 지나가 그 모습을 보고 어렴풋이 놀라자, 휘경으로부터 정신이 잠시 돌아왔다는 눈짓을 받았다. 드문 일이지만 요즘 들어 잦아졌다. 좋은 징조였지만 엄마는 이 사태를 몰랐기에 지나에게는 곤욕스러운 일이기도 했다. 그래도 정신이 멀쩡한 순간이 30분을 넘기지 않아서 다행이었다. 자신의 치매를 인지하고 있는 엄마는 무리하게 밖을 나가자거나 누군가를 만나자고 요구하지 않았다.

"오늘도 너 혼자 왔니?"

지나는 외투를 식탁 의자에 걸며 익숙한 거짓말을 이었다.

"대학생이 좀 바빠야지."

"그래도 집에 좀 자주 들어오라고 해라. 여자애가 집 외박 그렇게 오래 하면 못쓴다. 세상이 좀 위험해야지."

휘경은 몇 시간 정도 머물 거냐고 물었다. 오래 있지는 못한다는 지나의 말에 그럼 씻고만 돌아오겠다고 말하고 집을 나섰다. 휘경은 노인 보호시설에 일을 배정받았지만 지나가 일을 옮기게 되면서 상주하며 엄마를 돌봐주기로 했다. 남의 엄마를 온종일 보는 게 쉽지 않을 텐데요, 라는 지나의 말에 휘경은 오히려 남의 엄마 보는 게 더 쉽다는 말을 했다. 지나는 어느 정도 그 말에 공감했다. 촌수로 얽히면 간단한 것도 복잡해지는 경우를 많이 봤다. 엄마가 끊어내지 못했던 남자도 그랬다. 엄마가 책을 덮었다.

"늘 처음 읽는 거 같은 걸 보면 내 머리가 이상하기는 한가봐."

"엄마가 등장인물들을 사랑하지 않나 보지. 기억에 안 남는 걸 보면."

지나가 식탁 의자를 끌어와 엄마 옆에 앉았다.

"사랑한다는 게 얼마나 많은 책임감을 동반하는지는 알고 하는 소리니? 하긴 너는 사랑을 안 하지."

지나는 왜 그렇게 생각하느냐고 물었다. 목소리에는 억울함이 끼어 있었다.

"엄마한테 남자친구 한 번을 데려오지를 않았잖니. 너같이 부족한 거 없는 애한테 남자가 안 꼬일 리도 없고……."

"엄마, 나도 사랑 해봤어. 남자친구만 없었을 뿐이지, 애인은 있었어."

"그게 무슨 말이니? 너 말 참 어렵게도 한다."

지나가 엄마의 어깨를 끌어안았다. 대답을 피하기 위해서였다. 엄마는 군말 없이 지나의 등을 쓸어내렸다.

"일이 힘들지? 그래도 생명을 위해 일한다는 건 위대한 일이야."

"……."

"요즘같이 사람 사랑하기도 어려운 시대에 말도 통하지 않는 동물을 사랑한다는 건 더 대단한 일이지."

정신이 돌아올 때마다 지나는 수의사가 된다. 적어도 엄마에게는. 엄마는 한참을 혼자 중얼거리다 잠이 들었다. 때마침 휘경이 돌아왔고 지나는 잠깐의 휴식도 없이 집을 도로 빠져나갔다.

지나가 찾던 하나가 아니었다. 그 긴 인천대교를 맨발로 걸어왔다는 아이는 '다른 하나'였다. 치료실 침대에 웅크려 앉아 내내 귀를 막고 있었다. 처음 이곳에 왔을 때부터 시끄럽다는 말을 반복했다고 들었다. 다른 하나는 다친 곳을 치료해줄 수 없을 정도로 방어적이었다. 한 달 만에 도착한 대피소였으니 그동안 바깥에서 살아남기 위해 처절했으리라. 이곳이 안전하고, 자신을 지켜줄 수 있는 사람이 많다는 것을 스스로 느낄 때까지 모두가 기다리는 중이라고 했다. 그렇지만 다른 하나의 모습은 지나에게 꼭 동물보호센터에서 보았던 개의 모습 같았다. 물론 이 상황에 적응할 시간이 필요하다. 하지만 그다음에는 누군가 손을 내밀어야 한다. 세상이 다 그렇게 잔인하지 않다는 걸 누군가는 반드시 끈질기게 말해주어야 한다. 그리하여 다시 세상을 살아갈 수 있게끔 해야 한다. 지나는 다른 하나를 보며 알 수 없는 책임감에 휩싸였다. 저 아이를 그냥 저렇게 지나치면 안 된다는 숙명 같았다.

제가 저 아이와 말을 좀 해봐도 될까요. 괜찮아요, 지금까지 계속 이런 일을 해 왔는걸요.

다른 하나의 이름은 '두하나'였다. 나이는 열일곱. 지나와 같은 공간에 있게 된 지 3시간 만에 떨림을 멈추고 뱉은 말이었다. 하나는 조그만 두 손으로 지나의 손을 꽉 붙잡은 채 놓지 않았다. 살아 있으면 딱 이런 몰골이었을까. 어디선가 이 아이처럼 떨고 있는 것은 아닐까. 지나는 그렇게 생각하며 앞에 있는 하나를 끌어안았다.

하나의 방이 있는 화물터미널에 도착했다. 들어가는 문에서 신체검사를 받았다. 언제 어느 날 갑자기 남자들처럼 변할지 알 수 없었기에 한시도 긴장을 늦추지 않았다.

이곳은 명칭대로 항공사의 화물터미널이었지만 영종도 자체가 대피소가 되면서 공간이 바뀌었다. 외항사가 이용했던 화물터미널은 도시에서 가지고 온 무기와 생필품으로 가득했고, 국내항공사의 화물터미널은 특수 요원들의 훈련과 실험의 근거지로 쓰였다. 특수 요원은 이 나라에 살아 있는 생존자들 중에서 전투에 능한 자들을 모아서 만든 결사부대라고 해도 무방할 것이다. 그 중심에 하나가 있었다. 고작 열일곱 살인 하나가 중심에 서게 된 이유는 필연적이고도 간단했다. 하나는 전염된 남자들의 언어를 들을 수 있었다. 인간의 귀로는 절대로 들을 수 없는 소리를 하나는 들을 수 있었다. 마치 이 상황을 예견하고 신이 내려보낸 선구자 같았다. 어쩌면 정말로 인류를 구원하기 위해 태어난 존재일지도 몰랐다.

소리에 민감한 하나는 평소에도 소음을 차단하는 이어폰을 끼고 살았지만, 피아노 소리만은 좋아했다. 피아노는 화물터미널 한구석에 있었다. 먼 길을 가야 했던 피아노는 형체를 파악할 수 없을 만큼 꽁꽁 싸여 있었다. 하나는 이곳에 온 지 며칠 되지 않아 피아노를 발견하고는 포장재를 꾹 눌렀다.

피아노 칠 줄 알아?

지나가 물었다. 하나는 고개를 저었다. 지나는 포장재를 벗기고 피아노 앞에 앉았다. 교육에는 늘 열을 올리던 엄마였다. 피아노만 6년을 배웠으니 오래 치지 않았더라도 건반 앞에서 손은 자연스럽게 움직였다. 피아노를 기억하는 감각도 자전거를 외우는 기억과 같을까. 지나가 어설픈 연주를 마쳤을 때 하나는 지나를 따라 건반 하나를 눌렀다. 그리고 지나의 답을 기다렸다.

이건 미. 높은 미.

하나는 몇 번이고 높은 미를 눌렀다. 소리의 잔여 음이 전부 사라질 때까지 기다렸다가 다시 한 번 더. 아주 천천히. 그렇게 하나에게 피아노를 알려준 지 석 달이 지났다.

하나의 방에 도착했을 때, 적어도 지나가 한 번에 닿는 반경 안에서는 모습이 보이지 않았다. 불만이 있어 숨은 것이 분명했다. 숨어봐야 침대나 소파 뒤 혹은 탈의실 안 정도겠지만. 지나는 패턴이 정해진 이 숨바꼭질에 익숙했다. 정해진 장소 몇 군데만 순차적으로 찾으면 그중에서는 꼭 찾을 수 있었다. 정말로 사라지고 싶어 숨은 게 아니었으니 말이다. 이번 숨바꼭질의 답은 탈의실이었다. 하나는 웅크려 앉은 채 두 팔로 몸을 감싸 안고 있었다. 하나는 처음 만났던 순간부터 이랬다. 말이 없고 늘 무언가를 경계하고 있었다.

'유일함'은 속박과 결속되어 있다. 하나의 능력은 이 땅에 버티고 있는 자들을 살릴 수 있는 마지막 희망이었다. 대피소에 있는 모두가 하나를 아꼈지만 하나가 온전히 보호받는다고 느끼는지 아무도 확신할 수 없었다. 하나는 선택권 없이 전쟁에 함께 참여해, 그들의 대화를 엿들어 작전을 누설해야만 한다. 하나가 원하든 원하지 않든 피할 수 없는 일이었다. 그렇기에 아무도 하나가 말해주지 않는 것을 파헤치려고 하지 않았다. 가령 하나가 이 일이 일어나기 전에 어떤 아이였는지, 또 가족들은 어떻게 되었는지 따위를. 알게 되면 더는 하나를 전장에 세울 수 없게 될지도 모른다.

지나는 식탁 위에 올려진 식판을 바라봤다. 한 입도 먹지 않은 흰 죽이 그릇에 굳어 있었다. 두통을 일상적으로 달고 사는 아이였으므로 먹는 일이 고역인 것은 잘 알지만, 먹어야 한다. 그래야만 버틸 수 있고, 살아갈 수 있으므로.

이곳에 온 이후로 끊임없이 말라가던 하나는 이제 뼈와 가죽밖에 남지 않았을 정도로 야위었다. 옷 사이즈를 줄이고 줄이다 끝내 아동복을 입어야만 되는 수준까지 왔다. 지나는 입고 온 외투를 정리하며 인사부터 건넸다. 하나와 눈높이를 맞추기 위해 무릎을 굽혀 앉고는 손을 내밀었다.

"집에 다녀왔어."

"……."

"밥 아직 안 먹었네. 지금이라도 나랑 먹을까. 나도 안 먹었는데."

평소라면 공허한 하나의 표정을 보고도 애써 보지 못한 척했을 것이다. 그래야만 했다. 겨울 나뭇가지처럼 마른 손가락이 지나의 손을 어렴풋이 잡았을 때, 지나는 왜 불현듯 하나를 엄마에게 소개해야겠다는 생각을 했을까. 대신 그 전에 하나에게 자신의 엄마를 먼저 설명해야 했다. 정신이 온전치 않을 때는 낯선 하나를 보고 울어버릴지도 모른다. 최악의 경우는 울다가 대변을 보는 일이겠지. 하나가 감내할 수 있는 부분인지 확신이 서지 않았다. 인간을 한 번도 본 적 없는 침팬지 새끼를 갓난아이와 붙여놓는 기분이었다.

3

차라리 지구상의 모든 생물학적 남자가 빠짐없이 전염됐다면 더 수월했을지도 모른다. 그랬더라면 모든 남자를 구분 없이 죽이면 그만이었을 테니까. 지나는 언제나 연민이 문제라고 생각했다. 당장에 먹고살 돈이 없다며 그 무능력한 남자를 끌어안고 살았던 엄마도 연민이 문제였다. 그것을 여자의 탓으로 돌리고 싶지 않았지만, 화낼 수 있는 대상은 언제나 서로가 전부였다.

한때 지나와 엄마의 관계가 틀어진 것도 아빠 때문이었다. 엄마는 살아온 정이 있다고 변명했지만 지나가 보기에는 배려가 몸에 밴 것이었다. 조금 나쁘게 살아도 된다고, 아니 나쁘다고 할 수도 없을 정도로 기껏해야 자신의 행복을 챙기는 일이었지만 하여튼 그래도 된다고 말해도 엄마는 오히려 지나에게 애가 왜 그렇게 매몰차냐고 말했다. 지나는 순간 울컥했다. 외할머니가 살아 계실 적에는 엄마가 외할머니에게 듣던 소리였다. 여태까지 시대에 맞지 않게 남편 제사상 차리는 외할머니를 엄마가 나무랄 때마다 외할머니가 했던 소리를, 지금 지나에게 똑같이 하고 있는 거였다. 연민이 대물림되는 기분이었다. 이상한 유전이었다. 삼촌은 살아생전 외할머니에게 그런 잔소리를 한 적 없었는데 말이다.

어쨌든 그 연민은 추가적인 희생을 동반했다. 전염의 속도가 달랐음을 알지 못하던 때였다. 자신의 남편, 애인, 아들, 아버지는 변하지 않았다고 울며 애원하는 여자들을 내치지 못했다는 말이 더 맞았다. 그녀들이 간절하게 붙잡고 있는 손을 차마 끊어낼 수 없었다. 대피소에 들어왔던 남자들은 일주일을 넘기지 못하고 변했다. 그들의 첫 번째 희생자는 모두 그들을 대신해 울던 여자들이었다. 어쩌면 변하지 않은 남자가 있을지도 모른다. 생물학적 이유를 뛰어넘은 숭고한 정신이 육체를 지켰을지도. 하지만 그런 예외적인 경우를 다 따지기에는 위험변수가 너무 많았다. 대피소는 굳게 닫혔다. 긴 다리를 건너온 여자들에게만 열렸다. 생존자들은 그 다리를 '고독의 다리'라고 불렀다.

대피소에 온 남자들 모두가 전염되었던 건 아니다. 딱 한 사람, 죽기 전까지 변하지 않은 유일한 남자가 있었다. 다시 말하자면 변하지 않은 상태에서 죽었다. 곧 변할 것이었으므로. 남자는 밤마다 어떤 소리가 들린다고 했다. 가끔 눈을 뜨면 낯선 곳에 서 있었다고. 그 횟수가 점점 잦아졌지만 남자는 이 사실을 숨겼다. 말했다가는 죽음을 피하지 못할 테니 어쩌면 당연한 선택이었을지도 모른다. 하지만 하나가 들었다. 하나는 밤마다 들리는 말소리를 추적했다. 대피소에 온 지 두 달 만에 남자는 밤마다 소리가 들린다고 자백했다. 죽이기에는 아까웠다. 남자는 대피소 곳곳의 일들을 돕는 훌륭한 일꾼이었다. 언제나 총을 든 감시자를 대동하기는 했지만 대피소에 있는 모두가 남자에게 경계심을 풀었을 시기였다. 두 달이 넘도록 변하지 않았으므로 남자는 변하지 않을지도 몰라. 사람을 너무 미워하면 안 돼. 그는 다를지도 몰라…….

너도 들리지?

남자에게 묻던 하나는 지나가 지금까지 봐왔던 모습으로는 상상할 수 없을 만큼 서늘했다. 남자는 고민하다 고개를 끄덕였다. 저항의 의지 하나 없는, 지나치게 순종적인 수긍이었다. 남자는 두려움에 잠식된 얼굴로 이별의 시간을 달라고 했다. 죽음에 대한 두려움은 아니었다. 자기 애인을 죽일지도 모른다는, 자신에 대한 두려움이었다. 남자는 이곳에 함께 온 자신의 연인과 짧은 인사를 나누었다. 남자는 기적처럼 변하지 않을 수도 있었다. 하지만 그것은 이제 알 수 없다. 총을 든 두 명의 군인과 함께 대교로 향했고, 남자는 돌아오지 않았다.

그날 하나는 여느 때처럼 몸살을 앓았다. 전투를 하고 돌아오면 하나는 당장에라도 숨이 끊길 것처럼 아팠다. 어디가 아프냐고 물어도 반쯤 정신을 놓아 제대로 대답도 하지 못했다. 땀으로 범벅된 채 어린애처럼 울기만 했다. 가끔은 열이 너무 심하게 오르거나 호흡이 끊겨 죽을 뻔하기도 했다. 반복적인 증상이었는데 그때까지 아무도 원인을 알아내지 못했다. 그저 육신이 힘든 전투를 겪고 왔으므로 앓는 것이라 생각할 수밖에 없었다. 하지만 그날 깨달은 것이다. 하나를 힘들게 하는 것은 '그 소리'였다. 지나의 귀로는 절대로 들을 수 없는 다른 종족의 언어.

✳

지나가 하나를 집으로 데려가기에 앞서 무희를 찾은 것은 허락을 받기 위함이었으며 공조를 원해서였다. 연구실 연구원인 무희는 뇌신경 전문의였다. 특정 소리에 하나의 뇌파가 달라진다는 것도 무희가 있어 알아낼 수 있었다. 무희는 하나를 단 한 단어로 정의했다.

'풍선.'

지나의 부탁에 무희가 골머리를 앓았다. 무희의 고민이 길어졌다. 하나를 일정 범위 밖으로 데리고 나가는 행위 자체에 위험부담이 너무 큰 탓이었다. 설령 그것이 대피소 안, 고작 몇 블록 떨어진 거리라도 말이다. 체중이 감소할수록 하나의 모든 것이 최하점을 찍고 있었다. 비타민과 영양제를 하루도 빠짐없이 투여했지만 몸은 쉽게 회복되지 않았다. 이 상태가 지속된다면 전장에 나가는 것은 고사하고 그때까지 버텨줄지도 미지수였다.

"내가 말했지. 하나는……."

"알아요, 풍선이라면서요."

빵빵하게 들어찬 풍선. 손톱만으로도 펑! 하고 터질 수 있는.

하나는 불완전하다. 원인은 알 수 없다. 그저 그렇게 태어났다고밖에 할 수 없는 상황이었다. 무희의 말에 따르자면, 당장에라도 터질 듯한 풍선을 가지고 전장에 나가는 것이었다. 그 풍선이 터지지 않고 돌아올 확률은 기적에 가까웠다.

지나가 도로 입을 열었다.

"하지만 8일밖에 안 남았잖아요. 그날까지."

"8일밖에 안 남았으니까 말리는 거지."

"그럼 8일 후에는요?"

지나가 물러서지 않고 물었다.

"그 후에는 하나가 나와 같이 우리 집에 갈 수 있다고 확답해줄 수 있어요?"

"하나가 원해?"

"그 애가 눈을 치켜떠서 나를 올려다봤어요. 눈동자가 빛났다고요. 그런 하나 표정 본 적 없잖아요."

그 어떤 말보다 표정을 지었다는 것이 무희에게 더 잘 통할 터였다. 그리고 예상한 대로 무희는 지나의 말에 동요했다.

지나는 더 밀어붙였다.

"저도 이 전쟁을 망치고 싶지 않아요. 누구보다 간절하고. 그렇지만 여기는 우리가 유일하게 안전할 수 있는 섬이잖아요. 그렇죠?"

"……."

"아무 일 없을 거예요. 오히려 더 좋아질 거라는 생각은 안 드나요? 매번 같은 장소만 왔다 갔다 하는 거, 그게 더 하나를 악화시키고 있다는 생각은 안 하시나요?"

지나는 자신이 이렇게까지 무희를 설득하고 있는 이유를 모른다. 대신 무희가 한 번 더 지나의 부탁을 거절한다면 화가 날 것이라는 건 알고 있었다. 그리고 정말 다행하게도 무희는 고개를 끄덕였다.

"대신 시간제한을 걸어두자. 그 정도는 너도 당연하다고 생각하겠지만."

3시간. 무희와 지나가 약속한 시간이었다. 하나가 이곳에 와서 처음이자 마지막으로 만끽하는 허락된 자유였다.

"아, 참, 이번이 마지막이라는데 안 가?"

나가려는 지나에게 무희가 물었다. 지나는 무엇을? 이라고 묻기도 전에 말을 깨달았고 고개를 끄덕였다.

"그렇구나, 알겠어."

무희는 조금은 아쉬운 투로 대답했다.

3주 전 농생 하나를 찾으러 인천대교를 건넌 적이 있었다. 그것이 지나가 육지로 넘어간 마지막이었다. 지나가 대교를 건너 육지에 도착했을 때, 도시는 아주 조용히, 그렇지만 걷잡을 수 없이 빠른 속도로 변해가고 있었다. 도로가 붕괴되고 건물을 넝쿨이 뒤덮을 때까지는 한 세기는 더 걸리겠지만 한순간에 인간의 손길이 끊긴 도시는 문명의 종말을 증명하는 듯했다.

도시 곳곳에는 미처 묻지 못해 가지런히 눕혀 얼굴을 가린 시체들의 집합소가 있었고 새끼를 몰고 다니는 개들과 콘크리트를 뚫고 올라온 잡초들이 있었다. 고인 물, 그 사이 녹슨 전봇대, 바퀴 바람이 빠져 주저앉은 자동차, 동물과 벌레에게 습격을 받아 유적처럼 눌어붙은 쓰레기봉투. 인간의 손길이 닿지 않은 도시는 착실히 인간의 흔적을 지워나가고 있는 중이었다. 만일 이 상태로 쭉 인간의 손길이 닿지 않는다면 한 세기 후 지구는 어떻게 변할까. 지나로서는 상상할 수 없는 세상이었다. 하지만 분명 아름다울 것이다. 인간의 흔적이 서서히 사라지는 지구는 그럴 수밖에 없다.

지나를 태운 트럭은 부평을 향해 달려갔다. 트럭들은 몇 개로 나뉘었는데 그중 몇 대는 전력공급을 유지하기 위해 전력공사로 향했고 몇 대는 영종도와 가까운 지역부터 들러 생존자와 생필품을 대피소로 옮겼다. 전염된 남자들이 인간의 습성을 포기한 것은 다행이었지만 이마저도 희망적이지는 않았다. 1년 중 반은 해가 짧았다. 겨울에는 하루

만에 오갈 수 없는 거리에 한계가 있었기 때문이다. 사용할 수 있는 전기도 점점 줄어들었다. 머지않아 수도공급도 끊길 것이다. 그때가 되기 전에 이 전쟁을 끝내야만 했다.

지나는 죽은 감염자들도 보았다. 누군가는 좀비 같다고 했지만 지나가 보기에 그들은 천천히 미라가 되어가는 듯했다. 전염된 이들이 어떤 것을 양분으로 삼는지도 알 수 없었다. 그것을 연구하고 분석할 여력이 생존자에게는 아직 주어지지 않았다. 이 모든 것이 끝나고 나면 누군가는 반드시 알아내겠지만, 지금 당장 알 수 있는 것은 전염된 이들이 느릅나무의 유근피처럼 말라간다는 사실뿐이었다.

도시는 온통 무덤이었다. 거대한 공동 묘지 안에 들어와 있는 것 같았다. 지나는 그곳에서 하나가 입고 있던 옷으로 그 애의 시체를 찾아야 했다. 얼굴을 알아볼 수 있는 상태의 시체는 거의 없었다. 하나는 그때 베이지색 긴팔 셔츠에 청바지를 입고 있었다. 너무도 흔하디흔한 의상이라 힘들었다. 차를 멈춰 세우고 몇 번이나 얼굴을 가린 천을 젖혔다. 얼굴은 뭉개졌지만 필시 알아볼 수 있으리라 생각했다. 천을 거둘 때마다 절망과 희망이 교묘하게 섞여 이 세상 어느 단어로도 표현되지 않는 감정에 휩싸였다. 뱉어내지 못한 감정은 속에 켜켜이 쌓여 지층을 이루었다. 절망이 역사가 되는 것을 막을 수 없는 건 개인도 마찬가지인 듯했다.

고등학생 때 잠시 만났던 친구도 보았다. 목덜미에 있는 나비문양 타투를 보고 알았다. 첫 키스의 상대였지만 끝이 좋지 않았다. 헤어지기 싫다는 지나에게 헤어져주지 않으면 네가 나와 사귀었고 키스까지 다 했다는 걸 부모님에게 이른다고 협박을 했다. 그 협박이 무서운 건 아니었지만 지나는 이 관계가 밑바닥으로 떨어지는 걸 원치 않아 관계를 포기했다. 살면서 다시는 마주치지 않기를 원했는데 이렇게 만났다. 지나는 바닥으로 떨어져 있는 그 애의 두 손을 배 위에 가지런히 올려주었다. 그 애가 불행하기를 잠깐 바랐지만 죽기를 원한 건 아니었다. 차라리 너라도 살아 있었으면 좋았을 거라는 생각도 했다.

그날의 외출을 끝으로 지나는 하나를 찾으러 나가지 않겠다고 다짐했다. 어딘가에서 살아 있다고 생각하더라도 찾으러 나가지 않을 것이라고, 하나가 두 발로 이곳에 올 때까지. 그렇게 다짐하지 않으면 지나는 이곳에서 마땅히 해야 할 일들을 하지 못할 것만 같았다. 산 사람은 살아야지. 무수히 많이 인용되었던 문장을 되새기며 다짐했다.

무희는 마지막 '외출'을 이용해 움직이라고 했다. 대피소 외곽을 제외하고는 경비가 느슨해지는 유일한 시간이었기 때문이다. 지나는 무장 트럭 다섯 대가 대교를 건너는 것을 확인한 후에야 챙겨 온 옷과 모자를 가지고 하나의 방으로 들어갔다. 하나는 문 앞에서 지나를 기다리고 있었다. 지나가 웃으며 물었다.

"준비됐어? 그럼 가자."

지나가 내민 손을 멀뚱히 바라보던 하나는 머뭇거리며 맞잡았다. 흰 부분 없이 짧게 깎은 하나의 손톱은 굳은살 같았다.

마지막 외출로 영종도가 비었다. 화물터미널 근처를 순찰하는 경비들도 보이지 않았다. 남은 이들도 혹시 모를 사태를 대비해 대교 근처에 몰려 있을 것이다. 물론 들킨다고 해서 탈옥하는 죄수처럼 붙잡히지는 않을 거였고, 벌을 받지도 않을 것이며 괜한 소란 일으키지 말고 도로 들어가라는 조치만 내려질 것이다. 하지만 지나는 이 순간만은 교도소를 빠져나가는 죄수처럼 행동했다. 놓치면 영원히 이곳을 빠져나갈 수 없는 저주에 걸린 것처럼 하나의 손을 꽉 붙잡았다.

나를 꽉 잡고 있어. 놓치면 안 돼. 언니 여기 있으니까 놓치지 말고 잘 따라와…….

4

수없이 많은 종말을 상상했다. 많은 후보가 있었지만 외계생명체의 침공은 지지율이 낮았다. 그래서였을까. 인류는 낯선 생명체의 공격에 속수무책으로 무너졌다.

왜 그러는지, 이유가 무엇이고 원하는 것이 무엇인지, 왜 하필이면 이런 잔혹한 방법을 쓰는 것인지 아무것도 알아낼 수 없었다. 그 생명체가 내뿜는 주파가 특정 성별의 뇌를 지배한다는 것이 생존자들이 추측할 수 있는 수준이었다. 살아남는 것이 다급했다. 진실은 원래 미래에서 오는 것이다.

밝은 섬광과 함께 변한 것은 남자들뿐만이 아니었다. 하늘에 떠 있던 그것. 번데기처럼 부화를 기다리던 그것이 그때 비로소 두 날개를 펼치며 지상에 상륙한 것이다. 생존자들은 그 물체를 좀비 떼의 본거지라 지칭하며 '소굴'이라고 불렀다. 그러니까 소굴은 비행물체라기보다 커다란 하나의 생명체였다. 소굴은 움직였고 적절한 곳에 몸을 숨겼다. 낮에는 모습을 감추고 밤에만 형태를 드러냈다. 햇빛에 취약한 것인지 밤에 더 유리한 것인지도 알 수 없었다. 모습을 감추고 있는 낮 동안 소굴은 이동했고 밤이면 전혀 다른 곳에서 발견됐다. 석 달 동안 열 번의 습격이 있었지만, 번번이 실패했다. 전염된 남자들은 기이할 정도로 힘이 셌고 빨랐다. 생존자들은 제대로 된 무기도 갖추지 못했으니 패배하는 것이 어쩌면 당연한 결과였을 지도 모른다.

하지만 석 달 동안 무모하게 목숨을 내걸며 싸웠던 것은 아니었다. 승산이 보이지 않던 전투는 하나의 등장으로 판이 뒤집혔다. 하나는 소리를 들었다. 그리고 이렇게 표현했다.

그들이 움직이기 전에는 그 소리가 몇 초씩 먼저 들려요. 아마도 명령을 내리고 있는 것 같아요. 공통된 소리가 있어요. 그들의 언어 같아요.

그 후로 또 석 달이 걸렸다. 하나가 듣는 언어를 옮기고 분석할 때까지. 소리를 듣기 위해서는 소굴 근처로 가야 했고 전염된 자들이 움직이는 밤에 가야 했다. 하나를 보호하며 어두운 도시에 뛰어든 많은 지원자 중 대다수가 돌아오지 못했다. 하지만 그다음 전투에는 어김없이 많은 지원자가 나왔다. 빈 곳을 채우려는 손길이 끊이질 않았다. 전투에서 반드시 승리해 우리를 지키겠다는 필사의 노력이었다.

팽팽하게 부푼 풍선 같은 하나는 자주 정신을 잃었다. 전투에 한번 다녀오면 기력이 쇠해 오래도록 깨어나지 못했다. 두통이 심해 물 한 모금도 마실 수 없는 날들이 길어졌다. 반년 만에 밖에 있는 좀비들과 다를 것 없는 마른 모습을 보고 지나는 하나가 비틀어져 죽는 것을 볼 수 없어 훈련을 시켰다. 보조제와 단백질을 섭취하며, 구토와 훈련을 병행하며 체력을 키웠다. 하나의 의지는 없었다. 지나가 없었다면 하나는 진작 모든 걸 두고 이곳을 떠났을 거였다. 상황은 날이 바뀔수록 안 좋아졌다. 어느 순간부터 기묘하게 하나 주위로 적들이 몰려들었다. 하나로부터 무언가를 감추려는 필사의 노력처럼 보였다. 그들이 하나가 자신들의 언어를 알아듣는 것을 눈치챈 것은 아니냐는 추측이 떠돌았다.

하나는 소리를 외웠다. 그 소리가 어떤 뜻을 의미하는지 정확하게 알아낼 수 있으면 좋았겠지만, 생존자들에게는 그럴 만한 인력과 시간이 존재하지 않았다. 그래서 생존자들은 어떤 상황에 따른 소리들의 통계를 정리했다. '레히보크'는 전염된 사람들이 동시에 무언가를 주시할 때 나는 소리이고, '아흐르'는 한꺼번에 달리기 시작할 때 나는 소리이며, '비히'는 죽이기 직전에 나는 소리이다. 소리는 명령처럼 언제나 행위 직전에 난다. 그들의 행동을 미리 알아낼 수 있다면 전염된 이들을 따돌리고 소굴에 닿을 수 있을지도 모른다.

＊

휘경은 예고 없이 찾아온 지나에 한 번 놀랐고, 그 뒤에

따라 들어온 하나에 벌떡 일어났다. 휘경에게 언질을 주지
못한 것이 그제야 후회되었다. 휘경이 하나의 얼굴을 알았
던가. 알지 못한다면 지금이라도 적당히 둘러 말할 수 있
지 않을까. 지나가 고민에 빠져 있는 짧은 사이, 휘경은 소
파 위에 있단 얇은 담요를 챙겨 현관 앞으로 서둘러 달려
왔다. 그러고는 지나가 나서기도 전에 하나의 어깨에 담요
를 둘렀다.

"왜 이렇게 떨어요. 추워요?"

어서 집 안으로 들어오라며 하나를 이끄는 휘경의 손길
을 보고, 지나는 자신의 고민이 부질없음을 느꼈다. 생존자
들이 여태껏 살아남을 수 있었던 이유를 잠시 잊고 있었다.

엄마는 낮잠을 자고 있었다. 잠이 든 지 1시간이 조금 넘
었으니 머지않아 깰 거라고 휘경이 설명했다. 하나는 우리
너머의 동물을 바라보듯 문턱을 넘지 못했다.

"기다리면 곧 깰 거야. 그러지 말고 앉아 있어. 편하게."

지나가 말했다. 하나는 혈색 없는 얼굴로 지나를 바라보
다가 뻑뻑하게 굳은 눈알을 돌리기 시작했다. 눈에서 먼지
가 쏟아져 나올 것 같은 기계적인 몸짓이었다.

배정받은 집은 조름섬이 보이는 오래된 주택이었다. 국
제도시 주변에 좋은 아파트들이 있었지만 원래 살던 사람
도 있었고, 아파트의 경우에는 하우스 메이트를 마련해야
했다. 지나에게는 엄마가 있었고, 지나는 엄마의 불편보다

엄마와 함께 살아야 하는 타인의 불편이 더 걱정이었다. 아파트를 포기하면 그런 걱정이 사라졌으므로 지나는 꽤 먼 이곳을 집으로 배정했다. 나쁘지 않았다. 엄마는 주택 생활을 더 좋아했다.

전에 이 집에 살았던 사람들은 누구였을까. 비어 있던 집은 아니었다. 먼지 쌓이지 않은 식기와 가구, 그리고 건조대에 걸린 옷들이 이 사태 직전까지 이곳에 사람이 살았던 곳임을 말해주고 있었다. 이 근처에서 식당을 운영하는 부부였을지도 모른다. 아니면 숙박업소나 자전거 대여점을 했을지도⋯⋯. 중요한 것은 돌아오지 않는다는 점이었다. 하나는 엎어놓은 액자 앞에서 멈췄다.

"이곳에 살던 사람들 사진이야."

하나는 하고 싶은 말이 있는 듯 입술을 웅크렸다. 그 망설임을 읽은 지나가 말을 이었다.

"보고 있는 것도 그런데 버리기도 좀 그래서. 혹시나 올지도 모르잖아. 이 집은 내 집이 아니고 잠시 빌려 쓰는 거니까 건드리면 안 되지."

방문이 열렸다.

"어머, 하나도 왔네."

잠에서 깬 엄마는 문턱을 넘으며 말했다. 하나는 뒷걸음질 쳤지만 몇 걸음 물러나지 못하고 벽에 막혀 멈춰 섰다. 노인의 느긋한 걸음으로 다가온 엄마는 얼굴을 가린 하나의 머리카락을 귀 뒤로 넘겼다. 발 근처를 배회하던 하나의 시선이 엄마의 얼굴로 향했다. 엄마가 하나의 뺨을 감싸 잡았다.

"딸, 얼굴이 다 상했네."

지나는 평소와 다른 엄마를 목격했다. 하나를 언니라고 부르지 않는, 그렇지만 딸의 얼굴은 기억하지 못하는, 본 적 없는 엄마였다.

동생 하나는 성격이 살가웠다. 용돈을 타기 위해 가식적인 애교를 부려도 상대방이 웃을 수밖에 없게 만드는 아이였다. 지나는 그게 막내가 지녀야 할 덕목이라고 말했지만, 그럴 때마다 하나는 살아남기 위한 생존수단일 뿐이라고 단호하게 말했다.

내가 가족들을 가장 늦게 만났잖아. 늦게 태어났으니까. 그 단단한 결속력, 나는 존재하지 않았던 시절에 쌓았을 추억. 그런 걸 감내하고 버텨야 하는 자리라고, 막내가. 그런 의미로 애교란 살아남기 위한 생존수단인 셈이지. 나는 이렇게 사랑스러운 아이라는 어필. 마치 강아지나 고양이가 주인에게 버림받지 않기 위해 애교를 부리듯이. 언니는 그럴 필요가 없었겠지. 언니가 태어났을 때는 언니 혼자였으니까.

반박하고 싶었지만 적당한 주장이 떠오르지 않았다. 비약한 주장이라고 반기를 들려면 지나에게도 애교가 없는 타당한 근거가 있어야 했는데 지나는 늘 자신의 몫을 하나가 하고 있기 때문이라고 생각해왔다. 그런데 그것이 살아남기 위한 본능이었다니. 어이없는 주장이라 생각했는데 어쩌면 그 말이 맞을지도 모르겠다고 뒤늦은 수긍을 했다.

엄마의 무릎을 베고 누워 있는 다른 하나를 보면서, 엄마의 허벅지를 붙잡고 있는 하나 역시 살아남기 위한 몸부림을 치는 것 같았다.

둘은 소파 위에 한 폭의 그림처럼 겹쳐 있었다. 엄마는 하나의 머리카락을 쓸어 넘기며 이런저런 말을 꺼냈다. 하나의 눈에는 초점이 없었다. 아주 얕은 잠에 빠진 것 같기도 했다. 저토록 편안해 하는 하나를 보며 지나는 자기 생각이 틀리지 않았다는 확신을 얻었다. 척추를 관통하고 있던 긴장감이 한풀 꺾인 듯했다. 꼿꼿하게 세웠던 허리를 그제야 조금 굽혔다. 하나가 이 공간에 있는 동안 불안에 떨지 않도록 신경을 곤두세운 건 지나였다. 지나는 동생 하나에게 할 반박이 생각났다.

듬직함이 나의 생존수단이었어. 이 사람들에게 버림받지 않기 위해서 자신들이 낳은 첫 자식은 멋진 사람이라는 믿음을 줘야 했거든.

언젠가 말할 수 있게 된다면 좋을 텐데.

"손이 많이 상했다. 손이 고와야 어디 가서 고생한다고 안 보는데. 로션 같은 거 꼭꼭 바르고 다녀라."

엄마가 하나의 손을 쓸어 만졌다.

"졸리니? 한숨 자라."

하나가 지나를 바라보며 느리게 숨을 뱉는다. 마취제를 맞은 짐승 같았다. 언제나 잠을 설쳤던 하나인데 지금은 곧장 단잠에 빠질 것 같은 표정이었다. 하나는 간신히 졸음을 참고 있었다.

"자장가를 불러줄까?"

하나가 고개를 끄덕였다.

"어떤 노래가 좋으려나. 그래, 이게 좋겠다. 요즘 들어 이노래가 희한하게 귓가에 맴도네."

엄마가 하나의 등을 토닥이며 덤덤한 곡조를 뽑아냈다. 지나는 이 외출을 후회하지 않았다. 어쩌면 하나에게 욕심을 심었을지도 모른다. 반드시 살아야만 한다는, 기필코 살아남아 다시 이 집에 오고 말겠다는.

노래를 불러주던 엄마가 고개를 떨어뜨리며 먼저 잠이 들었다. 깨지 않게 소파에 눕히는 와중에도 엄마는 하나의 손을 놓지 않았다.

하나의 손이 헛헛하지 않도록 붙잡은 것은 지나였다. 그리고 하나의 방으로 돌아가는 동안 놓지 않았다. 괜찮았어? 다음에 또 오자, 다음에 언제든지 오자. 그러다가 그냥 함께 살자. 우리 엄마를 위해서라도.

그날, 마지막으로 순찰을 나갔던 팀은 출발했던 인원의

절반가량만이 돌아왔다. 터널에서 습격을 받은 것이다. 해가 떠 있다고 방심한 탓이었다. 영종도는 물밑으로 가라앉은 듯이 고요해졌다. 어디서도 울음소리가 들리지 않았다. 다만 밤새 살을 내리치는 듯한 둔탁한 소리만이, 묵힌 숨을 토해내는 소리만이 가끔 들려왔다. 버틸 날이 얼마 남지 않았음을 모두가 느끼고 있는 것이다. 울음이 무게가 되어 이 섬을 가라앉힐까 싶어 함부로 울지 못하는 것이리라.

하지만 울음은 오래가지 않았다. 다음 날 오후, 기적적으로 살아남은 이가 대교를 건너 돌아왔기 때문이다. 전쟁에서 이길 수 있는 비밀을 움켜쥔 채로.

5

생존자들은 공통된 음을 흥얼거렸다. 어디서부터 시작됐는지 아무도 모른다. 노래를 부르는 이들 중에는 그 노래의 제목이 무엇인지 모르는 사람도 많았다. 하지만 누구나 한 번만 들어도 노래를 흥얼거릴 수 있었고 두 번째에는 가사까지 따라 읊을 수 있었다. 지나도 그런 축에 드는 사람이었다. 살면서 한 번도 들은 적은 없었지만 익히 알고 있는 곡조였다. 마치 이 땅에 살아온 자들이 유전자에 차곡차곡 쌓은 설움의 기억 같았다.

긴 대교를 건너는 생존자가 나타나면 종이 울렸다. 그러면 모두가 하던 일을 멈추고 대교 앞으로 모였다. 그리고 생존자가 그 고독의 다리를 건너올 때까지 기다렸다. 아무도 생존자를 맞이하러 달려가지 않는다. 그랬다가 뒤따라온 감염자에게 습격을 받은 적이 있었다. 고독의 다리는 생존자들이 건너는 마지막 삶의 관문이 된 셈이다. 생존자들은 대부분이 지쳐 있다. 한 걸음 내딛는 것이 만 걸음을 내딛는 것만큼이나 힘들다. 버티지 못하고 무너지는 사람도 있었다. 그가 다시 힘을 내 일어날 수 있도록 모두가 소리 없는 응원을 던지고 있을 때 누군가가 노래를 불렀다. 그때부터 시작되었다. 고독의 다리 위에서 길을 잃지 말고 노래를 따라 걸어오라는 듯이. 옆에 선 사람의 어깨에 팔을 두르고, 구슬픈 곡조에 맞춰 몸을 좌우로 흔들며 덤덤하게 불렀다. 우리가 이곳에 있으니 멈추지 마시오. 조금만 오면 되니 남은 힘을 쥐어짜시오. 그 다리도 언젠가 끝나오리.

지난밤 돌아오지 못했던 생존자는 다리를 건너자마자 쓰러졌다. 홍현. 생존자의 손에는 사진이 다른 주민등록증 하나가 꼭 쥐어져 있었다.

✳

지나가 작전실로 들어가자, 원형 테이블에 둘러앉은 열 명의 시선이 동시에 지나에게 쏠렸다. 무희가 손을 들어 맡아둔 옆자리를 가리켰다. 지나는 아무하고도 눈을 마주치지 않고 연신 고개만 주억거리며 자리로 향했다. 지나와 다섯 자리 떨어진 곳에 오늘 돌아온 생존자가 앉아 있었다. 정면으로 마주치는 자리는 아니었지만, 얼굴을 살펴보기는 어렵지 않은 위치였다. 지나는 곁눈질로 생존자를 훑어봤다. 생존자의 몸은 바른 지 얼마 되지 않은 연고로 반들반들했다. 테이블에는 인원수에 맞게 찻잔이 놓였고 아직 따뜻한 김을 내뿜고 있었다. 언뜻 보면 오랜만에 만난 동창들이 즐기는 티타임 같은 모습이었다. 모든 회의가 이런 식으로 이루어지는 것은 아니었다. 생존자의 심신이 이완되도록,

압박감을 없애기 위한 장치 중 하나일 뿐이었다. 생존자는 따뜻한 컵을 감싸 쥐고 숨을 고르고 있었다. 지나가 무희에게 이름은? 하고 조용히 물었다.

수연.

지나가 고개를 끄덕였다. 그렇다면 그 신분증의 '홍현'은 본인이 아니구나. 죽은 동료의 신분증을 챙겨 온 것이로구나. 늘 있는 일이었다. 죽은 이가 누구인지 똑똑히 기억하기 위함이었다. 그저 여자나, 그저 소녀나, 그저 학생이 아니라 어떤 얼굴의 어떤 이름을 가진 사람이었는지를.

수연은 오래도록 숨을 고른 후 입을 열었다.

"그러니까 미추홀대로 부근의 동춘터널이었어요. 습격받은 곳이……."

"원래 터널은 이용하지 않잖아요."

대표 중 전직 국회의원이었던 자가 물었다. 수연은 입술을 꽉 깨물고 고개를 끄덕였다.

"안전할 거라고 생각했어요. 그렇게 긴 터널은 아니었고요."

"그래도 어둠이 있던 곳이에요. 빛이 없는 곳은 어느 곳이나 위험하다는 걸 모르지 않잖아요. 그게 우리 규칙이었어요."

국회의원의 말투는 다정했지만 단호했다. 규칙을 어겨 위험에 빠진 이유를 반드시 듣겠다는 강경한 의지였다. 수연은 위축되었다. 옆에 있던 이가 수연의 손을 감싸 잡았다.

"왜 거기 들어갔어요? 왜 규칙을 어기고 위험에 자신들을 내던진 거죠?"

"아들이."

수연이 머뭇거렸다.

"아들을 본 것 같다고 했어요. 어느 한 분이…… 그 터널에서……."

어떤 탄식도, 한숨도 쏟아지지 않았다. 수연이 고개를 숙였고 모두가 각자의 방식으로 안타까움을 견뎌내고 있었다. 누군가가 물었다.

"그래서 아들은 맞았던가요."

수연이 고개를 끄덕였다.

"다행이네요, 그나마. 죽음이 덜 사무쳤을 테니. 이제 당신의 이야기를 들려줘요. 편안하게요."

"저는…… 터널에서 그들을 마주치자마자 죽기 살기로 달려 나왔어요. 꽤 길었죠. 도중에 몇 번이고 잡힐 뻔했어요. 하지만 여기서 멈추면 어차피 죽는다는 생각이 들어서 미친 듯이 달렸어요. 이 친구와 함께."

수연이 손에 쥐고 있던 신분증을 테이블 위에 올려두었다.

"터널을 빠져나와서는 봉고차에 숨었어요. 차 없이 여기로 돌아오는 것 자체가 불가능한 시간이었어요. 해가 지고 있었거든요. 우리는 6인승 봉고차 의자 뒤에 숨었어요. 해가 점점 사라지는 것을 느꼈죠. 밖에서 짐승 같은 울음소리가 들려오기 시작했어요. 끝도 없이, 끝도 없이……."

"지옥 같은 어둠을 견뎠겠군요. 잘해냈어요."

"간신히 지옥 같은 시간이 다 끝났다고 생각했어요. 하늘에 어슴푸레해졌을 때요. 우리 둘은 어서 돌아가야 한다는 생각뿐이었어요. 차가 없이 얼마나 걸어야 도착할 수 있을지 알 수 없었으니까요. 그래서 나왔던 건데…… 주변이 한산해진 것을 확인하고 나왔는데……."

수연이 고개를 숙였다. 듣지 않아도 수연이 겪은 상황을 예측할 수 있는 이야기였다. 아무도 수연을 재촉하지 않았지만 수연은 다급하게 입을 열었다. 꾸역꾸역 울음과 공포를 삼키는 목소리가 안타까웠다. 지나는 수연을 보지 못하고 고개를 숙였다.

"달려야 했어요. 절대 뒤돌아보지 말고 달려가라고 해서 달렸어요. 분명 달릴 수 없을 것 같았는데 달렸어요. 뒤돌아보지 않고서……."

"잘했어요."

국회의원이 말했다. 수연이 국회의원을 쳐다봤다.

"뒤돌아보지 않고 잘 달렸어요. 처음부터 끝까지, 당신은 다 잘했어요."

"……그렇게 말해줘서 감사해요."

"당연한 일에 감사하다고 하는 거 아니에요. 오히려 우리가 감사를 전해야 맞죠. 무사히 돌아와줘서 고마워요. 살아남아줘서요."

국회의원의 말에 동의하듯이, 아니면 그 말에 자신의 진심도 한 스푼 얹겠다는 듯이 이곳에 있는 모두가 고개를 끄덕이며 수연을 바라봤다. 수연은 끝내 참고 있던 눈물을 흘렸다. 많은 양은 아니었다.

"그런데 한 가지 이상한 걸 목격했어요."

분위기가 한 차례 진정된 후에 수연이 다시 입을 열었다.

"새벽 2시였어요. 손목시계로 시간을 확인해서 정확히 알아요. 정확히 새벽 2시에 남자들이 행동을 멈췄어요. 5분 동안."

"그게 무슨 말이죠?"

"이유는 정확하게 모르겠지만 5분 동안 미동이 없었어요. 마치 밀랍인형처럼요. 혼이 빠져나간 것 같은 초점 없는 눈……. 그러다가 다들 한곳을 향해 걸어갔어요. 아주 긴 행렬이었어요. 저는 도중에 너무 힘들고 두려워서 몸을 웅크리고 있었지만 봉고차에 함께 있던 현은 그걸 똑똑히 보고 있었어요. 전부 다요. 그리고 이렇게 말했어요. 어쩌면 싸움이 금방 끝날지도 모르겠어, 저들도 그러길 원하는 것 같아 보여."

"당신은 현이 왜 그런 말을 했다고 생각하나요?"

244

"……그들은 시간이 없어 보였어요."

"시간요?"

수연은 말이 정리되지 않는 듯 몇 번씩 단어를 꺼냈다가 물렀다.

"전염된 남자들이 여태껏 어떻게 움직일 수 있는지는 모르겠지만 한계가 보이는 것 같았어요. 당연하겠죠. 인간은 불멸의 존재가 아니니까⋯⋯. 그래서 그런 건지 무언가를 준비하고 있는 듯했어요. 정말로 우리에게 시간이 얼마 남지 않았을지도 몰라요. 그들이 대전쟁을 준비하고 있을지도 모르니까요."

대전쟁이라는 단어에 모두가 수군거렸다. 그 단어는 곧바로 현실이 될 것처럼 이 공간을 압도했다. 충분히 가능성이 있었다. 영생이 불가능하다는 것을 깨달았을 것이다. 이 행성을 지배하고 있던 영장류에게 영양분을 충분히 공급하지 않는다면, 버티고 서 있는 잡초보다도 쓸모없고 나약한 존재라는 것을 지금쯤이면 알았으리라. 더욱이 살아남은 것들이 얼마나 악독하게 생을 지켜나가는지도 똑똑히 보았겠지. 전쟁이 길어진다면 그쪽도 불리해질 것이다.

회의는 길어졌다. 전쟁을 앞당겨야 한다는 의견에는 모두가 동의했지만 그 전에 수연의 말이 사실인지 확인을 하고 와야 한다는 말에는 의견이 모이지 않았다. 확인은 필수적인 절차라는 것도 다 알고 있었지만 어쩌면 많은 희생이 따를지도 몰랐기 때문이다. 대의를 위한 희생을 누구에게도 강요할 수 없었다. 그런 절차가 필요하다고 말하는 것조차도 누군가에게는 희생을 강요하는 것처럼 들릴 뿐이었다. 모두가 잠시 말을 잃었다. 대표 중 우주비행사가 입을 열었다.

"확실히 그들의 속도와 힘은 예전보다 더 느려지고 있어요. 그렇죠?"

"예, 그건 확신할 수 있어요."

"그리고 누군가는 반드시 수연 씨의 말을 확인해야 하고요."

"예, 유감스럽게도."

우주비행사는 호탕하게 웃었다. 공간과 어울리지 않는 웃음이었다. 모두가 그를 쳐다봤다. 우주비행사는 덥수룩하게 자란 머리칼을 쓸어 넘기며 말했다.

"제가 가죠. 책임자의 자리란 이럴 때 움직이라고 마련해두는 법이니까요. 대신 출발 전에 머리를 좀 다듬었으면 해요. 그냥 깔끔한 게 좋잖아요."

말리는 사람은 아무도 없었다.

"다들 표정이 왜 그래요? 이건 확인하고 '돌아오는 게' 일인 거잖아요. 무조건 돌아올 거예요, 저."

무거웠던 분위기가 한풀 꺾였다. 우주비행사와 함께하겠다며 공동 대표인 국회의원과 국가대표 선수가 손을 들었지만 셋 중에 한 명은 이곳에 남아 대표의 일을 마저 해야 한다는 이유로 두 명만 선발되었다. 우주비행사와 국가대표였다. 무엇으로 생각하든 국회의원보다 운동신경이 좋을 것 같다는 이유였다.

그들이 살아 돌아올 수 있도록 작전회의를 진행하는 동안 수연은 조용히 자리를 피했다. 지나는 수연이 나간 문간을 주시하다 따라 방을 나갔다. 수연은 화장실 앞 의자에 앉아 있었다. 머리카락을 움켜쥔 손등은 상처로 얼룩덜룩했다. 차마 닦아내지 못한 얼룩도 보였다. 지나는 주머니에 있던 손수건을 꺼내 화장실로 향했다. 졸졸 흐르는 물로 손수건을 적시면서, 지나는 수연이 홀로 뛰어왔을 길을 상상했다. 이미 해가 뜬 도로를 뛰는. 아무도 쫓아오지 않고, 함께 뛰는 동료도 없는 외로운 길. 당장 멈춘다고 아무런 일도 일어나지 않지만 멈추면 안 된다는 것을 아는, 숨이 턱 끝까지 차올라 입안에 피가 돌아도 힘들다고 말 한마디 건넬 이 없는 길. 지나는 자신이 달려왔던 길도 떠올렸다. 수연과는 반대였다. 시끄럽고, 소란스럽고, 어지러웠다. 지나가 수건의 물기를 꽉 짰다. 수연에게 다가가 옆에 앉으며 손을 끌어당겼다. 다행히도 수연은 자신의 손을 지나에게 맡겼다.

"당신을 알아요."

수연이 다른 한 손으로 반대편 어깨를 매만지며 말했다. 건조하고 퍽퍽했지만 안다는 말이 못내 반가웠다.

"그 애를 돌봐주고 있죠. 멀리서 많이 봤어요."

결국은 이 안에서 봤다는 이야기였구나. 지나는 바람 빠지게 웃으며 고개를 끄덕였다.

"원래 알던 사이인가요?"

"아뇨, 여기서 처음 봤어요."

"듣기로는 그 애가 경계심이 엄청났다고 들었는데요. 그래서 원래 알던 사이일 거라고 생각하고 있었어요. 그런데 아니었네요."

"그 정도인가요?"

"그 애가 들어올 때 제가 경호를 맡았거든요. 그래서 알아요. 얼마나 예민했는지. 아무도 다가갈 수 없을 거라고 생각했어요."

왼손을 다 닦자, 수연이 자연스럽게 오른손을 내밀었다. 그러면서 지나에게 물었다.

"전에도 이런 비슷한 일을 하셨나요? 상담사 같은."

"아뇨. 직업이랄 걸 아직 가져보지도 못했어요. 졸업반이었거든요."

지나는 수연과의 대화가 편안하다고 느꼈다. 손가락 마디에 낀 때를 닦아주며 광대에 살이 봉긋 올라오도록 웃었다.

"동생과 이름이 똑같거든요. 혹시나 싶어서 찾아가 봤다가 이렇게 됐어요. 직업은 아니었지만 대화가 통하지 않는

248

생명을 상대했다는 전공으로는 좀 비슷할 수 있겠네요. 결과적으로 동생은 아니었어요. 그렇지만 동생을 대신하는 존재가 됐죠. 동생을 생각하지 않게 해주는 점에서 제가 더 도움을 많이 받았어요. 언제까지 슬픔에 머물러 있을 수는 없잖아요."

거기까지 말했을 때 수연이 돌연 지나의 손을 감싸 잡았다. 수연의 미간이 일그러졌다.

"희망을 버리지 말아요."

"……."

"밖에 아직 생존자가 있어요. 각자가 다른 곳에서, 다른 방식으로 자신을 지키고 있다고요. 그러니까 포기하지 말아요. 당신 동생, 아직 살아 있을 수도 있어요."

혹시나 아픔이 될까 여태껏 품지 않으려고 노력했던 문장이, 피할 수 없이 지나를 감쌌다.

6

하나. 내 동생 이름도 하나였어.

키가 크고 보조개가 깊었어. 단발머리가 정말 잘 어울리는 그런 애였어. 어렸을 때는 육상을 했는데 도중에 그만뒀어. 아빠의 반대가 컸거든. 그래도 하고 싶다면 끝까지 밀어붙이라고, 어차피 아빠가 네 인생 살아주는 것도 아니까 그렇게 하라고 했는데 그 애는 웃으면서 꿈을 포기했어. 별로 하고 싶은 일은 아니었대. 그렇게만 말했어. 나는 아무 대답도 못 하고, 그저 고개만 끄덕였어. 매일 새벽 하루도 빠짐없이 운동을 나가던 그 모습이 떠오르지 않는 척했어. 보지 못한 척, 알지 못하는 척. 만일 그때 동생이 스스로가 달리기에 진심이었다는 걸 알고 있다고 하면 뭔가 좀 달라졌을까? 동생 하나, 자신이 외면하던 자신을 똑바로 마주 볼 수 있었을까? 여전히 잘 모르겠어. 단지 지금 하고 있는 이 생각이 너무 늦었다는 것만 알아.

언제나 사이가 좋은 자매는 아니었지만 그래도 우리만은 싸우지 않기 위해 노력하는 자매였어. 그 집안에서. 눈치 보고 자란 딸들은 가끔 그래. 짐이 덜 되기 위해서 자꾸 자신의 부피를 줄여. 몸짓도, 소리도, 존재감도. 그렇다고 쪼그라들었다는 건 아니야. 우리는 언제나 밖으로 뻗어나

갈 수 있는, 내가 있음을 외칠 수 있는 세상을 꿈꿨지. 녹
록지는 않았지만. 우리가 서로 의지할 수밖에 없는 사이였
다는 말이야. 함께여서 다행이었어. 엄마한테도 말하지 못
했던 내 이야기를 동생은 다 알고 있었거든. 이해나 인정
을 한 것도 아니야. 정말 듣기만 했어. 우리가 타인의 이야
기를 들을 때 사사로운 말들에는 그다지 사족을 붙이지 않
잖아. 내 말도 딱 그랬어. 그저 연애 이야기였지. 듣기만 하
면 되는. 그 애는 딱 그 정도만 했어. 지금 내 말을 그저 듣
기만 하는 너처럼.

　우리의 이야기를 다 하기에는 너무 구구절절해. 별 영양
가가 없지. 같은 이야기의 반복일 뿐이거든. 누구나 알고 있
는. 나는 그저 그 애가 자라나는 걸 지켜보는 게 좋았어. 그
허술한 일상에 내가 끼어 있다는 것도 좋았지. 달리던 그
애가 멈춰서 다른 경주를 다시 시작했을 때 들리는 곳에서
응원할 수 있어 다행이란 생각도 했어.

　그 애는 강해. 본인이 직접 그렇게 말했어. '언니, 나는
강해.' 갑자기 그게 무슨 말이야? '그냥, 모르는 것 같아서.'
내가 모르고 있었나, 아닌데, 알고 있었는데. 그렇다면 그
말은 즉 내가 생각하는 것보다 본인은 더 강하다는 말이구
나. 그래서 하나야, 나는 도시를 뛰고 있는 다른 하나를 종
종 생각해. 그 애는 달리기가 빠르니까 충분히 멀리 도망
갔을 거야. 이런 생각을 할 때마다 슬퍼. 살아 있다고 믿고

있다는 거니까.

하나야, 너를 보면 자꾸 다른 하나가 생각나. 정말 이상하지. 이목구비도, 신체도, 성격도 다 다른데. 단지 이름이 같다는 이유에서일까? 그렇지만 내 생각에는 다른 부분이 더 닮았어. 너희는 좀 닮았어.

＊

좀비를 소탕하기 위해 택한 방법은 도시 숲으로 들어가는 것이었다.

영종도에 있는 모두가 대교 앞에서 서로의 손을 맞잡고 좀비 숲으로 들어간 두 명의 대표자가 돌아오기를 기다렸다. 그들은 단단한 성벽 같았다. 한 번도 패배한 적 없는 병사들 같았다. 한 명 한 명이 모두 영화 속에서 튀어나온 전사 같았다. 반드시 이 전쟁을 끝내 사랑하는 이와 일상을 되찾겠다는 의지와 함께였다. 더 늦으면 생존자들뿐만 아니라 감염된 남자들도 구할 수 없을지도 모른다. 설령 침입자를 내쫓는 데 성공한다고 하더라도 지구는 한동안, 어쩌면 한 세기 동안 앞으로 나아갈 수 없을지도 모른다. 그 자리에 멈춰 서서 모두가 함께 살아갈 수 있도록 속도를 맞춰야만 하겠지. 더 잘된 일일지도 모른다. 그렇게 천천히 뒤틀린 지구의 시간을 맞추면 될 테니까.

지나는 새벽 내내 들려오는 그들의 노랫소리를 들으며 하나와 함께 있었다. 언제나 창문을 닫고 살던 하나가 그날 따라 창문을 활짝 열어두었다. 노래를 듣고 있는 것 같았다. 그러다 창틀에 손을 올려 손가락을 움직였다. 일정한 규칙이 있어 보이지는 않았다. 지나는 하나의 손동작을 한참이나 바라보다가 아, 피아노를 치고 있는구나 하고 깨달았다. 지나는 조금 전 무희와 나누었던 대화를 다시금 떠올렸다.

돌아오지 못할지도 몰라.

무슨 소리예요?

왜 못 알아듣는 척해, 지나야.

무희의 말이 맞다. 알아들으면서 알아듣지 못하는 척하고 있었다. 더 솔직하게 말하자면 무희가 말하기 전부터 생각하고 있었다. 생각이 틀리기를 기도했다. 누구를 향한 기도인지 알 수 없었다. 이 땅에 신이 있던가. 우주에는 신이 있을지도 모른다. 그렇지만 이 행성에는 신이 없다. 저들이 지구로 침략하며 신을 쏴 죽였을 것이다. 그러니 결국 지나의 기도는 중얼거림에 지나지 않았다. 그걸 알면서도 계속 중얼거렸다. 믿는 건 기도를 듣는 사람의 힘이 아니다. 말의 힘이었으니까.

전쟁은 힘들겠지만 사상자는 없을 수 있다. 소굴이 있는 곳까지 동료들을 안내한 하나가 터지지 않은 채 다시 돌아올 수도 있다. 불가능을 믿어야 한다.

노래가 멈췄을 때 하나의 손짓도 멈췄다. 선율을 잃은 손
가락이 창틀 위를 배회하다 무릎 위로 안착했다. 동이 터오
고 있었다. 떠났던 두 명의 대표가 돌아와야 할 시간이 다
가오고 있었고, 동시에 하나가 대전쟁을 치르기 위해 떠나
야 하는 시간도 다가오고 있었다. 지나가 하나의 옆에 앉았
다. 손을 포갰다. 하나가 어떤 삶을 살아왔는지 지나는 알
지 못한다. 궁금하기는 했지만 하나가 말해주지 않았으므
로 구태여 묻지 않았다. 하나가 거쳐온 삶이, 하나를 더 잘
이해할 수 있을지는 몰라도 사랑하기 위해 필요한 필수적
인 요소는 아니었다.

하지만 지나는 이제 하나의 이야기를 듣고 싶어졌다. 네
가 누군지, 너는 어떻게 살아왔는지.

"다녀와서 너한테 듣고 싶은 게 있어."

하나가 눈을 느리게 깜빡이며 지나를 바라본다. 숨을 내
쉬고 마실 때마다 온몸이 천천히 부풀어 오르다가 푹 꺼진
다. 살아 있다는 게 이토록 소란스럽다.

지나가 하나의 얼굴을 쓸었다. 로션을 제대로 발라주지
못한 얼굴이 꺼슬꺼슬했다.

"너로 인해 세상은 바뀔 거야. 너는 승리할 거야. 그렇
지만 하나야."

하나의 눈동자가 말을 읽어내는 것처럼 움직인다. 햇빛
이 한줄기씩 방 안으로 뻗어 들어온다. 고독의 다리 위로

두 사람의 형상이 나타나 비추기 시작했을 때, 지나는 하나에게 간절하고도 간결한 부탁을 했다.

"그 세상에 네가 꼭 있어야 해. 네가 꼭 그 승리를 목격해야만 해."

"……."

"그것이 우리의 승리일 테니까."

하나에게서 답을 듣지 못했다. 그보다 더 먼저 무희가 들어와 대표자들이 살아 돌아왔음을 알렸기 때문이었다.

7

대부분 극심한 영양실조였다. 하루를 견디지 못하고 숨이 멎는 남자들이 많았다. 그들은 3개월 동안의 일을 기억하지 못했다. 무엇을 먹으며 삶을 유지시켰는지도 모르는 상태였다. 공통된 특이점으로는 구토를 할 때마다 속에서 담배의 타르처럼 점성 높은 검은 액체를 쏟아냈다는 것이다. 그 물질은 이 행성에 없는 원자구조였다. 연구는 길어지고 결과는 기약이 없었다.

삶을 재건하기 위해 모두가 바빴다. 잃었던 가족을 찾고, 뒤늦은 장례를 치렀다. 다시 변할지도 모른다는 불안감에 두 성별 사이에 벽을 세워 구역을 나누자는 자들의 시위도 날마다 이어졌고, 한편에서는 죄를 용서받기 위해 스스로에게 벌을 내리는 행위도 이어졌다. 뒤늦은 용서는 사회 속에서 누구에게도 정착하지 못하고 떠돌았다. 이 상황을 올바르게 헤쳐나갈 수 있는 선구자는 존재하지 않았다. 오래도록 불안할 것이다. 오래도록 의심할 것이다. 오래도록 용서할 것이고 오래도록 받지 못한 용서가 토양에 쌓여 침전되고 그렇게 지구가 될 것이다.

소굴은 중국 동북지방에서 소멸했다. 오랜 싸움이었다. 지독한 시간이었다. 인력이 부족했을 즈음 전쟁을 눈치챈 다른 국가의 생존자들이 힘을 보탰다. 그 전쟁의 중심에는 하나가 있었다. 적의 행동을 예측할 수 있는 건 불가능을 믿게 하는 힘이었다. 소굴이 소멸하며 남긴 것은 원전이 터진 듯한 방사능과 주변을 쑥대밭으로 만든 검은 액체였다. 전장은 방대해 시체 수습과 정리가 원활하지 않았다. 얼마나 생존했는지도 알 수 없었다.

지나는 소굴이 소멸한 지 딱 이틀 후에 영종도를 떠났다. 무희는 지나가 자신과 함께 일해주기를 바랐다. 무희는 솔직히 말하건대 살아 있을 가능성이 작지 않냐며, 네가 방사능 덩어리인 소굴로 들어가는 것이 죽음을 각오한 것과 무엇이 다르냐며 지나를 붙잡았다. 남아 있는 엄마를 생각하라는 말도 덧붙였다. 무희의 말은 전부 맞았다. 하지만 지나는 무희의 만류를 뿌리쳤다. 만약에, 만에 하나라도 살아 있다면 찾으러 가는 것이 맞지 않느냐고 말이다. 무희는 반박하지 못했다. 지나의 얼굴은 확고했다.

휘경에게 엄마를 부탁하고, 엄마와 잠시 인사를 나누러 찾아갔을 때 엄마는 온전한 정신으로 지나를 맞이했다. 지나가 무어라 말하기도 전에 엄마는 모든 상황을 다 안다는 듯이 물었다. 하나를 찾으러 가니? 지나는 한참을 머뭇거리다가 고개를 끄덕였다.

"세상이 위험하니까 일찍 일찍 들어오렴. 기다리고 있을게."

✳

하나는 살아 있다. 지나는 떠나기 전 하나가 내뱉은 말을 곱씹고 또 곱씹었다. '또 가요, 언니.' 그 애는 강하다. 그러므로 하나는 살아 있을 것이다. 지나가 대열에 합류했다.

이제 하나를 찾으러 가야 한다.

검은색의 가면을 쓴 새

2020년 조주현 개인전 〈검지도 어둡지도 않은〉, 연계 출판물《검고 어두운》수록 저어새 몇천 마리가 서해의 창공을 가로질렀을 때, 아무도 그것을 저어새라고 생각하지 않았다.

저어새는 9년 전인 2024년, 세계자연기금(WWF)의 발표에 따르면 지구상에서 완전히 멸종했다. 베트남 자바코뿔소와 크낙새, 동부 퓨마를 잃고도 잃은 줄 몰랐던 인류는 저어새의 멸종에 갑작스러운 상심을 느꼈는데, 그 이유는 한국조류학회 회원이자 겐트대학교 글로벌 캠퍼스의 환경공학 교수로 일하고 있는 김송예원 박사가 저어새의 멸종에 부쳐 '이것은 시작일 뿐'이라는 문장을 썼기 때문이다. 앞으로 눈을 뜰 때마다, 당신이 아침을 차려 먹고 하루를 시작할 때마다, 바쁜 일상을 마치고 그날 저녁 지인과 함께 고기를 구워 먹으며 술을 곁들일 때마다 지구상에서는 한 종씩 소리 없이 모습을 감출 것이라고 예견했다. 강하지 못해서 살아남지 못하는 게 아니라, 인류가 멋대로 바꾼 시스템에 적응하지 못해 사라지는 것이라고 했다.

하지만 이미 늦었다는 최후의 통첩은 절망을 안겼을지언정 주식 시장에는 아무런 영향도 미치지 못했다. 전자 뉴스의 클릭 수는 정치와 경제에 쏠려 있었고 환경은 스크롤을 아홉 번쯤 내려야 나오는 위치에, 지구를 지켜야 한다는 공익광고 문구 같은 댓글 몇 개만 달렸을 뿐이었다. 사람들은 빙하가 녹아 북극곰이 죽어간다는 상식적 사실에 표하던 피상적 슬픔 정도로 저어새의 멸종을 받아들였다. 북극곰이나 키위새가 멸종 위기 동물의 상징으로 쓰였던 것처럼 흰 갈기에 검은 가면을 쓰고 주걱 같은 부리를 달고 있는 저어새의 이미지가 각종 텀블러와 에코백, 손수건에 박혀 생산되었다.

은지도 초등학교에 입학할 당시 저어새가 그려진 책가방을 선물로 받았다. 은지는 그 새가 무엇을 의미하는지 모르고 가방을 들고 다녔다. 가방을 선물했던 부모님은 새의 의미를 알았을까. 아마 몰랐겠지. 알았더라면 운영하는 배달 전문 식당에서 플라스틱을 그렇게 많이 사용하지 않았을 테니까. 부모님은 물고기의 몸에서 플라스틱 조각이 나온다는 걸 알까. 그 물고기를 먹은 새들의 배 속에도 플라스틱이 쌓이고, 분해되지 못한 플라스틱 망에 목이 걸려 새들이 죽는다는 걸 알까. 은지는 가게 한쪽에 쌓인 플라스틱 용기들을 볼 때마다 그렇게 생각했지만, 차마 부모님에게 말할 수 없었다. 은지의 눈에 부모님 역시 플라스틱에 걸린 새와 별다를 게 없어 보였기 때문이다. 정부의 환경 부담금 정책으로 플라스틱 용기 하나를 사용할 때마다 백 원의 세금을 냈고, 자영업자들이 항의했으나 소용없었다. 일각에서는 환경을 생각해 재사용 가능한 그릇을 사용하라고 일침을 놓았지만 그릇을 수거할 인력 하나를 늘릴 수 없어 계속 벌금을 지불하며 용기를 사용해야 했다.

그날 서해에서 포착된 저어새로 추정되는 몇천 마리의 새무리에 가타부타 말이 많았지만 김송예원 박사는 의심의 여지 없이 저어새라고 발표했다. 9년 전에 멸종된 줄 알았던 저어새의 출몰은 멸종되었다고 발표했을 때보다 더 큰 파장을 일으켰다. 하지만 그보다 더 놀라웠던 건 저어새의 출몰 위치였다. 서해에서 발견된 직후 세계자연기금과 동물보호협회는 인공위성으로 저어새의 경로를 파악하고 출몰 위치를 확인했는데, 북위 38.323809°, 동경 127.428540° 지점이었다. 그곳은 철원의 북쪽에 위치한, 중서부 내륙지역이며 두루미의 도래지인 한반도 비무장지대였다.

서해안이 서식지인 저어새가 중서부 내륙지역으로 갑자기 이동한 이유는 알 수 없었지만, 그 이후 더 알 수 없는 일들이 펼쳐졌기에 이 문제는 곧 중요하지 않게 되었다. 중요한 것은 북한과 남한의 오랜 휴전에 의해 반강제적으로 생태계가 지켜졌던 비무장지대에 전 세계인의 관심이 쏠린 것이다.

비무장지대를 지켜야 한다는 입장에 이견을 다는 사람은 지구상에 단 한 명도 없었다. 표면적으로는 그랬다. '개발'은 더 이상 희망적이거나 진취적인 뜻을 품고 있지 않았다. 한국 정부가 생태계 보존과 함께 저어새의 출몰 이유를 연구한다고 말할 때까지만 하더라도 세계인들은 뜨거운 반응을 보내왔다. 몇몇 글로벌 기업들이 이미지를 위해 연구비를 후원했으며 비무장지대는 휴전선의 의미가 확장되어 '지구의 쉼표'라는 이름이 붙었다. 유례없이 많은 관광객이 한국에 몰렸다. 최북단에서 비무장지대를 보려는 해외 관광객이 늘었다. 은지의 부모님은 이 변화를 반겼다. 철원이 서식지였던 은지네 집은 배달 전문 식당을 무리하게 확장해 식사 테이블도 네 개 정도 들였다. 비무장지대와는 꽤 떨어진 동네였지만 이런 식으로 관광객이 계속 늘어난다면 낙수 효과가 분명 있을 것이라 판단했다. 하지만 예측은 틀렸다. 철원과 강화, 화천 부근으로 투자가 늘며 숙박업소가 우후죽순으로 생겨났고 프랜차이즈 식당들이 개장 현수막을 걸었다.

부모님은 테이블에 손님 한번 앉혀보지 못하고 플라스

틱 용기를 도로 올려두었다. 식당들이 많이 생겨 배달 횟수는 오히려 줄었다. 잠깐 머물다 떠나는 관광객들이 꼽는 식당 순위에 들지 못해 결과적으로 부모님은 얻은 것보다 잃은 것이 훨씬 많았다. 저어새가 출몰했던 당시 은지는 17살이었고 19살에 수능 시험을 볼 때까지 부모님의 한숨 소리를 들으며 공부에 몰두했다. 서울에 있는 대학에 붙자마자 기숙사에 지원해 집을 떠났다. 은지는 애초에 저어새 따위에 관심이 없었다. 철원은 지긋지긋했다. 대기업과 함께 환경단체들 역시 밀려왔고, 환경단체 사람들은 플라스틱 용기를 사용하는 은지의 가게를 보며 혀를 내두르거나 당장 금지하라고 설교를 하고 갔다. 은지는 지금껏 인류가 알고도 모르는 척했던 일에 책임을 떠안고 싶지 않았다. 불공평하다고 느껴졌다. 그들이 하는 말이 틀리지 않아서 더 그랬다. 살기 위해서 생태계를 파괴하고 있다는 죗값을 느껴야 했다.

은지는 그런 것들과 어떤 방향으로든 엮이지 않는 삶을 살고 싶었다. 다행히 수학을 잘했고 대학에서도 수학을 전공했다. 학자나 연구원도 좋겠지만 선생님이 되고 싶었다. 수(數)는 우주의 전부이면서 지구의 일에 크게 관여하지 않는 것 같았다. 세간의 관심은 여전히 비무장지대에서 갑자기 출몰한 저어새뿐이었고, 그에 관한 연구가 활발하게 진행됐지만 그건 은지에게 다른 세상의 일이었다.

은지에게 대학은 '빚'의 다른 이름이었다. 학자금 대출과 생활비 대출을 받으며 생활을 연명했지만 2학기 때 기숙사에서 떨어졌다. 아르바이트를 하느라 성적이 부진한 탓이었다. 자췻집이 필요했다. 부모님께 연락하려고 했지만 자존심이 허락지 않았다. 은지는 동기 자췻집에서 월세 절반을 부담하는 조건으로 얹혀살았다. 보증금과 90만 원가량의 월세를 모두 내지 않아도 된다는 이점이 있었지만 여전히 매월 45만 원을 내는 건 은지에게 타격이 컸다. 아르바이트 시간을 늘렸다. 지도교수님은 면담할 때마다 과외나 학원을 알아보라는, 시대착오적인 조언을 했다. 교수라는 사람이 업데이트가 느렸다. 그런 날에는 함께 사는 동기와 함께 교수를 안주 삼아 술을 마시며 위로했다.

은지는 이 시간만 버텨서 취업을 하면 월급 꼬박꼬박 받는 선생님이 될 거라 믿어 의심치 않았다. 풍요롭지는 않지만 하루가 불안한 삶은 피할 수 있을 거라 생각했다. 태어나는 아이의 수가 줄어 해마다 정규직이든 비정규직이든 가릴 것 없이 교사 자리가 줄어들고 있다는 건 알고 있었지만, 그 역시 너무 당연한 일이어서 무감각하게 느껴졌다.

카페 아르바이트를 하며 은지는 또다시 테이크아웃 손님에게 플라스틱 컵을 내밀었다. 뇌의 기억 조합은 기이했다. 은지는 플라스틱 컵을 볼 때마다 부모님이나 가게를 떠올리는 것이 아니라 저어새를 생각했다.

은지가 카페에서 열심히 원두를 갈아 커피를 내리고 있을 때, 생태학자들은 미궁에 빠졌다. 저어새가 비무장지대에서 출몰했다고 하더라도 분명 그곳으로 날아간 경로가 있을 텐데 인공위성과 남북한 감지기를 아무리 돌려도 저어새가 날아온 흔적이 없었다. 학자들은 오래도록 고민에 빠졌고 몇 가지 가능성을 제시했다. 하나는 아주 오래전부터 저어새가 이곳에 서식하고 있었으나 날아오른 적이 없어 알지 못했다는 가능성. 또 하나는 암수 개체 하나씩만 남아 이곳에서 번식을 했다는 가능성. 또 하나는 밀렵꾼이 저어새를 가두고 있다가 풀었다는 가능성이었다. 어떤 주장에도 신빙성이 없었다. 9년 동안 몇천 마리의 저어새가 한 곳에 숨어 있었다는 것 자체가 애초에 말이 되지 않는 이야기였다.

그때 어느 학자가 우스갯소리로 말했다. 땅에서 솟은 거 아닙니까? 5초 동안 정적이 유지했다. 그다음에야 한 명씩 헛웃음을 터뜨렸다. 생방송으로 회견장을 지켜보던 사람들은 '그 연구비를 받으며 고작 한다는 말이 농담이냐!'라며 그를 비난했다. 하지만 그를 비난할 수 있는 기간은 길지 않았다. 농담으로 던졌던 그의 말이 현실이 되었으므로.

'구멍'을 단번에 찾아내지 못했던 것에는 두 가지 이유가 있었다. 하나는 외적으로 전혀 구별이 되지 않았다는 점이 있었다. 분명 구멍은 크기와 부피(라고 할 수 있을지 모르겠지만)가 있었지만 밖에서 보기에는 전혀 구분할 수 없었다. 두 번째는 구멍이 고정되어 있지 않다는 가설이었다. 이 가설은 그것이 발견된 지점이 저어새가 출몰했다고 생각되는 지점에서 북동쪽으로 25킬로미터 떨어져 있었기에 등장했다. 터무니없는 발상이지만 비운이라면 이 가설 말고 저어새가 출몰한 원인을 찾을 수 없다는 것이었다.

'구멍'을 발견한 것 역시 비운이었다. 평소처럼 비무장지대를 탐사 중이던 연구원 A씨가 외마디 비명을 내지르며 사라졌다. 그리고 머지않아 또다시 비명이 들리더니 연달아 세 명이 더 사라졌다. 짧고 굵은 비명이었다. 어딘가로 떨어진 것이라면 소리가 점점 멀어지며 들려야 했을 텐데 그 비명은 진공으로 갑자기 들어간 것처럼 뚝 끊겼다. 네 명 모두가 말이다. '구멍'은 그렇게 정체를 들켰다. 인간 네 명과 탐사로봇 열 대를 집어삼키고 나서야. 지름 76미터의 운동장만 한 크기였다. 그것을 구별할 수 없었던 이유는 단순했다. 경계가 없었다. 분명 싱크홀 같은, 지름 76미터의 거대한 원이 존재했지만 그 위에 풀이 있었고, 나무가 있었다.

한 달에 걸친 조심스러운 조사를 실시했다. 사람들은 처음으로 평지에서 절벽의 공포를 느꼈다. 1미터짜리 긴 막대기로 땅바닥을 두드려가며 30센티미터 간격으로 테두리에 GPS가 부착된 높이 3미터의 기둥을 세웠다. 우주에서 그 모습을 관측하자, 그건 완벽한 원이라기보다 희미한

럭비공 모양이었다.

심해를 측정하는 것처럼 초음파를 이용하려고 했지만 소용없었다. 학자들은 몇 번의 실험을 통해 그곳이 진공상태라는 것을 알아냈다. 드론을 이용한 탐사도 시도했다. 4천미터 깊이에 도달했을 때부터 신호가 끊기기 시작했다. 영상에는 아무것도 잡히지 않았다. 빛도 없었고 소리도 없었다. 하지만 그뿐이었다. 송신이 완전히 차단되었기 때문에 그곳이 끝이었는지 아니면 드론이 그 너머로 계속 나아가고 있는지도 알아낼 수 없었다. 여태껏 생겼던 싱크홀과는 그 형태도, 성질도 달랐다. 구멍은 마치 땅에 생긴 거대한 블랙홀 같았다. 하지만 완벽한 블랙홀이었다면 차라리 나았을 것이다. 블랙홀은 검지만 이것은 검지 않았다. 이것은 그냥 땅이었다. 풀이 있고 나무가 있지만 밟을 수 없었다. 요괴가 부린 함정의 환각이라는 편이 설득력 있었다. 인간이 발전시킨 기술 중에서, 그 구멍을 알아낼 수단은 없어 보였다. 1년이 넘도록 저어새가 그 구멍에서 나왔는지도 확신할 수 없는 상태로 거대한 미스터리는 그렇게 유지되었다.

은지라고 그 구멍에 관심이 없었던 것은 아니지만, 남들처럼 많은 관심을 쏟을 형편이 아니었다. 구멍에 빠져 실종자가 발생하기 두 달 전, 대출을 늘릴 수 없어 학기를 쉬었다. 그런데 하필 같이 살던 동기가 그때 어학연수를 떠났다. 동기는 연수를 위해 이 집의 보증금이 필요하다며 방을 뺄

예정이니 네 집은 알아서 구하라는 이야기를 길게 했다. 동기는 이렇게 된 김에 고향에 내려가서 일을 해 돈을 모으라고 했지만 은지는 그러고 싶지 않았다. 꾸역꾸역 모아둔 돈으로 방을 구했다. 고시원이었다. 가장 싼 방이라고 소개해서 얻은 방은 세탁실 바로 옆, 창이 하나도 없는 3평짜리 방이었다. 다리를 펼 수 있는 자리라고는 책상에 반쯤 가려진 침대뿐이었지만 그렇게 나쁘다고 생각하지 않았다. 오히려 이전 집보다 방세도 더 저렴했으니, 아르바이트 시간을 조금 줄이고 공부에 매진할 수 있었다. 그렇게 다음 학기 장학금을 노리면 된다고 생각했다. 자신이 처한 상황을 탓하고 있기에는 시간이 아까웠다. 은지는 쥐구멍에 볕 든다는 고리타분한 말이 좋았다. 당장은 힘들지 몰라도 점점, 조금씩, 그렇게 차츰 모든 것이 지금보다 좋아질 것이다. 은지는 그렇게 생각했다.

고시원 주인은 방을 보여줄 때부터 소음이 조금 있을 거라고 말했다. 그랬기에, 며칠 후 은지가 찾아가 소음에 항의했을 때 주인은 계약 전에 미리 고지하지 않았느냐며 뻔뻔하게 나올 수 있었다. 은지는 소음이 '조금' 있을 거라고 표현했던 그 '조금'의 정도를 따지고 싶었다. 아니, 원래 이렇게 의자 끄는 소리까지 다 나요? 은지가 따져 물었다. 주인은 코웃음을 치며 20만 원짜리 방에 뭘 더 바라느냐고 물었고, 싫으면 나가라고 오히려 더 치사한 소리를 했다.

나갈 수 없음을 알고 하는 협박처럼 느껴졌다. 자존심이 상했지만 은지는 그만 물러나야 했다. 의자 끌고 책장 넘기는 소리야 참을 수 있다고, 이 정도는 생활소음으로 치부할 수 있다고 스스로를 달래면서.

그렇지만 정말 큰 문제는 옆방에 살던 사람이 나간 후에 일어났다. 그곳이 빈방으로 있은지 사흘이 되던 날, 옆방에서 퉁! 하는 소리가 들렸다.

은지는 그것이 건물에서 나는 소리인 줄 알았다. 이따금 잠들기 전에 건물이나 가구에서 무언가 어긋나는 소리가 들릴 때가 있지 않던가. 건물이 오래되었으니 어디선가 그런 불균형이 일어났으리라 생각하며 넘겼다. 익숙해지면 신경 쓰이지 않을 것이다. 책장 넘기는 소리를 그렇게 넘겼듯이……. 하지만 그 소리는 자고 있던 은지를 새벽에 계속 깨울 정도로 선명했다. 몇 번은 무시하고 눈을 감았다. 이불을 뒤집어쓰기도 했고 귀마개나 이어폰을 꽂고 자기도 했다. 하지만 새벽 2시와 3시 사이에는 어김없이 그 소리에 잠에서 깼다. 가끔은 소리가 들리기도 전에 먼저 눈을 뜰 때도 있었다.

일주일을 참다가, 은지는 주인에게 말했다.

옆방에서 자꾸 소리가 나요.

소리? 옆방 비었는데.

근데 새벽에 퉁, 하는 소리가 난다니까요.

참 깐깐하네. 그 방에 아무것도 없어. 안 그래도 어디서 자꾸 물이 새는지 벽지가 죄 곰팡이 슬었는데 도배 다시 해도 원인을 못 잡으면 또 그런다잖아. 그거 하느니 그 방에 사람을 안 받는 게 낫지.

이곳 주인 특유의 말 많음을 꾹 참으며 은지는 강경하게 말했다.

확인 한번 해주세요. 뭐가 자꾸 부딪치는 것 같으니까.

주인은 퍽 귀찮은 얼굴로 사물함을 뒤적여 열쇠를 찾았다. 주인이 일어나려던 순간에 때마침 전화가 왔고, 잠시 기다리라며 전화를 받던 주인은 통화가 길어질 모양인지 은지의 손에 열쇠를 쥐여주며 손을 저었다. 은지는 열쇠를 챙겨 혼자 옆방으로 갔다. 304호 문 앞에 잠시 우두커니 서 있다가 문고리에 열쇠를 꽂았다. 은지는 거기서 첫 번째 이상한 점을 느꼈다. 열쇠를 옆으로 돌렸을 때 으레 나는 달칵 소리가 나지 않았다. 이상하다고 느꼈지만 크게 신경 쓰지 않고 문을 열었다. 그리고 은지가 마주한 것은 꽉 찬 어둠이었다. 불을 켜지 않아 어둡다고 말할 수 없는, 복도의 빛이 어둠에 전부 흡수된 것처럼 문턱 너머의 코앞이 전혀 보이지 않는 완전한 어둠이었다. 그 순간 은지를 덮친 건, 보이지 않는 어둠 속의 정체를 알 수 없는 생명체가 나타날지도 모른다는 두려움이었다. 왜 그때 검은색 가면을 쓴 새가 떠올랐을까. 은지는 황급히 문을 닫았다. 그리고 곧장 주인이 나타나 은지를 밀어내고 문을 열었을 때는 곰팡이 슨 벽지가 보였다.

주인은 그 방에 아무것도 없다는 것을 확인시켜줬지만 그 뒤로 밤에 소리가 들리지 않은 것은 아니었다. 더욱이, 은지는 이제 옆방을 떠올릴 때마다 자신이 보았던 까만 공간을 생각할 수밖에 없었다. 어느 날 새벽, 소리가 나기 전에 눈을 뜬 은지는 옆방과 마주하는 벽 앞으로 다가갔다. 벽에 귀를 대고 눈을 감았다. 퉁! 하는 소리가 또 들렸고, 은지는 날아오다 벽에 부딪힌 저어새를 떠올렸다.

새벽에 깨는 일은 반복되며 습관이 되었다. 잠이 들었다가 눈을 뜨면 도로 잠이 들기가 힘들었다. 불을 켜지 않으면 아무것도 보이지 않는 방이었다. 어둠에 익숙해질 수 있는 한 줄기 빛도 들어오지 않는 곳이었으니까. 내일은 깨지 않으리라 다짐했다.

하지만 '내일'은 절대 올 수 없다는 걸 은지는 차츰 깨달았다.

수면제를 먹어보는 게 어때?

같이 카페에서 일하던 직원이 권유했다. 잠을 자지 못해 은지는 손을 자주 떨었다. 이명이 심해져 손님의 말을 잘 듣지 못할 때도 있었다.

은지는 고민하다 병원을 찾아가 약을 처방받았다. 하루는 깨지 않고 잠들었다. 하지만 이튿날부터 다시 깼다. 약의 개수를 함부로 늘리지 말라는 의사의 처방을 무시했다. 은지가 제곱으로 약을 복용하고 있을 때 비무장지대에는 글로벌 기업의 투자가 제곱으로 붙기 시작했다. 연구비 지원을 아끼지 않았고 그 구멍이 예수의 탄생만큼이나 인류 역사의 한 꼭짓점이 될 것이라고 믿어 의심치 않았다. 지리학자와 천문학자를 비롯하여 구멍에 관한 해결의 실마리를 잡을 수 있는 분야의 학자들이란 학자들은 전부 몰려들었다. 관광객들을 위해 만들어졌던 숙박시설은 어느새 학자들의 거처가 되었다. 프랜차이즈를 뒤이어서 식당들이 곳곳에 생겼다. 세계 각국의 전통음식을 전문으로 하는 식당들이었다. 대한민국의 최북단은 어느 순간 한국에서 이태원보다 더 이색적인 곳이 되었다. 사람들은 이색적인 맛을 느끼기 위해 철원으로 향했다. 은지 부모님의 가게를 찾는 손님도 있었지만 다른 식당에 비하면 눈곱만큼이었다.

상권이 활발해지자 가게 월세가 올랐다. 엄마는 은지에게 전화해 한탄했다. 듣고 싶지 않았지만 들어주는 게 자식의 도리 같아서, 은지는 이어폰을 꽂고 방에서 엄마의 전화를 받았다. 그 모든 말들이 은지에게는 결국 돈을 요구하지 말라는 무언의 압박처럼 느껴졌다. 엄마는 전화를 끊기 직전에야 나지막이 별일 없느냐고 물었다. 은지는 별일 없다고 대답했다. 엄마의 목소리가 옆방에서 들리는 것만 같았다.

은지는 그 방에서 나가기 위해 공부를 했다. 수면제를 먹고도 새벽에 퉁! 하는 소리에 눈을 뜨면 잠을 포기하고 책상에 앉았다. 다행히 다음 학기에는 성적을 되찾았다. 장학금을 받을 수 있었고 일한 돈을 모을 수 있게도 되었다. 그렇지만 돈은 은지의 통장에 오래 머물지 못했다. 가게 월세가 밀린 엄마가 도움을 요청했다. 은지는 조금만 더 이 방에 머물자고 다짐했다.

은지는 그 방에서 2년을 더 있었다.

장학금은 꾸준히 받았지만 가세가 일어설 줄 몰랐고, 조금씩 돈이 빠져나가다 보니 목돈이 모이지 않았다. 여전히 새벽이 되면 퉁! 하는 소리가 들렸지만 은지는 이제 그 소리를 신경 쓰지 않았다. 창 없는 3평짜리 방에 있으며 은지는 모든 감각이 둔해지는 것을 느꼈다. 나쁘지 않았다. 스트레스가 줄어든 것만 같았다. 대신 몸이 제 몸 같지 않다는 기분이 들기 시작했다. 공용 샤워실 거울에서 은지는 손가락을 이용해 억지로 입술 양 끝을 밀어 올렸다. 찰기 없는 반죽 같았다. 밀려 올라간 입술 끝이 굳어 내려오지 않았다. 은지가 눈을 깜빡였다. 다행히 환각이 사라졌다.

고시원에서 제공하는 김치는 한때 은지의 유일한 위로였지만 고시원 사람 중 한 명이 김치를 다른 접시에 덜어내지 않고 통째로 식탁에 올려놓고 먹는 것을 본 이후로는 더 이상 꺼내 먹지 않았다. 은지는 라면과 삼각김밥 하나를 사와 공용 주방에서 식사를 했다. 벽에는 TV가 걸려 있었다. 리모컨은 있지만 모두가 채널을 건드리지 않았다. 언제나 한 채널만 흘러나왔다. 은지는 그때 라면을 먹으며 구멍에 들어가는 최초의 우주비행사를 보고 있었다.

학자들은 구멍을 우주와 비슷한 공간으로 보았다. 어쩌면 시공간이 일그러져 생긴 지구 내의 응축된 우주일지도 모른다는 가설이었다. 가설을 뒤엎는 가설은 하루가 멀다 하고 발표됐지만, 진실은 아무도 모르기에 사람들에게 흥밋거리로 흘러갔다. 중요한 건 최초로 사람이 들어간다는 것이었다. 우주비행사에게는 두 개의 커다란 임무가 있었다. 하나는 미스터리의 단서를 알아 오는 것이고 또 하나는 몇 년 전 구멍으로 떨어져 실종된 학자들의 시신이라도 찾아오는 것이었다. 은지는 뉴스를 보다 때를 놓쳐 퉁퉁 분 라면을 먹으며 인터뷰를 지켜봤다. 저 구멍에 끝이 있을 거라고 생각하시나요? 기자가 비행사에게 물었다.

있겠죠. 우리가 갈 수 없지만 우주에도 끝이 있듯이요.

어떠한 기계도 구멍에 들어가기만 하면 고장 난다는 걸 알게 된 사람들은 쓸데없는 통신 장비 대신 선체를 끌어 올릴 수 있는 단단한 줄을 매달았다. 비행사는 벽차고도 비장한 얼굴로, 지면처럼 보이는 텅 빈 곳으로 내려갔다. 송신은 얼마 안 가서 끊겼다. 다음 날, 줄이 팽팽하게 당겨졌을 때 선체를 다시 천천히 끌어 올렸다. 사람들은 새해를 맞이하듯 비행사가 몰고 올 엄청난 미래를 기다리고 있었다.

하지만 안타깝게도 8시간 후에 지상으로 다시 나온 것은 아무것도 없었다. 강화 플라스틱으로 만들었던 끈은 끊어져 있었다. 실종자라 부르는 사망자가 한 명 더 추가되었다.

다음 날, 카페의 컵홀더가 저어새로 바뀌었다. 소중하게 되찾은 저어새를 다시 잃지 말자는 환경보호의 의미를 담은 캠페인이었다. 은지는 컵홀더를 테이크아웃 하는 손님의 일회용 플라스틱 컵에 끼워 내었다. 대부분의 손님이 컵홀더를 보지도 않고 커피를 가져갔다.

함께 일하던 직원이 은지에게 말했다.

어쩌면 지구의 오류가 아닐까?

말의 요점을 찾지 못해 은지가 직원을 쳐다만 보았다. 직원은 어제 방송되었던 뉴스를 휴대폰으로 틀어놓고 있었다.

신이 지구를 만들었던 프로그램의 한 부분이 꼬인 거지. 서버가 중첩되었거나 얽혔거나. 블랙홀도 어쩌면 그런 의미가 아닐까? 우주는 혼돈에 가까우니까 자주 생기는 거고. 그러다가 지구에 생긴 거지. 블랙홀처럼 정체를 알 수 없는 무언가가. 조금 특이한 형태로.

새…….

어?

새가 있었잖아. 거기에.

저어새도 일종의 오류인 셈이지. 그러지 않고서야 몇천 마리가 그곳에서 한 번에 나오는 게 말이 돼? 실종된 사람들도 오류가 난 다른 곳으로 나갔을지도 몰라.

'지구의 오류.' 은지는 종일 그 단어를 떠올렸다.

사람을 구멍에 넣어도 되느냐 마느냐로 의견이 팽팽했다. 학자들은 진실을 위한 희생이 불가피하다고 했지만, 인권단체에서는 그 누구도 진실을 위해 목숨을 잃을 수는 없다고 했다. 그것은 거짓된 진실이며, 진실을 찾고자 하는 욕망에 희생되는 것뿐이라고 덧붙였다. 하지만 지원자는 더 생겼다. 대체로 호기심이 많거나 영웅심이 뛰어난 비행사들이었다. 그들은 자신이 살아 돌아오지 못해도 좋다는 동의서를 썼다. 누군가는 자살과 다를 게 없다고 비난했다. 하지만 살아서 돌아온다면 인류의 영웅이 될 것은 분명했다. 많은 반대에도 불구하고 네 명의 지원자가 차례로 입성했지만, 영웅이 된 사람은 아무도 없었다. 그렇지만 모두가 돌아오지 못한 것은 아니었다. 딱 한 대의 비행선이 지상으로 다시 돌아왔다. 미군 특수부대 출신의, 곰을 만나도 살아남을 정도로 건장한 사람이 탄 비행선이었다. 비행선이 녹슬긴 했지만 상태도 양호했다. 사람들은 환호하며 비행선으로 달려갔다. 그날 지구에서 축제가 벌어질 수도 있었다. 그가 하루 만에 백골이 되어 돌아왔다는 사실이 드러나기 전까지는.

국제사법재판소에 가맹국과 비가맹국이 모여 이 문제를 두고 격렬히 토론했다. 발전을 위한 희생을 두려워하지 말자는 의견과 그럼 네가 들어가라는 말이 오갔지만 결과적으로 더는 희생시킬 수 없다는 쪽이 강력했다. 국제사법재판소의 판결은, '국가가 공권력을 이용해 구멍에 사람을 넣을 수 없다'라고 정리되었다. 하지만 여기에도 예외는 존재했다. 미국의 한 IT 대기업의 대표가 막대한 거액을 걸고 자원자를 모집한 것이다. 딱 다섯 명을 뽑는다는 공고였다. 살아서 돌아왔을 시 자신의 회사에 취업할 기회와 평생 혜택을 내걸었고, 돌아오지 못한다 하더라도 생명 값으로 300만 달러를 보상한다는 내용이었다. 지원자의 조건에는 만 20세 이상 60세 이하라는 조건만 있을 뿐, 성별과 국적, 학력 따위는 아무 필요 없었다. 전 세계인을 대상으로 한 서바이벌이 열린 것이다.

대표는 국제사법재판소로 소환되었지만 그를 제재할 명목은 없었다. 그는 국가의 권력이 아니었다. 더욱이 인류 앞에 나타난 미스터리를 풀기 위해 자원하는 사람들에게 그에 상응하는 보상을 주겠다는데 무슨 문제가 있다는 말인가? 여기에는 강압적 요소라곤 조금도 없었다. 오히려 자격 미달로 구멍 근처에 가보지도 못했던 사람들에게 기회를 주는 거나 마찬가지였다. 이에 자원하고자 하는 사람들은 사법재판소 앞에 모여 재판장들을 향해 강력하게 항의했다. 자신들에게 기회를 달라는 문구가 적힌 피켓을 들고 시위했다. 공판은 오래가지 못했고 법원 쪽이 백기를 들었다.

나도 저기 지원이나 해볼까 봐.

같이 일하던 직원이 그렇게 말해서 은지도 알았다. TV 프로그램의 기자는 젊은 청년들이 무서운 줄 모르게 이 미친 서바이벌에 덤벼든다며 혀를 찼다.

이렇게 살아봤자 떨어지는 건 좆도 없는데 괜찮은 도전 아니야?

은지는 아무런 대답도 못 했다. 전날 먹은 수면제가 지나쳤는지 온종일 정신이 몽롱했다. 은지는 약효가 떨어지던 그날 밤에서야 직원이 했던 말을 곱씹으며 모집 기사를 읽었다. 300만 달러면 얼마인 거지. 환율에 약해 인터넷에 검색한 후에야 은지는 입을 틀어막으며 놀랐다. 지금 당장에 자신이 죽는다고 해도 절대 얻을 수 없는 돈이었다. 살아생전에 가능한 돈도 아니었고. 심지어 돌아왔을 시에는 어떻게든 저 세계적인 대기업에 취직을 할 수 있다지 않은가. 은지는 편의점에서 당일 떨이로 파는 빵과 우유를 마시며 모집 요건을 읽어 내려갔다. 그렇지만 결국 돌아오지 않으면 아무 소용없다는 이야기가 아닐까…….

또다시 퉁! 하는 소리에 깼을 때 은지는 출구가 없는 건 이곳도 마찬가지란 생각이 들었다. 도전하는 쪽은 인생을 역전시킬 기회라도 있다. 누가 아는가, 그 기회를 은지가 쟁취하게 될지.

은지는 그날 새벽 지원서를 작성했다. 가족의 동의서가 필요했지만 은지는 적당히 부모님의 사인을 흉내 냈다. 은지는 괜찮아, 괜찮아, 그렇지? 어차피 지원한다고 다 되는 것도 아니잖아, 하고 중얼거렸다. 그러다 자신이 내뱉은 독백에 놀라 고개를 들었다. 형광등이 깜빡거리다 꺼졌다. 빛하나 들어오지 않는 방은 완전한 어둠이었다. 은지는 더듬거리며 침대 위에 있을 휴대폰을 찾아갔다. 은지는 다섯 걸음을 걷고 이상한 것을 깨달았다. 은지가 사는 방은 세 걸음 이상 걸을 수 없는 공간이었다. 은지는 우두커니 자리에 섰다. 아무것도 보이지 않았다. 사물의 경계도 느껴지지 않았다. 은지는 문득 속이 울렁거려 그 자리에서 먹은 걸 게워냈다.

며칠 후 은지는 결국 부모님에게 지원서를 들켰다. 지원서에 적은 정보로 연락이 간 것이었다. 은지는 엄마에게 지원자가 얼마나 많은데 자신이 뽑히겠느냐고 말했다. 덧붙여 지원한 경력이 나중에 취업할 때 가산점이 될 수 있다는 소문이 자자하다고도 했다. 거짓말이었다. 은지는 그런 말 따위 들어본 적 없지만 철원에 있는 부모님이 이 사실을 확인할 수는 없을 터였다. 부모님은 탐탁지 않아 했지만 '취업'이라는 말에 수긍하는 듯했다. 그래, 요즘 스펙이 다 거기서 거기라는데 그런 거 하나 있으면 특별하고 좋지.

같이 일하는 직원은 지원서를 넣지 않았다. 막상 쓰려고 하니 자살하러 가는 기분이 들었다고 했다.

서류 심사 후에 2차 심사가 열렸다. 2차 심사 장소는 구멍이 있는 한국이었다. 서류 합격 문자가 왔을 때 은지는 문자가 신종 보이스피싱이 아닌가 싶은 의심을 했다. 하지만 별도로 돈을 입금해야 한다는 안내가 없었기에 두 번째로 의심한 것은 인신매매였다. 2차 합격자들은 별도로 적합성 시험을 보기 위해 합숙을 한다고 했으니 은지로서는 타당한 의심이었다. 그러다 문득 은지는 자신에게 성큼 다가온 기회를 마음껏 즐기지 못하고 의심부터 하는 제 모습이 안쓰러웠다. 불쑥 찾아오는 기회들을 어쩌다 의심부터 하게 되었을까. 심지어 목숨을 담보로 한 기회인데. 그것마저도 은지는 거짓일까 봐 두려워하고 있었다. 걱정도 궁핍의 일부처럼 느껴졌다. 그래서 걱정을 그만두었다.

뉴스를 통해 보도된 내용에 따르면 1차 지원자는 총 1만 명이었고 2차 합격자는 3천 명이었다. 전 세계인들을 대상으로 열었던 서바이벌치고 지원자가 초라할 정도로 적었다. 대표는 '이럴 줄 알았다'고 입을 열었다. 자신의 예측이 맞았다고 했다.

아무리 많은 돈이 걸려 있다고 하더라도 결국 사람들은 그 쇼에 뛰어들기보단 관객이기를 원하겠죠.

서류 심사를 통과해 2차 심사를 보기 위해 합숙해야 했던 은지는 그날 저녁, 점장님에게 연락해 일을 그만둔다고 말했다. 같이 일했던 분한테는 알려주지 마세요. 그냥 그만둔다고 해주세요.

2차 적합성 검사는 심층 인터뷰와 함께 몇 가지 시험을 통과하기만 하면 됐으며, 그 시험들은 고강도의 체력을 요구한다기보다 어쩌면 그보다 더한 정신력을 요했다. 캄캄한 밀실을 오래 버티는 것도 그중 하나의 시험이었다. 다른 건 몰라도 고시원에서 살아온 세월이 얼만데, 은지는 그것 하나만은 자신이 있었다.

하지만 지원자 대부분은 심층 인터뷰에서 떨어졌다. 질문자의 단호하고 냉혈한 말투가 단단하다고 믿고 있던 참가자들의 마음을 흔든 탓이었다. 울면서 나가는 사람도 있었고 제정신이 아니었다고 한탄하는 사람도 있었다. 뽑힌 3천 명의 사람들은 두 명이 한방을 썼는데, 은지와 함께 방을 썼던 여자도 심층 인터뷰 후 도전을 포기했다. 방을 쓰는 내내 서로의 이름조차 묻지 않았던 사이였는데 여자는 짐을 다 싼 후 방을 나가기 전에 은지에게 말했다.

당신도 기회라고 생각하셨죠?

은지는 별말 없이 여자만 쳐다봤다.

얼른 깨달으셨으면 좋겠어요. 기회가 아니에요. 돌파구인 줄 알았겠지만 결국 또 다른 터널에 지나지 않아요.

여자는 그러고 방을 나갔다. 여자의 가방은 저어새가 그려진 에코백이었다.

은지는 질문자의 말이 밀폐된 용기 안에서 윙윙거리는 소리처럼 들렸다. 말은 타격감이 없었고 현실감도 없었다. 머릿속에는 여자가 말한 '터널'이라는 단어만 맴돌았다. 산을 넘지 못해 터널을 지나는 새를 생각했다. 산을 넘지 못하는 이유는 밀렵꾼을 피하기 위해서이다. 하얀 깃털의 새는 컴컴한 터널에서 마주 오는 열차에 정체가 들킬까 봐 검은색의 가면을 쓴다. 은지는 그 새가 날아오는 순간까지 생생하게 상상했다. 납작한 부리가 은지의 이마를 뚫기 전에 정신을 차렸다. 질문자가 은지의 답을 기다리고 있었다. 은지는 그전까지 자신이 무슨 대답을 했는지 기억나지 않았다. 하지만 인터뷰는 거의 막바지에 이르고 있었다.

돈이 커서요. 그래서 지원했어요.

구멍 밖으로 돌아오지 못하면 돈은 아무 소용도 없잖아요. 밖에 계속 있는다고 해서 그만한 돈이 생기지도 않잖아요. 후회는 안 하시나요?

으음, 잘 모르겠어요. 아직은 안 해요.

드시고 계신 약이 있으신가요?

⋯⋯아니요.

거짓말은 아니었다. 혹시나 소지품 검사를 할까 봐 짐을 챙길 때 약을 두고 왔으니까. 하지만 은지는 이곳에 온 후로 약을 두고 왔다는 걸 잊을 만큼 깊은 잠에 빠졌다. 방의 문제였을 거라 생각했다. 잠시 지내는 이 숙소에는 적어도 창문이 있고 열 걸음 정도 걸을 수 있는 공간이 있었다. 은지는 이곳에 있는 동안 침대에 누워 깊게 숨 쉬는 걸 반복했다. 잊고 있던 감각이 돌아오는 듯했다. 살아 있다는……. 오래가지는 않았다. 이곳에서 나가면 다시 그곳으로 돌아가야 한다는 걸 알고 있었기 때문이다.

은지는 생각보다 오래 버텼고 또 잘 버텼다. 일각에서는 지원자들의 최종 승률을 두고 돈이 오가기도 했다. 은지에게도 어느 순간 몸값이라 부를 만한 가치가 생겼다. 은지를 응원하는 사람이 생겼고 구독자가 없던 SNS에는 팔로워가 기하급수적으로 늘었다. 아이돌이 된 것 같았다. 하지만 그 기분이 즐거움으로 연결되지는 못했다. 여기서 떨어지면 끝나는 인기인 걸 알아서였다. 사람들의 관심은 폭죽처럼 느껴졌다.

지원자 3천 명이 1천 명으로 그리고 5백 명 이하로 떨어지는 데에는 한 달이 채 걸리지 않았다. 탈락한 이들도 있었지만 대부분은 참가자 스스로 포기했다. 장난삼아 지원했기에 이쯤에서 물러난다는 사람도 있었고 진심으로 지원했으나 이곳에서 하루씩 죽어간다고 생각하니 삶에 욕심이 생겼다는 사람도 있었다. 어쨌든 그들을 포기하게 만든 건 '살고 싶다'는 욕망이었다. 또다시 진행된 심층 인터뷰에서 질문자가 물었다.

나가고 싶다는 생각은 없으신가요?

은지는 그 질문이, 살고 싶은 생각이 '아직' 없느냐는 것처럼 들렸다. 살고 싶다는 건 무엇일까. 여태껏 살고 싶다고 생각해서 살아온 하루가 있었던가. 살아 있기에 살아지던 하루는 아니었을까. 은지는 처음 만나는 욕망이 낯설었다. 살고 싶다는 것이 무엇을 포함하고 있는지조차 가늠되지 않았다. 살아야 한다는 게 은지가 있던, 창 없는 고시원으로 돌아가야 하는 거라면, 은지는 살고 싶지 않았다. 더 정확하게는 '그렇게' 살고 싶지 않았다.

부모님은 언제까지 있을 거냐고 물었다가, 안전하게 돌아올 수 있다는 은지의 말에 얼버무리며 넘어갔다. 그날 밤, 은지는 부모님에게 자신이 내뱉은 어설픈 거짓말을 떠올렸다. 정말 속았을까? 그 구멍에 들어가도 살아 돌아올 수 있다는 말을 부모님은 믿었을까? 아니면 점점 높아져가는 우승의 확률에 밤마다 설레서 잠을 뒤척이고 있는 것은 아닐까.

은지는 포기하지 않았다. 우승에 가까워질수록 그 속에 들어가도 살아나올 수 있을 거라는 기묘한 확신이 생겼다. 그리고 그 확신이 은지를 마지막 5인 중 하나로 만들었다. 사람들은 구멍 속에서 저어새처럼 인류가 잃어버린 무언가가 다시 나오기를 바랐지만, 은지의 비행선이 구멍으로 들어갈 때까지 그 안에서는 어떠한 것도 나오지 않았다. 떨리

거나 기쁘거나, 후회하거나 암담하지 않았다. 은지를 포함한 다섯 명의 정예요원은 하루에 한 명씩 구멍으로 들어갈 예정이었다. 다섯 명의 국적은 각기 달랐고 나이도 거의 겹치지 않았으나 유일한 공통점은 표정이 비슷하다는 점이었다. 항간에서는 은지를 향해 구멍을 소유한 나라의 국민이라 불공정하게 뽑은 것이 아니냐는 비난이 일기도 했으나 다섯 명의 사람들이 한자리에 모였을 때, 그러니까 그들의 표정이 소름 끼칠 정도로 비슷함이 드러나자 비로소 은지를 향한 비난이 멈췄다.

그리고 또 시간이 흘렀다. 다섯 명 중 한 명이 결국 포기를 선언했다.

은지는 결정에 번복이 없었다.

결정을 번복할 만한 이유가 있어야 하는데 생각나지 않았다. 컴컴한 3평짜리 방과 가게의 월세와 나아질 것 같지 않은 미래만이 은지가 가진 전부였다.

올림픽 경기를 연상시키는 듯한 관중이 한반도 최북단에 모여들었다. 순서를 뽑기 전, 은지는 부모님과 통화했다. 부모님은 한동안 아무 말이 없다가 보상금이 3만 달러인지 30만 달러인지 물었다. 은지는 300만 달러라고 대답했다. 부모님은 한참을 머뭇거리다가 '그렇구나.'라고 대답했고 또 한참을 머뭇거리다가 사랑한다고 어영부영 말하고는 전화를 끊었다. 만약 부모님이 울었다면 은지는 스스로가 포기했을지에 대해서도 생각했다. 그 답은 '아니'였다. 그런 생각도 들었다. 해준 게 뭐가 있다고, 해줄 게 뭐가 있다고.

은지의 순서는 첫 번째였다.

다행이었다. 앞의 참가자가 돌아오지 못하는 걸 한 번이라도 목격하고 나면 그때 가서 포기할지도 몰랐다.

은지가 탄 비행선의 크기는 은지가 머물렀던 방의 크기와 비슷했다. 산소탱크와 비상 탈출구에 관해 설명해줬지만 귀에 들어오지 않았다. 속이 울렁거렸다. 수면제를 많이 먹어 속을 붙잡고 웅크렸던 침대가 떠올랐다. 출발하기 전, 기자들이 은지에게 하고 싶은 말이 무엇이냐고 물었다. 카메라 수백 대가 은지를 향해 있었다. 그제야 은지는 부모님을 초대하지 않은 것을 조금 후회했다. 잠시 미간이 구겨지는 슬픔을 한 모금 삼켜내고, 전 세계로 동시 송출되는 카메라들을 향해 입을 열었다.

"……아가고 싶지 않습니다."

은지는 산소가 주입되는 검은색 마스크를 코와 입이 가려지도록 쓰고는 비행선에 앉아, 신이 체크하지 않은 땅 밑으로 가라앉았다.

은지가 구멍으로 들어가고 난 뒤, 은지가 한 말은 각국의 방송사마다 다르게 번역되어 송출되었다. 어느 곳에서는 돌아가고 싶지 않다고 번역했고 또 다른 곳에서는 들어가고 싶지 않다고 번역되었다. 돌아가고 싶지 않다는 것인지 들어가고 싶지 않다는 것인지 의견이 분분했으나 너무도 작게 웅얼거린 은지의 말을 정확하게 판독할 수 있는 사람은 세상에 없었고, 그 말을 내뱉은 은지도 이제 없었다.

구멍으로 들어간 네 사람 중 돌아온 사람은 아무도 없었고, 그로부터 며칠 후 구멍은 사라졌다. 그곳은 다시 평평한 땅이 되었다. 사람들은 미스터리를 풀지 못한 채 사라진 구멍에 대해 아쉬움을 내비쳤지만 그것도 잠시였고, 미국의 한 프로그램에서 지질학자가 나와 "언제 어디서 다시 생길지 모른다."라는 말을 내뱉어 사람들을 공포로 몰아넣었다. 사람들은 땅을 두려워했다. 걷는 것을 무서워했다. 바다로 돌아가야 한다는 사람도 있었다. 사람들은 외출을 거부했고, 모든 일은 자택에서 이루어졌으며 땅으로부터 떨어진 하늘 도시를 짓기 시작했다. 땅과 제일 먼저 떨어질 수 있던 사람들은 돈이 많은 사람들이었다. 은지의 부모님은 300만 달러를 전부 그곳에 투자했다. 그렇게 인간들이 점점 하늘로 올라가는 동안에도,

은지는 죽지 않고

밑으로,

밑으로,

내려가고 있었다.

밑으로 내려가는 것인지 앞으로 나아가는 것인지 구분가지 않았지만 느리게 떠내려가는 비행선은 고요하고 편안

했다. 은지는 옅게 잠들었다 깨기를 반복했다. 나머지 사람들도 뒤이어 들어왔을까. 하지만 뒤를 돌아도 어둠뿐이었다. 후발주자 따위는 기척도 느껴지지 않았다.

시간이 흐를수록 선체의 기계들이 하나씩 꺼지기 시작했다. 제일 마지막에 꺼진 것은 건전지로 된 시계였다. 이제 시간이 얼마나 흘렀는지조차 알 수 없게 되었다.

검은색 마개를 쓰고 잠들었던 은지는 펄럭이는 소리에 눈을 떴다. 저어새 한 마리가 날아가고 있었다. 환각인지 아닌지 구분되지 않았고, 구분할 필요도 없다고 느꼈다. 공기가 없을 텐데 어떻게 날아가고 있는 거지, 라고 생각하는 순간 새가 끼고 있는 검은색 마개가 보였다. 그러니까 그게 저어새의 검은 얼굴과 부리가 아니라 처음부터 검은색 마개였던 것일까. 은지는 멀어져가는 새를 멍하니 바라보았다. 저기로 가면 출구가 있는 걸까. 저 새는 어떻게 들어왔고 어디로 날아가고 있는 것일까. 그리고 그 순간 퉁! 하고 선체가 무언가에 부딪혔다. 퉁, 투둥. 툭. 선체는 앞으로 더 나아가지 못하고 그곳에 멈췄다. 은지는 숨을 크게 몰아쉬다가, 탈출 버튼을 눌렀다. 아래로 문이 열렸다.

은지는 검은색 마개를 낀 채로 선체에서 나왔다. 바닥이 있었다. 밟고 설 수 있었다. 은지는 순간 구토가 밀려 나와 마개를 빼고 속을 게워냈다. 숨이 쉬어졌다. 마개를 뺐는데도.

은지는 이제 이 공간이 무엇인지 알 수 없어졌다. 제대로 들어온 것이 맞는지도 확신할 수 없었다. 손으로 더듬으며 벽을 따라 걸음을 움직였다. 선체를 잃어버릴까 봐 잠시 걱정했지만 부질없는 걱정이라는 걸 깨닫고는 성큼성큼 나아갔다. 그리고 은지는 그곳에서 문을 발견했다. 이것도 신이 만들어놓은 조잡한 탈출구일까. 은지는 손잡이를 매만졌다. 은지가 살던 고시원과 똑같은 손잡이였다. 숨을 내쉬며 오래도록 그 앞에 서 있었다. 이곳으로 온 지 얼마나 흘렀을까. 이 문을 열고 나가면 어디로 이어져 있을까. 돌아간다면 세계에서 가장 유명한 IT 기업의 직원이 될 수 있는 것일까. 하지만 아무것도 확신할 수 없었다. 시간이 많이 흘렀을지도 모른다는 두려움보다 아무것도 바뀌지 않았을지도 모른다는 두려움이 더 컸다.

은지는 한참 동안 서 있었지만 문을 열지 않았다.

마지막 드라이브

메타세쿼이아 나무가 우거진 한적한 숲길을 가로지른다. 빌딩처럼 높게 치솟은 나무 사이로 오전의 아침 햇살이 살을 가르듯 파고든다. 이른 새벽에 옅은 비가 내렸는지 흙과 들꽃이 축축하게 젖어 있다. 덕분에 하늘은 쾌청하다. 차는 시속 58킬로미터로 서행 중이다. 조수석에 앉은 델리가 창문을 연다. 바람이 머리카락 몇 가닥을 조금 흔들 정도로만 불어온다. 창문 밖으로 고개를 내밀어 하늘을 내다보던 델리는 웃음을 머금은 채 라디오를 튼다. 쳇 베이커의 '블루룸(blue room)'이 흘러나온다. 그들은 익히 아는 멜로디가 들리자마자 약속이나 한 듯 노래 가사를 흥얼거린다. 언제 이 노래를 들었던가. 기억을 더듬으려 했지만 머릿속이 뿌옇게 흐려져 곧장 포기한다. 지금 중요한 것은 이 노래를 언제 또 들었는지 기억하는 일이 아니다. 그런 생각으로 이 행복한 순간을 소모하고 싶지 않다. 델리가 행복하게 웃는다. 뒷좌석에는 피크닉에 필요한 빨간색 체크무늬 매트와 햇빛을 가려줄 그늘막, 그리고 간단히 배를 채울 요깃거리가 있다. 이제 목적지까지 얼마 남지 않았다. 차는 일정한 속력으로 목적지를 향해 달려간다. '어떤' 기시감이 덮쳐오지만 마찬가지로 그게 무엇인지 진중하게 고민하지는 않는다. 그저 이 시간을 즐기려고 한다. 그 순간 귀를 관통하는 커다란 경적 소리가 전방에서 들이닥친다. 대형 화물트럭이 그 좁은 숲길을 비집으며 빠른 속도로 달려오고 있다. 브레이크가 고장 났는지 운전자는 겁에 질린 표정으로 클랙슨을 정신없이 누른다. 델리의 비명이 잇따른다. 길 양옆으로는 메타세쿼이아 나무가 철창처럼 버티고 있다. 도망갈 길이 없다. 델리의 손을 꽉 잡는다. 델리의 어깨를 감싸 안고 얼굴을 자신의 품 안에 넣는다. 충돌을 감지한 센서가 사방에서 에어백을 터뜨리고, 그 순간 시속 84킬로미터로 달려오던 대형 트럭과 정면으로 충돌한다.

✳

스크린이 꺼지고 스튜디오가 환해졌다. 앞범퍼가 산산

이 조각난 자동차를 향해 대기하고 있던 엔지니어들이 뛰어갔다. 한나는 모니터 수십 대가 늘어선 관측실에 있었다. 모니터에 찍힌 충격 측정 시험 결과를 유심히 보았다. 두개골, 좌측 어깨뼈와 빗장뼈, 엉덩뼈를 비롯하여 총 23곳의 감지기에 신호가 들어왔지만 어깨뼈의 탈골을 제외하고는 전부 가벼운 찰과상 정도로 관측되었다. 1차 측정에 비하면 다시 태어난 것과 다름없는 결과였다. 한나는 측정 과정과 결과를 가상 충돌 시뮬레이션으로 돌려놓으라고 연구원에게 지시한 후 검사실을 빠져나왔다. 엔지니어들이 부서진 차 안에서 더미와 델리를 빼내느라 바빴다. 종잇장처럼 구겨진 차체를 들어 올린 후에 빼내야 피부상해까지 정확하게 측정할 수 있었다. 한나는 자동차로부터 몇 걸음 떨어진 곳에서 걸음을 멈추었다. 조금씩 몸을 드러내는 더미와 델리는 두 손을 꼭 맞잡고 있었다.

한나는 벌써부터 걱정이었다. 마지막 측정 시험을 앞두고는 더미에게 델리와 보낼 수 있는 하루를 선물하겠다고 약속했다. 그런 약속이 '밥 한번 먹자'는 인사치레 정도로 전락한 인간들 사이에서는 적당히 말의 경중을 파악하고 넘어갈 수 있으나 이 안드로이드에게는 달랐다. 한나는 말하자마자 아차, 싶었지만 흘린 말을 주워 담을 수 없었다. 이미 저 안드로이드의 기억체계에는 한나의 말이 박혔을 것이고, 박힌 문장은 시스템을 만져 지우지 않는 이상 조사

하나까지도 변하지 않을 것이다. 물론 그 방법도 쓰려면 쓸 수 있었다. 그리 어려운 일도 아니었다. 입력어 몇 번이면 그 대화를 세상에 없던 것처럼 만드는 것도 가능했다. 하지만 한나는 어쩐지 그렇게 하고 싶지 않았다. 더미가 원하는 건 고작 델리와의 하루였다. 그것도 시스템이 가동되지 않으면 더미처럼 말을 하거나 움직일 수도 없는, 외피뿐인 델리와의 '사고가 없는 하루' 말이다. 그게 뭐가 어려운 일이라고.

더미는 유일한 '더미(dummy)'였다. 자동차 가상 충돌 테스트가 상용화되며, 한때 활발하던 더미의 생산이 한동안 중단되었다. 더 큰 기술이 더미의 자리와 직장을, 그리고 존재 자체를 앗아 간 셈이었다. 그랬던 더미가 다시 운전대에 앉게 된 것은 올해 초였다. 그것도 이전 더미와 달리 인공지능을 탑재한, 더 엄밀히 말하자면 조수석에 앉은 '델리'를 사랑하도록 만들어진 하이브리드 6세대의 유일한 더미로.

더미를 다시 깨우게 된 건 지난해 크리스마스 때 참혹한 사고가 일어나서였다. 기상이변으로 한동안 내리지 않았던 눈이 신의 선물처럼 크리스마스에 맞춰 내렸으나 그마저도 함박눈은 아니었다. 썩 로맨틱하지 않은 진눈깨비가 쌀알처럼 서울 한복판에 툭툭 떨어졌고, 눈은 오후가 되자 뚝 떨어지는 기온과 함께 빙판길로 바뀌었다. 당국은 시민들에게 곳곳에 빙판길이 있으니 자동주행모드에서도 되도록 운전대를 붙잡고 있으라고 권고했다. 그 정도만으로도 빙판길 교통사고는 충분히 예방할 수 있었으며, 설령 사고가 난다고 하더라도 사망자는 나오지 않을 거라는 건 모두가 예측 가능한 미래였다. 최근 5년간 교통사고 사고 건수는 1년에 40건을 넘기지 않았고, 사망률은 1.4퍼센트 정도였다.

40퍼센트의 운전자가 자동주행자동차를 몰았으며, 자동주행자동차에는 자동주행모드를 포함하여 사고 예측 시스템이 포함되어 있었다. 이는 자동차가 추돌 가능성을 감지하고, 그 확률이 70퍼센트를 넘기는 순간 추돌의 방향과 충격치를 계산하여 직접적인 추돌이 일어나기 직전에 에어백을 터뜨리는 방식이었다. 지난 20년간 일어났던 사고의 모든 경우의 수를 데이터베이스에 집어넣어, 사고가 일어날 수 있는 모든 예상 범위의 시뮬레이션을 자동차에 주입했고 이로 인해 사망자는 대폭 감소했다. 바야흐로 역사상 가장 안전한 도로의 시대가 당도했다고 해도 과언이 아니었다.

이 모든 게 지난 크리스마스 때 무너졌다. 빙판길에서 시속 60킬로미터로 달리던 승용차가 마주 오던 화물 트럭과 정면 추돌을 한 사고였다. 자동주행이 가능했던 자동차였으므로 자동차는 추돌 가능성을 감지하자마자 에어백을 터뜨렸다. 하지만 운전자는 사망했다. 구겨진 차체의 뚜껑을 열자, 그 안에는 조수석으로 몸을 아예 틀어, 상대방을 감싸

안은 운전자가 있었다. 에어백은 적재적소에 터졌지만, 몸을 틀어버린 운전자를 보호해주지 못했고, 운전자는 그대로 천장과 전면 유리에 머리를 부딪치며 사망했다. 두 사람은 손깍지를 끼고 있었다. 자동차는 모든 것이 완벽했으나 딱 하나를 예측하지 못했다. 운전자와 조수석의 관계였다.

과학기술부는 그제야 결코 줄어들지 않는 사망률 1.4퍼센트 속 사망자들의 관계를 뜯어보기 시작했다. 거기에는 예측 범위 밖에 있던 좌석 간의 관계가 있었고, 더 깊숙이는 감정이 있었다. 간과한 부분이기는 했으나 놀라운 결과는 아니었다. 감정은 때로 전쟁을 일으키게 했고, 때로 인간을 불가능에 도전하게도 했다. 그것이 결단코 옳기만 한 방향은 아니겠으나 어쨌든 감정은 인류의 멱살을 쥐고 미래를 향해 나아갔다. 그러니 기술이 다시 한 번 감정을 앞서나가야 할 순간이 온 것뿐이었다.

'관계 예측 추돌 테스트'는 그렇게 올해 초, 잠들어 있던 한 대의 더미를 깨우며 시작되었다. 인체 모형 충돌 실험체라는 기능에 추가된 것은 '조작된 감정'이었다. 더미는 '델리'라는 이름을 가진 또 다른 더미를 사랑한다. 그렇게 만들어졌다. 안타깝게도 더미가 사랑하는 델리는 더미의 조작된 기억 속에서만 움직인다. 매번 같은 장소를 드라이브하며 정해진 시간에 사고가 난다. 더미는 그때마다 델리를 보호하기 위해 필사적으로 몸을 날린다. 차가 종잇장처럼 구겨지면 시뮬레이션이 종료되며 메타세쿼이아 나무도 햇빛도 바람도 없는 사각형의 콘크리트 벽으로 돌아온다. 그렇게 전원이 꺼지면 델리를 사랑하는 더미의 역할도 끝이지만, 더미는 시뮬레이션 밖에서 움직이지 않는 델리 역시 사랑한다. 적어도 한나가 보기에는 그랬다. 그러니 더미에게 델리와 데이트를 즐길 수 있는 하루를 주겠다는 어처구니없는 약속을 했지.

한나는 기술연구소 안전성능 시험의 책임 연구원이었다. 인공지능 더미를 만들어 사랑을 느끼게 하자는 것도 한나의 아이디어였다. 그 다양한 관계를 단순히 '사랑'이라는 감정으로 묶을 수는 없다고 생각하면서도 그 모든 것을 아우르는 감정이라면 사랑뿐인 듯했다.

150번의 측정 시험을 계획했고, 오늘로 149번째 시험이 종료됐다. 더미는 지금까지 총 149번의 다양한 자세로 델리를 향해 몸을 던졌다. 정면충돌, 부분정면충돌, 측면, 후면, 도로의 구조물과의 충돌 등등 벗어날 수 없는 반복된 사고 속에서 더미는 단 한 번도 델리를 내팽개치지 않았다. 자신이 살기 위해 운전대를 돌리지도 않았다. 어느 순간에서나 델리의 손을 잡고 몸을 날렸다. 더미는 척추가 나가고, 두개골이 깨지고, 골반이 틀어지고, 척추 뼈가 부러지고, 어깨가 나가는 순간에도 델리를 끌어안았다. 더미가 델리를 지키기 위해 행동하는 모든 움직임을 기록하고 측정

했다. 그것을 토대로 언젠가 사망률 0퍼센트라는 기적에 도달하리라.

더미는 어깨가 탈골된 상태로 차가운 철제 책상 위에 눕혀졌다. 천장의 백색 조명을 응시하던 더미는 한나가 다가오자 고개를 돌렸다. 더미는 가장 먼저 델리의 상태를 물을 것이다. 그 순서를 외워둔 한나가 선수 쳐서 입을 열었다.

"델리는 괜찮아. 조금 망가졌지만 금방 고칠 거야."

하지만 더미의 입에서 나온 말은 전혀 다른 질문이었다.

"오늘이 149번째 시험 맞나요?"

한나는 질문의 의도를 곧바로 파악했다. 더미는 이번에도 역시 한나가 먼저 선수 쳐서 말해주기를 바라는 듯 쳐다보고 있었다. 실제로 더미가 그러기를 바라고 있는지는 알 수 없었다. 그저 한나가 '더미가 그러기를 원한다'고 생각할 뿐이었다.

"어디를 가고 싶은데?"

한나는 고민하다가 질문을 피하지 않기로 마음먹었다. 대답하려고 입을 열었던 더미는 다가오는 엔지니어를 보고선 입을 다물었다. 한나는 법칙처럼 엔지니어에게 말을 걸 것이다. 149번째 맞이하는 상황이었으므로, 더미 역시 다가올 상황을 예측할 수 있었다.

엔지니어가 뭉개진 더미의 팔을 교체하기 위해 접합 부위의 인조 피부를 칼로 갈랐다. 피 한 방울 나지 않는 절개이지만 그 질감은 인간 피부와 다를 게 없었다. 한나가 미간 사이를 찌푸렸다.

"수리는 얼마나 걸릴 거 같아?"

한나가 물었다. 직원은 더미의 상태를 눈대중으로 살피더니 대답했다. "30분 정도요." 평소보다 긴 시간이었다. 생각보다 긴 소요시간에 한나가 반사적으로 되물었다. 탈골된 어깨뼈의 인조신경을 연결해야 하는 일이라 다른 때보다 시간을 많이 잡아서 그렇다는 엔지니어의 설명이 뒤따랐다. 엔지니어를 보채려고 했던 것은 아니었으므로 한나의 입에서 다급한 말이 튀어나왔다.

"아니, 괜찮아. 30분은 시간도 아니지."

엔지니어가 더미의 살을 마저 갈랐다. 한나는 그 모습을 오래 바라보지 못하고 눈을 돌렸다. 더미의 피부가 인조라는 것을 알고 있다는 것과는 상관없는 불쾌감이었다. 정작 더미의 표정은 평온했다. 그럴 수밖에 없었다. 더미는 여타의 안드로이드처럼 섬세한 표정변화를 필요로 하지 않았다. 더욱이 휴대폰의 인공지능처럼 부드럽고 다정한 목소리도 아니었다. 더미는 그저 사랑을 하고 있다고 착각하고 있는, 부자연스럽고 인위적인 로봇일 뿐이었다.

더미를 이토록 불완전하게 기획한 것도 한나였다. 더미는 인간들 속에 자연스럽게 섞여들거나 인간과 오래 공감해야 하는 존재가 아니었기에, 더욱이 사고를 끊임없이 반복해야 해야 하는 존재였기에 한나는 가급적 인간의 피부와 인체를 재현하는 것 외에 다른 부분은 인위적이기를 바랐다. 한나는 가끔 자신의 결정을 후회했다. 특히나 지금처럼 더미가 눈썹 한번 까딱이지 않고 대답할 때 말이다.

"그래서 어디를 가고 싶다고?"

"늘 가는 곳으로요. 델리와 함께."

한나는 난감해졌다. 더미가 말하는 '늘 가는 곳'이라 하면 시뮬레이션을 통해 재생되는 숲길을 말하는 것인데, 그곳은 가상으로 만들어진 곳이었다. 지구 어딘가에는 완벽히 일치하는 장소가 있을 수도 있겠으나 적어도 한나가 더미에게 허락할 수 있는 반경 내에는 존재하지 않았다.

엔지니어가 어깨를 경계로 도려낸 살가죽을 뒤집었다. 너덜거리는 살가죽의 단면은 젤리처럼 탱글탱글했다.

"거기는 못 가. 여기는 도시라 그런 곳으로 가려면 꽤 많이 나가야 하니까."

한나는 왜 더미에게 이런 설명을 덧붙이는지 스스로 이해할 수 없었다. 엔지니어도 마찬가지였는지 힐끔 한나를 쳐다보았다.

더미만이 그 상황을 어색하지 않게 받아들였다.

"제게는 도시에 관한 자료가 없어요. 정보를 넘겨주세요, 박사님."

한나는 그러겠다고 약속했다.

반대편 철제 침대 위로 델리가 올라왔다. 더미의 고개가 자연스럽게 델리를 향해 돌아갔다.

더미는 델리를 사랑하도록 만들어진 안드로이드였다. 신이 운명을 정해준 것처럼, 더미가 아무리 노력해도 바꿀 수 없는 절대적인 기본값이었다. 그랬기에 델리는 매력적이지 않았다. 매력적일 이유가 없었다. 상대방에게 잘 보이기 위한 최소한의 노력조차도 필요하지 않았다. 델리는 160센티미터 키에 60킬로그램 몸무게, 하이브리드 1세대의 초기 모델과 같은 외형에, 눈코입이 붙었을 뿐이었다. 눈에 가해지는 충격을 보기 위해 입체로 만들어준 더미의 '안구'와 전혀 다르게, 평면 위에 그려진 그림으로. 소리를 내지도 못하고 듣지도 못했다. 그렇게 만든 건, 대부분의 사고가 운전자에 의해 일어나며, 사고가 일어나는 순간 사고에 책임이 있다고 생각되는 운전자가 조수석에 앉은 사람을 지키기 위해 몸을 움직인다는 데이터에 따른 결론이었다.

그러므로 델리는 이전의 더미처럼 움직일 필요가 없었다. 델리는 주행 중 재생되는 더미의 시뮬레이션 속에서만 움직이고 말했다.

그런데도 더미는 델리를 사랑한다. 델리를 위해 149번째 몸을 날렸다.

✳

한나는 도시에 관한 정보를 더미에게 넘겼다. 어찌 됐건 명목이 '데이트'였으므로 최대한 데이트 장소들만 선별해 추렸다. 그러면서도 한나는 자신이 더미를 위해 왜 이런 짓을 하고 있는지 문득 의문이 들었다. 정말로 더미에게 미안해서 이러는 걸까? 델리를 사랑하게 만들어놓고 계속해서 절망을 느끼게 했다는 사실이? 하지만 이 문장에는 어폐가 있었다. 한나가 더미에게 미안함을 느끼려면 더미가 반복되는 사고에 절망감을 느껴야 하는데 더미는 절망감을 느끼지 않았다. 그렇다면 이 모든 행위는 한나가 스스로를 위로하기 위한 수단이자 변명일 뿐이었다. 마지막 시험을 남겨두고 곧 파기될 기계를 생각하며 슬픔을 느끼는 본인을 위한.

늦은 오후, 한나는 더미와 델리의 방을 찾았다. 연구소 직원들은 이 방을 신방이라고 불렀다. 하지만 한나는 더미와 델리에게 그런 식으로 의미를 부여하는 게 늘 께름칙했다. 다음 날이면, 혹은 며칠 후면 또다시 잔혹한 사고에 휘말려야 하는 신혼부부라니.

더미는 델리와 함께 소파에 앉아 있었다. 처음에는 아무것도 없는 휑뎅그렁한 방이었다. 하지만 밤새도록 방에 우두커니 서 있는 더미와 델리를 목격한 이후 그곳에 소파를

났다. 더미와 델리가 편하게 있도록 하기 위함이 아니고 그 둘을 바라보는 인간의 시선이 편하기 위한 소파였지만. 그러다 소파만 있는 방이 어쩐지 기묘한 분위기를 풍겨 자연스럽게 탁자가 생겼고, 그 탁자 위에는 작동되지 않는 TV도 한 대 두었다. 다른 직원이 짓궂게 액자를 하나 걸어두고 갔고, 또 어떤 직원은 밖에 있던 화분 하나를 두고 갔다. 그러다 보니 어느 정도 구색을 갖춘 방이 된 것이었다. 정말로 신방처럼.

더미가 고개를 돌려 한나를 보았다. 델리의 고개가 더미의 어깨에 닿아 있었다.

"보내주신 정보를 전부 살펴보고 있었어요. 정말 많군요. 그렇지만 다 비슷비슷해요."

다른 직원들은 더미와 델리에게 데이트할 하루를 주겠다는 한나를 보며 웃음을 터뜨렸다. 그렇게까지 할 필요가 있느냐는 것이었다. 생각보다 격렬하게 웃는 직원들의 반응에 한나는 당황했지만, 얼마 안 가 한나의 결정에 동의하는 직원이 생겼다. 뭐가 문제예요? 나도 안쓰럽기는 하던데. 그러자 곧 그곳에 있던 사람들 모두가 마음속에 뭉쳐두었던 감정을 툭툭 던져놓았다. 그러기 위해 만들어진 로봇에게 느낀 연민이 순식간에 태산처럼 쌓였다. 이래서 인간은 안 돼, 쓸데없는 거에 온갖 감정을 다 느끼잖아요. 누군가가 자조적인 말투로 말했다. 그러자 다른 직원이 웃으며 반박했다. 그게 뭐 어때서요, 뭐가 문제예요? 인간은 그 감정 하나로 여기까지 온 동물이라고요.

한나는 등받이 없는 플라스틱 의자를 더미 앞에 놓았다. 팔뚝까지 걷어 올렸던 베이지색 재킷 소매를 내렸다. 창문 하나 없는 이 방은 계절과 상관없이 언제나 냉랭했다.

"결정은 했어?"

한나는 자신의 질문이 우스웠다. 연인들이 자주 가는 데이트 코스만 보냈으니 답은 정해진 셈이었다.

"놀이동산. 영화관. 그리고 남산 야경요. 놀이동산이랑 남산은 연인들이 가장 많이 가는 곳이어서 골랐어요."

한나는 더미의 말을 듣고 저도 모르게 놀란 표정을 지었다. 기껏해야 한 군데 정도를 말할 줄 알았다. 그 사이에 식사 코스가 없다는 것이 뒤늦게야 다행으로 여겨졌다. 더미가 한나의 표정을 유심히 바라보다가 물었다.

"불가능한가요?"

아침부터 부지런히 움직인다면야, 더군다나 체력의 한계가 존재하지 않는 더미에게는 불가능한 일도 아니었다. 그렇지만 한나는 잠시 서울 도시를 활보하는 더미를 상상했다. 둘을 거리로 보낸다고 하더라도 정말로 둘만 내보낼 것은 아니었고, 아마도 한나나 다른 직원이 뒤에 붙을 테니 큰 변수가 있을 것 같지도 않았다. 안드로이드가 거리를 활보한다고 해서 관심 가질 사람이 있을 것도 아니고. 궤변

308

일 수도 있으나 한나는 곧 죽을 사람의 소원을 들어주는 듯한 심정이었다.

"불가능하진 않아."

"다행이네요."

한나는 델리의 이동수단을 걱정했다. 델리는 더미처럼 걸을 수 없었다. 델리가 이동하기 위해서는 하반신을 다른 안드로이드로 교체하거나 해야 하는데, 더미는 너무나도 간단하게 아무 문제도 되지 않는다고 말했다.

"제가 업고 다니면 돼요."

"힘들지 않겠어?"

한나는 반사적으로 되묻고 창피해졌다.

"저는 힘든 걸 느끼지 않으니까 괜찮아요."

"그래, 알아. 내가 잠시 말을 잘못…."

"지금 저 걱정해주신 거죠?"

더미의 의안이 한나를 응시했다. 한나는 아니라고 말하고 싶었지만, 더미가 힘들 거라고 착각한 것부터가 걱정이었으므로 이번에는 순순히 고개를 끄덕였다. 부끄러움이나 창피함을 느낄 필요가 없는 상대이지 않은가. 한나는 사람 사이의 피곤한 허세를 더미에게 부릴 필요가 없다고 느끼면서도 자주 그 사실을 잊고는 했다.

"질문이 있는데요."

자리에서 일어나던 한나를 더미가 붙잡았다. 질문? 더

미의 말을 이해하지 못하고 한나가 되물었다. 전에 없던 상황이었기에 한나가 상황을 곧바로 받아들이지 못한 탓이었다.

"쳇 베이커의 노래요. 제가 늘 듣는 노래요. 그 노래는 그게 끝인가요?"

더미의 말은 한나가 시뮬레이션 속에서 재생한 30초 남짓의 노래가 그 노래의 전부냐는 뜻이었지만, 한나는 이번에도 더미의 말을 이해하지 못했다. 쳇 베이커? 노래? 하고 중얼거리는 한나를 보며 더미는 결국 자신의 메모리 속에 있는 30초 남짓의 노래를 읊조렸다. 멜로디 없이 오로지 쳇 베이커의 목소리로만 이루어진 노래였다. 프러포즈 곡으로 유명한 노래이기도 했다. 더미는 음절 하나 틀리지 않고 정확하게 흉내 냈다. 아니, 이건 더미가 부르는 것이었다. 적막한 방 안에는 더미의 목소리만 가득했다. 눈 한 번 깜빡이지 않고, 눈썹 한 번 움직이지 않아 노래를 부르는 행위와는 전혀 어울리지 않고 몰입을 방해하는 표정이었다. 하지만 한나는 어느 순간 그 잔잔한 읊조림에 귀를 기울였다.

We'll have a blue room

우리는 푸른 색 방을 가지게 될 거예요

A new room for two room

둘을 위한 새로운 방을

Where every day's a holyday

모든 날이 축복인 그런 곳

Because you're married to me

왜냐하면 당신과 나는 결혼했잖아요*

"이다음요."

노래를 마친 더미가 덤덤하게 물었다. 한나는 그제야 더
미의 질문을 파악했다. 그다음을 넣어두지 않았구나. 그다
음은 필요가 없으니까. 노래가 전부 나오기 전에 사고가 나
는 운명이었으므로.

"그것도 끝까지 다 넣어줄게. 그런데 노래는 왜?"

이유야 당연히 듣고 싶어서라고 생각했지만, 이번에도
더미의 입에서는 다른 대답이 나왔다.

"불러주고 싶어서요."

"…델리한테?"

"네. 내일은 꼭 끝까지요."

한나는 고개를 끄덕이는 것으로 답을 대신했다.

방을 나가기 전에 한나가 더미를 돌아보았다. 더미는 켜
지지 않은 TV를 바라보며 델리와 깍지를 끼고 있었다. 한
나는 어쩐지 그 둘의 마지막 추돌 시험을 볼 자신이 없었다.

* 블루룸(Blue room), 로렌츠 하트(1895~1943) 작사, 1926년 발표

＊

　그날 저녁에는 예고도 없이 해리가 찾아왔다. 회사에 다
녀온 것인지 오래도록 장롱에 묵혀뒀을 구겨진 셔츠를 입
고서 말이다.

　맥주와 마른안주로 간단히 저녁을 때우고 일찍 잠자리
에 들려고 했던 한나는 갑작스러운 해리의 방문에 당황하
지 않을 수 없었다. 그도 그럴 것이 불과 어제까지 보고서
를 작성하느라 집 청소가 하나도 되어 있지 않은 상태여서
집 꼬락서니가 가히 설명하기도 어려운 수준이었다. 아무
리 십여 년을 알고 지낸 사이고, 연인이라고 말하기 부끄러
울 정도로 친구 같은 관계가 되었다지만 그래도 이렇게 너
저분한 모습을 보여주고 싶지는 않았다. 하지만 다행히도
회식을 마치고 바로 온 해리의 눈은 알코올에 적셔진 채 한
나만 보고 있었다. 손에는 정체를 알 수 없는 검은 봉지를
들고서. 집 더러워. 한나가 인사보다 먼저 밑밥을 깔았다.
그러자 해리가 나 더러워? 하고 반문했고, 한나는 집 더러
운 걸 신경 써도 되지 않겠다는 결론에 이르렀다.

　해리는 친구로 만났다가 애인이 됐다. 처음 만났던 게 열
다섯 살 때였다. 여름방학을 하는 날 전학 온 해리는 친구들
과 친해질 시간도 없이 통성명만 겨우 끝내고 방학을 맞이
했다. 쟤는 여름방학 다 끝나고 오지, 왜 하필 지금 왔을까.

다음에 만날 때는 얼굴 까먹었겠다. 시큰둥하게 해리를 바라보며 했던 한나의 쓸데없는 고민은 곧 부질없어졌다. 한나가 방학식을 마치고 집으로 돌아갔을 때, 앞집이 문을 훤히 열어놓은 채 이사를 끝마치고 있었으며 머지않아 엘리베이터에서 해리가 내렸다. 둘이 동시에 '어!'를 외쳤다. 그게 한나와 해리가 나눈 첫 대화였다.

분명 친한 친구였는데 어떻게 사귀었는지는 기억이 안 났다. 사귀자는 말을 했던가. 아마도 하지 않았을 것이다. 한나가 기억하는 지점은 아파트 층과 층 사이 계단에 앉아 입을 맞췄던 순간이었다. 물론 그때도 사귀어서 입을 맞춘 건지, 사귀려고 입을 맞춘 건지는 확실하지 않았다. 각자 다른 고등학교 춘추복을 입고 있었고 손에는 젖은 우산이 들려 있었다. 키스를 했다기보다는 입술과 입술이 닿았다는 표현이 맞았다. 그러고는 야간자율학습을 마치고 집으로 돌아오는 길에 아파트 단지 앞에서 만났고, 단지 입구부터 아파트까지 5분이면 걸어오는 거리를 25분 동안 빙빙 돌아 걸었다. 종일 학교에 있었으니 할 말이 많지도 않았을 텐데 끊임없이 대화를 주고받았다. 그때 어떤 대화를 나누었는지도 생각나지 않았다. 기억나는 건 가로등 밑에 모여 있던 날벌레, 경비원이 순찰을 할 때 나던 열쇠꾸러미 짤랑거리는 소리, 저 홀로 반짝이는 지하주차장 입구의 불빛 정도였다. 여름에는 겨드랑이와 가랑이 사이에 땀이 잤다는 거, 그리고 겨울에는 추위를 못 견디는 척, 살아남기 위한 수단인 척 손을 잡았다는 거….

해리의 손에 들려 있었던 것은 역 앞에서 파는 닭강정이었다. 봉지를 손에 쥐여주고 화장실로 들어가는 해리에게는 양치를 마쳐 입맛이 없다고 외쳤으나, 그 말은 닭강정 앞에서 쉽게 무너졌다. 한나는 자연스럽게 젓가락 두 짝을 식탁 위에 놓았다. 그리고 화장실 앞에 해리가 올 때마다 입는 옷을 두었다.

해리의 직장은 식품회사였다. 오프라인 매장은 없고 오로지 온라인으로만 운영되는 회사였다. 입맛이 까다롭고 입이 짧은 해리가 식품회사의 개발팀으로 들어간 것에 대해, 한나는 잘못된 선택이라고 말했었지만 한나의 걱정과 달리 해리는 회사에 잘 적응했다. 개발하는 상품마다 반응이 좋았다. 지난번 승진 명단에 올랐다더니 오늘은 그 일과 관련된 회식을 한 모양이었다. 그러니 회식을 마치고 제집이 아닌 한나의 집으로 기어 들어왔지. 해리는 아직도 부모님과 함께 살지만 한나는 이 회사에 다니기 위해 4년 전 출가했다. 해리와는 진작 동거를 할 바에는 결혼하자고 결론을 내린 상태였지만 한나의 집은 자연스럽게 해리의 집이 되었다. 적어도 둘에게 좋은 일이 생길 때는 꼭 이 식탁에 앉아 축하했다.

아니나 다를까 씻고 나온 해리가 자리에 앉자마자 승진

이야기를 꺼냈다.

"공식적인 발표는 안 났지만, 확정이라는 소리지."

"마지막에 엎어질 가능성은 없고?"

한나의 볼멘소리에도 해리는 섭섭해하는 기색 하나 없이 고개를 끄덕였다. 초를 치고 싶은 마음은 없었다. 하지만 해리는 가끔 설레발을 치다 일을 그르치는 경우가 종종 있어서, 저러다 또 승진이 엎어질까 걱정이었다. 해리가 이번에는 확실하다고 단호하게 말했다. 인사과에서도 전부 알고 있는 사실이라고. 그 말을 전하는 해리의 얼굴에 점점 생기가 돌았다. 실시간으로 술이 깬다는 게 저런 건가. 해리가 한나를 뚫어져라 쳐다보았다. 원하는 게 있을 때 튀어나오는 간절한 눈빛이었다. 뭘 원하는데? 한나가 묻자마자 해리가 한나의 볼을 감싸며 입을 맞춰왔다. 닭강정은 하나도 손대지 못한 채 식탁에 덩그러니 버려졌다.

사람은 오래 만나면 미운 구석도 보이고 질리기도 한다는데 적어도 한나에게 해리는 그런 대상이 아니었다. 그게 가끔은 신기하다고 한나도 느꼈다. 처음부터 큰 기대가 없어서, 그러니까 이 사람과의 로맨틱한 연애를 꿈꾸지 않아서일까. 한나는 해리에게 실망하거나 지루했던 적이 없었다. 어쩌면 해리가 언제나 적정선을 지키는 사람이어서 그런지도 몰랐다. 열정적으로 불타오르지는 않지만 그렇다고 차갑게 식지도 않는. 누구는 사귀자는 말 한마디 없이 오랜 연애를 이어오는 해리를 보며 너무 시시한 것 아니냐 했지만 한나는 시시한 게 나았다. 금방 타오르고 금방 꺼질 사랑보다야 나아 보였고, 한나 역시도 '오늘부터 우리 1일' 같은 문장은 영 낯간지러워 입에 올리기 싫었다. 한나는 어쩌면 자신과 해리도 더미와 델리 같은 관계일지도 모른다는 생각을 종종 했다.

한나와 해리는 싱글 침대에서 한참을 뒤척이다 퍼즐처럼 몸을 끼워 맞춰 안정적인 자리를 찾았다. 한나는 관계를 가지고 난 뒤에는 곧바로 잠들고 싶은 욕구에 휩싸였지만 해리는 언제나 밤이 새도록 이야기하기를 바랐다. 역시나 해리는 한나가 편히 벨 수 있도록 왼팔을 내어주고는 오른손으로 한나의 왼손과 깍지를 꼈다. 해리의 엄지가 한나의 엄지를 문질렀다. 잠들지 말라고 어르고 달래는 손짓처럼.

"그 애들은 어떻게 됐어?"

해리는 더미와 델리를 언제나 하나로 묶어 '애들'이라고 불렀다. 한나는 그 애칭에 영 적응이 안 됐다.

"마지막 시험만 남겨두고 있고, 내일은 '데이트' 시켜주기로 했어."

해리가 하하, 웃음을 터뜨렸다. 더미를 기획할 때부터 한나에게 이야기를 들어 온 해리였다. 해리는 언제나 더미를 자신이 모르는 한나의 지인 정도로 두고 이야기를 들었다. 그래서 해리의 반응은 늘 적당히 진중하고 또 적당히 가벼

316

웠다. 더미가 원했던 데이트 코스를 종일 짜고, 표를 미리 예매하면서 도통 성인 두 명이라고 해야 할지, 성인 한 명 이라고 해야 할지, 아니 그전에 로봇 입장권은 따로 없는 지 따위를 고민했던 하루를 털어놓았다. 그걸 고민하면서 도 자신이 왜 이러고 있는지 이해가 되지 않았고, 이유 없이 심란했다고까지 덧붙였는데 말을 다 들은 해리가 정작 궁 금해한 것은 표를 성인 두 명으로 끊었는지에 대해서였다.

"표가 결국에는 자릿값이니까 두 명으로 예매했지."

"어떤 영화?"

생각지도 못한 질문에 한나는 예매 내역을 다시 확인했 다. 시간만 보고 예매했던 영화라 제목이 무엇인지도 제대 로 보지 못했다. '스릴러'로 분류가 되어 있었다. 영화 정보 를 읽으니 근미래, 인간의 감정이 절제되고 통제된 사회를 그린 작품이었다.

"그래도 첫 데이트면 공식에 맞추는 게 낫지 않겠어?"

해리가 상영 중인 영화 목록을 살폈다. 그러고는 첫 데 이트에는 로맨스지, 하며 개중 로맨스에 가까운 영화 하나 를 골라 한나에게 들이밀었다.

해리는 종종 한나가 기계를 상대로 일하느라 마음이 기 계와 다를 게 없어졌다고 말했다. 이따금씩 해리의 이벤트 에도 별 감흥 없는 한나를 마주칠 때마다 하던 소리였다. 반 응이 시시해 기운 빠진다고 해리가 말할 때마다 한나는 어떤 반응을 원해? 라며 대놓고 물었다. 딱 네가 원하는 만큼 반응해볼게. 해리가 듣기에 어처구니없는 말이 아닐 수 없었다. 해리는 그럴 때마다 연기도 못하면서 뭘 해주겠다는 거냐며 핀잔을 놓고는 했다. 이번에도 해리가 기껏 고른 영화를 보는 한나의 표정은 심드렁했다. 눈으로 대충 주인공 둘이 만나 사랑에 빠진다는 줄거리를 쓱 훑었다.

"이런 게 재미가 있나."

"지금 개네한테 재미를 느끼게 해주려고?"

"아니, 내 말은 그렇다는 게 아니라…."

한나가 한숨과 함께 변명을 포기했다. 어떤 말을 덧붙여도 해리는 말을 물고 늘어지며 놀릴 게 분명했다. 해리가 골라준 영화로 예매를 변경했다.

"어떻게 너 같은 애가 더미한테 사랑을 줄 수가 있지?"

감정을 일일이 느끼고 사는 건 좀 귀찮지 않냐? 언젠가 한나가 해리에게 내뱉은 말이었다. 뒤이어 인간은 감정에 너무 절여져 있다는 말도 뱉었을 것이다. 그것도 영화를 보고 울고 있던 해리의 면전에 대고 말이다. 그러니 해리 입장에서는 더미에게 사랑을 만들어준 한나가 알을 깨고 나온 새 정도의 수준이었다. 조금 더 직설적으로 묻는다면 네가 사랑을 아느냐고도 묻고 싶었다. 그렇지만 묻지 못했다. 질문자조차 답을 알지 못하니까.

어쨌든 비꼬는 게 명확한 해리의 말을 듣고 한나가 상체를 벌떡 일으켰다. 한주먹 날아올 줄 안 해리가 본능적으로 팔로 몸을 감쌌다. 하지만 한나는 침대에 앉아 멀거니 해리를 바라보다가 말을 꺼냈다.

"너는 꼭 걔가 진짜 사람인 것처럼 말하네."

"뭐 문제 있어?"

"아니. 그런 건 아닌데 이상해서. 더미한테 '사랑을 줬다'라고 말하는 게."

"진짜 사람은 될 수 없지만 진짜 사랑은 맞을 수도 있잖아."

"그렇게 생각해? 그걸 사랑이라고?"

"그걸 어떻게 사랑이 아니라고 할 수 있겠어?"

한나는 잠시 고민했지만, 그럴 수 없었다. 사랑인지는 모르겠지만 그렇다고 사랑이 아니라고 할 수 있는 이유도 딱히 생각나지 않았다. 한나가 등을 둥글게 말아 몸을 웅크렸다. 그러고는 침대에 머리를 박고 한숨 푹 내쉬었다.

"갑자기 너무 괴로워. 내가 너무 몹쓸 인간 같아."

"괜찮아, 한나."

해리가 한나의 둥근 등을 쓸어내렸다.

"굳이 지금 괴로움을 느끼지 않아도 너는 늘 이 정도로 매몰차고 잔인했어."

화를 내고 싶은데 한나는 반박할 수가 없었다.

"그게 그 애의 숙명인 거지. 정해진 삶 같은 거. 운명인 거고 로봇의 사주팔자인 셈이지.”

“로봇의 사주팔자라니. 진짜 안 어울린다.”

“로봇에게 사랑을 준 사람이 누구더라.”

여전히 등을 둥글게 만 채로 한나가 흐흐흐 웃었다. 해리가 뒷말을 이었다.

“인간이니까 할 수 있는 일이지.”

한나의 등을 쓰다듬던 해리의 손이 어느새 멈추더니, 이번에는 손가락으로 등을 톡톡 두드렸다. 하고 싶은 말이 있는데 뜸을 들이고 있는 손짓 같아서, 한나는 오래도록 잠자코 기다렸다. 해리와 있을 때 느끼는 이 평온함을 사랑했다. 해리를 사랑하는 것인지 함께 있을 때 느껴지는 공기를 사랑하는 것인지 정확하게 구분은 할 수 없지만, 한나는 대충 뭉뚱그려 생각하기로 했다. 내일 아침은 해리가 해줄 것이다. 한 달에 고작 하루 정도 출근하는 해리는, 한나의 집에서 밤을 보내는 날이면 다음 날 꼭 아침을 차렸다. 한나에게 부족한 영양분표시를 보고, 온갖 영양소가루를 조미료처럼 팍팍 쳐서 만든 아침일 것이다. 아침을 먹는 편은 아니지만 해리의 고집스러움을 꺾을 수 없겠지. 다음 날 아침까지 생각이 미치자, 한나는 소리 없는 웃음을 터뜨렸다.

해리가 어느덧 손가락을 멈추고 한나를 불렀다.

“너는 이제 시간이 여유로워지고 나는 경제적으로 여유로워지잖아.”

"응."

"그래서 말인데, 한나. 우리 이제 같이 살까? 도장 찍고."

꼭 더미의 말을 듣는 것 같았다. 한나는 해리의 말을 한 번에 이해하지 못하고 굳어 있다가, 곧 그 말이 심장까지 침투하자 상체를 벌떡 일으켰다. 반동이 너무 세 균형을 제대로 잡지 못했다. 몸이 침대 아래로 떨어지려는 걸 해리가 붙잡았다. 지금 한나에게는 해리가 뱉은 말을 정리할 시간이 필요했다. 눈만 깜빡이는 한나를 보며 해리가 웃음을 꾹 참았다.

"새삼스러워?"

해리가 물었다. 한나가 고민도 없이 고개를 끄덕였다. 관계에 대한 정의 없이 키스를 하고, 서로에게 사랑한다고 말했던 때처럼 그렇게 자연스럽게 함께 살면 되겠지. 하지만 한나는 해리의 말 자체를 이해하지 못하고 있었다. 해리의 말은 같이 살자는 건가? 동거가 아니라 법적인 관계로? 갑작스럽게 들이닥친 문장에 한나가 맥을 못 추었다. 말만 준비한 건 아니라며, 닭강정 하나 딸랑딸랑 들고 온 줄 알았던 해리가 외투에서 무언가를 꺼냈다. 그러니까 저걸 주려고 오던 길에 닭강정을 샀다는 말이었다. 한나의 손에 조그만 상자가 들렸다. 그리고 뒤따라 종이 한 장이 침대 위에 올라왔다. 〈동반인 관계 증명서〉, 그 글자를 보자마자 해리의 말을 온전히 이해한 한나가 그제야 실없는 웃음을 터뜨렸다. 해리가 웃지만 말고 대답을 제대로 하라고 다그쳤지만, 한나는 배를 움켜잡고 웃기 바빴다.

✳

다음 날, 더미는 델리를 업고 서울 한복판을 걸었다. 날씨는 시뮬레이션을 통해 봤던 하늘만큼 쾌청하지 않았다. 초미세먼지 농도가 60을 넘어 매우 나쁨 수준에 이르렀지만 더미와 델리에게는 별로 중요하지 않은 문제였다. 더미의 걸음걸이는 빠르지도, 느리지도 않았다. 주어진 시간에 대한 초조함이나 불안, 다급함 따위도 느끼지 않았다. 이따금씩 델리를 업고 가는 더미를 쳐다보는 사람도 있었지만 대부분 관심이 없었다. 더미는 놀이공원 입구에서 잠시 걸음을 멈췄다. 조명이 반짝이는 화려한 입구. 어쩐지 이 화려하고 커다란 기계가 자신의 입장을 허락하지 않을 것만 같은, 도통 설명할 방법이 없는 이상한 문장의 조합을 떠올리다가 더미는 간신히 발을 움직였다.

롤러코스터나 자이로드롭 같은 격동적인 놀이기구는 몸에 무리가 올 수도 있으니 회전목마나 열기구를 타라는 한나의 말을 따라 더미는 열기구에 몸을 실었다. 열기구 안에 있는 의자에 델리를 앉혔다가, 앉은 높이가 낮아 난간에 델리의 얼굴이 가려지는 것을 봤다. 더미는 다시 델리를 업고 섰다. 열기구는 천장에 연결된 레일을 따라 천천히 실내 놀이공원을 돌았다. 열기구에 그물망처럼 쳐진 밧줄에 손가락을 걸고 더미가 밑을 내려다봤다. 반짝반짝하네요. 더미는 델리에게 짤막한 소감을 건넸다. 옆으로 기울어진 델리의 고개를 어깨 위에 다시 올렸다. 더미는 그렇게 부동자세로 열기구가 놀이공원 천장을 한 바퀴 돌 때까지 움직이지 않았다.

회전목마를 탈 때는 어쩔 수 없이 델리와 다른 말에 앉았다. 델리가 도중에 떨어지지 않도록 담당 직원이 안전띠를 단단히 둘렀다. 이 정도면 안 떨어질 거예요. 더미가 직원에게 감사의 뜻으로 고개를 숙였다. 직원은 그런 더미와 델리를 번갈아 바라보다가 즐거운 시간 보내라는 말을 던지고 자리를 떴다. 회전목마 주변으로 어느덧 아이들이 몰려들었지만 더미의 눈은 오로지 델리에게만 향해 있었다. 델리도 더미를 '보고' 있었다. 델리가 탄 말은 더미와 엇박자로 움직였다. 더미가 높아지면 델리가 낮아지고, 델리가 높아지면 더미가 낮아졌다. 델리가 움직이고 있었다. 더미가 델리를 향해 손을 흔들었다. 웃는 시늉도 했지만 뻣뻣한 얼굴의 인조신경이 뜻대로 움직였는지는 알 수가 없었다.

한나가 예매해준 영화표를 확인하던 직원이 주위를 둘러보다가 자신을 빤히 쳐다보고 있는 더미를 다시 보았다. 일행은 더 없으신가요? 하고 묻는 직원을 향해 더미가 네,

하고 간결하게 대답했다. 직원은 이런 경우가 처음이었는지, 당황한 표정을 감추지 못하다가 무전으로 매니저를 불렀다. 그러니까 로봇 두, 두 대가 영화를 본다고 해서요. '두 대'라고 표현할 때에는 어쩐지 더미의 눈치를 보며 몸을 돌렸다. 더미는 아무렴 상관없었으나 직원은 계속 더미를 힐끔힐끔 쳐다보며 고객의 기분이 상하지 않도록 최선을 다하려고 했다. 무전을 끝낸 직원이 괜찮으시겠어요? 라고 물었다. 더미는 직원이 하는 말의 의중을 파악하지 못했다.

"어떤 걸 말씀하시는 거죠?"

직원은 어어, 하고 말을 더듬다가 그저 둘이서만 영화를 봐도 별문제가 없겠느냐고 다시 물었다. 더미는 여전히 직원의 말이 완벽하지 못하다고 판단했지만 대답을 못 할 정도는 아니라고 결론 내렸다.

"그럼요. 아무 문제 없습니다. 우리는 단지 의자에 앉아서 영화를 볼 뿐이니까요."

좌측 끝관이에요, 즐거운 관람 되세요. 직원이 상냥하게 웃었다. 방금까지 역력했던 당혹스러움을 전부 걷어낸, 본래의 직무로 복귀한 전문성 짙은 웃음이었다.

더미는 위치를 확인하고 자리에 앉았다. 같은 줄, 두 칸 건너 연인이 앉아 있었다. 더미는 그들을 유심히 보았다. 두 사람은 좌석 사이에 있던 팔걸이를 위로 올려 두었다. 더미는 그들을 따라 좌석 사이에 있던 팔걸이를 올렸다. 그

탓에 중심을 잃은 델리의 몸이 더미를 향해 기울었다. 그런 델리의 머리를 밀어 등받이에 기대게 하고는, 옆에 앉은 다른 연인을 따라 델리의 손을 잡았다. 온통 까만 공간, 홀로 빛나는 커다란 스크린. 모두가 한곳을 응시하며 영화 속 주인공을 따라 웃었다. 그 공간에서 미동 없이 앉아 있는 것은 더미와 델리뿐이었지만 억지로 웃어야 한다는 판단은 내리지 않았다.

남산 야경을 보기 위해서는 한강을 건너야 했다. 한나가 안내한 약도에 의하면 영화관 앞에서 버스를 타야 했다. 델리를 업은 더미가 버스정류장에 섰다. 무인버스가 더미 앞에 도착해 문을 열었지만 더미는 타지 않고 우두커니 서 있었다. 기어코 버스는 더미를 태우지 않은 채 제 갈 길을 가고, 더미는 이곳에서 걸어가도 고작 30분 정도 차이가 난다는 계산을 끝내고 한강 다리로 향했다. 30분은 헤아릴 수 없을 만큼 긴 시간이었다.

'30분은 시간도 아니지.'

하지만 더미는 한나가 했던 말을 떠올리며, 한나의 말이 이 세상의 진리라고 착각하기로 했다. 더미가 아무리 정확하게 세상을 재단한다고 하더라도 이 세상은 부정확한 인간들의 것이었으니까.

그림자가 길어지는 시간이었다. 기울어진 해와 붉게 변한 하늘이 한강 다리의 배경이 되었다. 더미는 자신의 그림자를 보았다. 델리를 업고 있는 더미의 그림자는 또 다른 존재인 것만 같았다. 더미가 걸음을 멈추었다. 두 개의 머리, 어깨에 팔랑거리는 팔, 허리에서 튀어나온 또 다른 다리.

"우리 마치… 외계인 같네요."

어떤 이유로 지구에 떨어져 소명을 다하는.

길고 짙었던 그림자가 짧고 옅어졌을 때 더미는 남산 아래에 도착했다. 하늘이 어두워지자 가로등이 켜졌고, 더미가 남산 계단을 밟기 직전에 승용차 한 대가 전조등으로 더미를 비추며 멈췄다. 한나가 내렸다. 시간이 너무 늦어 이제는 연구실로 돌아가야 한다는 안타까운 소식을 전했다.

한나는 더미가 마지막을 천천히 즐길 수 있도록 하고 싶었지만 정해진 일정을 한나 마음대로 바꿀 수는 없었다. 기껏해야 딱 하루를 원했던 소원마저 다 지켜주지 못했다는 것에 한나는 이번만은 거리낌 없이 더미에게 미안하다고 사과했다. 더미가 한 발자국 앞으로 다가왔다. 가로등 불빛 안으로 들어온 더미가 보였다.

"아뇨, 생각해보니 마지막은 드라이브가 좋겠어요. 도시 드라이브는 한 번도 해본 적이 없거든요."

✳

한나가 뒷좌석에 앉은 더미와 델리를 백미러로 바라보

았다. 운전석과 대각선에 위치한 좌석에 더미가 앉아 있었다. 더미는 델리를 쳐다보다가 백미러를 통해 한나와 눈이 마주쳤다. 자동주행모드로 전환한 자동차는 서행 중이었지만 한나는 만일의 사태에 대비해 운전대를 잡고 있었다. 더미의 시선은 곧 운전대를 붙잡은 한나의 손으로 향했다. 여태껏 본 적 없던 반지가 보였다. 왼손 약지. 더미는 그곳에 끼우는 반지가 무엇을 의미하는지 알고 있었다. 엔지니어도 왼쪽 약지에 반지를 끼고 있는데, 언젠가 그것이 동반자가 있다는 것을 뜻한다고 말했다.

"결혼을 하시기로 한 건가요? 축하드려요."

한나는 잠시 놀랐지만 곧 놀랄 이유가 없다는 걸 깨달았다. 당신에게도 델리 같은 존재가 있나요? 세 번째 테스트가 끝났을 때 더미가 물었을 것이다. 그리고 한나는 더미에게 해리 이야기를 했다. 한나는 그렇게 됐다고 고개를 끄덕였다.

"하지만 궁금하네요. 지난번에는 하고 싶지 않다고 하셨는데."

자신이 그런 말도 했던가. 기억은 안 나지만 더미 말이 맞을 것이다. 그간 더미는 한나에게 비밀을 털어놓을 수 있는 은밀한 친구 같은 존재였음을 이제는 부정할 수 없었다.

해리의 말이 맞았다. 인간이니까 할 수 있는 일이다. 더미에게 사랑을 주는 것도, 더미를 친구로 느끼는 것도.

"어떻게 살아가느냐에 따라 달라지겠지만 나쁘지 않을 거 같아서."

"좀 더 행복할 것 같나요?"

"잘하면?"

"행복하면 인간은 어떻게 되나요?"

한나는 오래도록 고민하다가 입을 열었다.

"미래를 걱정하지 않게 되는 것 같아. 적어도 그 순간에는 그래."

더미가 반짝이는 창밖의 도시를 바라보았다.

"그게 뭔지 조금은 알 것 같네요."

더미가 노래를 불렀다. 쳇 베이커의 '블루룸'이었다. 자동차는 속도를 유지하며 연구실로 향해 갔다. 마지막 드라이브를 향해.

✳

메타세쿼이아 나무가 우거진 한적한 숲길을 가로지른다. 빌딩처럼 높게 치솟은 나무 사이로 오전의 아침 햇살이 살을 가르듯 파고든다. 이른 새벽에 옅은 비가 내렸는지 흙과 들꽃이 축축하게 젖어 있다. 덕분에 하늘은 쾌청하다. 차는 시속 58킬로미터로 서행 중이다. 조수석에 앉은 델리가 창문을 연다. 바람이 머리카락 몇 가닥을 조금 흔들 정도로만 불어온다. 창문 밖으로 고개를 내밀어 하늘을 내다보던 델리는 웃음을 머금은 채 라디오를 튼다. 그들은 익히 아는 멜로디가 들리자마자 약속이나 한 듯 노래 가사를 흥얼거린다. 델리가 행복하게 웃는다. 뒷좌석에는 피크닉에 필요한 빨간색 체크무늬 매트와 햇빛을 가려 줄 그늘막, 그리고 간단히 배를 채울 요깃거리가 있다. 이제 목적지까지 얼마 남지 않았다. 차는 일정한 속력으로 목적지를 향해 달려간다. 그 순간 귀를 관통하는 커다란 경적 소리가 전방에서 들이닥친다. 대형 화물트럭이 그 좁은 숲길을 비집으며 빠른 속도로 달려오고 있다. 브레이크가 고장 났는지 운전자는 겁에 질린 표정으로 클랙슨을 정신없이 누른다. 길 양옆으로는 메타세쿼이아 나무가 철창처럼 버티고 있다. 도망갈 길이 없다. 비명을 질러야 하는 델리가 오늘은 더미를 보며 웃는다.

델리가 더미의 손을 잡는다.

더미가 그런 델리의 어깨를 감싸 안고 얼굴을 자신의 품 안에 넣는다. 충돌을 감지한 센서가 사방에서 에어백을 터뜨리고, 그 순간 시속 84킬로미터로 달려오던 대형 트럭이 코앞까지 다가온다. 더미가 눈을 감고 델리에게 마지막 인사를 건넨다.

사랑하는 델리, 나와 드라이브를 함께해줘서 고마워요.

작가의
말

소설을 쓰는 게 너무 어렵고 즐겁다. 무섭고 설렌다. 언제라도 그만두고 싶지만, 언제까지나 하고 싶다. 나는 세계를 만들고, 그 세계를 쓴다는 행위가 무엇을 내포하는지 아직도 모르겠다. 그렇지만 내가 만든 세계에 단 한 명이라도 들어왔으면 좋겠다는 소망이 있다.

단편소설을 쓸 때는 보통 '감정' 하나만 가지고 이야기를 풀어나간다. 그래서 그런가, 내가 쓴 단편소설들은 전부 형태가 불분명하고 무미건조하게 느껴진다. 긴 이야기를 쓸 때만큼 구체적인 세계를 그리지 않는 것도 아닌데, 이상하게 쓰고 나면 소설들이 어딘가 뜨뜻미지근하다. 나쁘냐고 생각하지는 않는다. 그저 내가 느꼈던 감정을 읽는 사람도 느꼈으면 좋겠다는 바람만 있을 뿐이다.

세상을 알아갈수록, 지구는 엉망진창이다. 바꿔야 할 것이 너무 많은데 인구수만큼 존재하는 사공이 산도 아닌 우주로 지구를 날려버리는 것 같다. 나 하나가 방향을 잡고 노를 젓는다고 해서 바뀔까? 내가 가는 방향을 옳은 방향일까? 이런 생각들을 언제나 하고 있지만, 결론은 하나다. 저어야 한다. 내가 옳다고 믿는 방향으로.

나는 아이돌의 영향을 많이 받은 세대이고, 내 10대는 무대 위의 아이돌과 함께 버무려졌다고 해도 과언이 아니다. 특정 시기를 추억하는 가장 좋은 방법으로는 그때 유행했던 아이돌의 노래와 춤이 있다. 어느새 나는 20대 후반에 접어들었고, 내가 선망했던 아이돌들은 은퇴를 했거나, 연기를 하거나, 혹은 세상에 없다. 한때 나의 영웅이었고, 내 시절이었던 그들은 왜 떠나야만 했을까. 인사 한번 나눠보지 않았던 그들의 새벽이 서러워 덩달아 뒤척였던 새벽이 많았다. 어떤 말을 하고 싶다가도 아무 말도 하지 못해 한숨만 쉬는 날이 많아졌다. 그러던 어느 날, 이런 이야기를 들었다. "너는 그 친구들과 또래라 힘들어 하는구나." 그 이야기를 들었을 때 딱 두 가지 생각이 들었다. 하나는 누구에게는 아무 일도 아닌 일이구나. 또 하나는, 그렇다면 나는 이 감정을 잊지 말아야겠구나.

이 소설집에 실린 소설이 전부 그 이야기를 하고 있다는 것은 아니다. 소설집에는 내가 간직해두고 있던 감정들, 분함과 억울함, 쓸쓸함과 서러움, 외로움과 기괴함을 담고 있다.

〈사막으로〉는 자전적인 이야기에 가깝다. 덤덤하게 풀어나가는 이야기를 언젠가 한번은 쓰고 싶었다. 〈너를 위해서〉는 낙태죄 폐지를 외쳤던 2019년에 썼다. 〈레시〉는 환경문제를 테마로 잡고 시작했던 이야기였다. 〈어떤 물질의 사랑〉은 정말로 사랑에 대한 이야기다. '사랑은 국경도 없다'라는 말을 좋아한다. 사랑에 국경도 없는데, 사람들은 왜 그렇게 진정한 사랑의 필수조건을 붙이는지 모르겠다. 〈그림자놀이〉는 상처 받지 않기 위해, 타인의 감정으로부터 지나치게 멀어지려는 나를 느꼈던 때 잡은 소재이다. 〈두하나〉는 서글펐던 새벽에 몇 번이나 생각했던 문장을 옮겨 적을 이야기가 필요해서 구상하게 되었다. 〈검은색의 가면을 쓴 새〉는 자본주의의 기괴함에 대해, 그리고 〈마지막 드라이브〉는 추돌시험을 위해 쓰이는 '더미'가 최첨단 시뮬레이션 때문에 직장을 잃는다는 기사를 읽고 쓰기 시작했다. 뭐랄까, 너도 기술의 피해자구나… 싶었다.

나는 정말로 소설 쓰는 게 무섭다. 그래서 고민하고 고민하다가 가끔은 다 쓴 이야기를 그대로 휴지통에 넣기도 한다. 하지만 그럼에도 불구하고 소설을 쓰고 싶다. 단 한 사람에게라도 뜨뜻미지근하게 남았으면 좋겠다.

2020년 여름

천선란

어떤 물질의 사랑

초판 1쇄 발행 2020년 7월 20일
초판 9쇄 발행 2024년 7월 20일

지은이 천선란
펴낸이 박은주
일러스트 권서영
디자인 김선예, 이수정
마케팅 박동준

발행처 (주) 아작
등록 2015년 9월 9일 (제2023-000057호)
주소 07236 서울특별시 영등포구 의사당대로 38 102동 1309호
전화 02.324.3945-6   **팩스** 02.324.3947
이메일 arzaklivres@gmail.com
홈페이지 www.arzak.co.kr

ISBN 979-11-6550-834 0 03810